Rimun the Great
마도군주

Rimun the Great

# 마도군주

1

천하제일녀를 찾아서

진천(振天) 퓨전 판타지 소설

BBULMEDIA FANTASY STORY

뿔미디어

# 차 례

# 작가서문

아리따운 아홉 처자들의 '소원을 말해봐' 란 노래를 들으며 이런 생각을 했습니다. 이 처자들이 내게 꿈과 희망을 주듯 나도 독자 여러분들에게 꿈과 희망을 드려야 할 텐데, 하고요.

장르 문학의 장점에는 통렬함과 시원시원한 전개가 있겠지만 무엇보다 대리 만족에서 오는 즐거움이 크다고 생각합니다.

즐거움 그리고 대리 만족. 이 두 가지를 놓고 고민하다가 불현듯 저는 장르 문학을 읽을 때 어떤 걸 원했는지를 곰곰이 생각해 봤습니다.

답은 의외로 간단했습니다. 실제 상당히 까다로운 독자를 자부해 왔지만 장르 문학을 읽으며 소설 속 주인공에게 바랐단 것들은 크게 다르지 않았습니다. 아마 그것은 독자 여러분들도 마찬가지가 아닐까 생각해 봤습니다.

마도군주의 주인공은 구절공자 단리명입니다. 그는 평생에 세 가지 소원을 가지고 있습니다. 그것을 이루기 위해 소설 속에서 불철주야 노력(?)하고 있습니다.

과연 그 세 가지 소원이라는 게 뭘까요?

궁금하시겠지만 딱히 힌트를 드리지는 않겠습니다. 본문을 쭉 읽어 가시다 보면 저절로 알게 되실 거랍니다. 장르 문학을 사랑하는 독자님들이라면 누구나 상상해 봤을 것들이니까요.

아마 그때는 '호오, 이렇게 노골적으로 방향을 드러낼 줄이야' 하시며 입을 헤 벌리실지도 모르겠습니다. 입에 파리 들어가지 않게 조심하시고요. 마지막 장을 덮을 때는 그 놀라움이 즐거움과 탄성으로 변하길 간절히 바람해 봅니다.

잡설이 길었습니다. 아무쪼록 즐거운 환상 여행이 되시길 바랍니다.

휘황찬란한 차원의 문을 열며

진천 배상

# Prologue

1

무림에 등장한 수많은 기인이사(奇人異士)들을 일일이 꼽기란 어려운 일이다. 하지만 진정한 호사가라면 이자를 절대 빼먹지 않으리라.

천마신교 소교주 단리명.

열여덟의 나이에 수많은 경쟁자들을 꺾고 소마전(小魔殿)의 주인이 된 그를 가리켜 마인들은 무정공자(無情公子)라 불렀다. 그러나 세인들은 구절공자(九絶公子)라 부르길 즐겼다. 아주 가끔 순정공자(純情公子)라 부르는 간 큰 자들도 없지 않았지만.

대리국(大理國)의 열세 번째 왕자로 태어난 단리명은 본디부터 학문에 능했으며 음악과 서화 실력이 뛰어났다. 여섯 살

때 부왕처럼 수많은 처첩들을 거느리며 왕으로 살 수 없다는 사실을 깨달은 뒤로는 시름을 달래기 위해 다른 기예들에 손을 댔는데 그때 익힌 게 바둑과 의술(醫術)과 독술(毒術)이었다. 이후 천마신교에 들어가 무예를 익히고 기관진식(機關陣式)과 각종 술법(術法)까지 터득하니 하나를 배우기도 벅찬 재주를 아홉 가지나 몸에 지니게 됐다. 그때부터 그의 별호는 구절공자가 되었다.

사정 모르는 사람들은 매끈하게 잘 빠진 그의 옥안을 넣어 십절공자(十絶公子)라 불러야 한다고 했다. 하지만 호사가들은 한 가지 이유를 들어 단리명을 구절로 폄훼했다.

"흠, 흠. 실은 말이요. 단 공자가 아직 동정이요. 혹시 동정공이라도 익혔냐고? 어허, 이 사람. 마교에 굴러다니는 게 무공비서인데 뭐 하러 동정공을 익히겠소? 그렇다고 외모가 부족하냐? 단 공자 얼굴을 한 번 보고 가슴앓이를 하는 처자들을 꼽자면 아마 날이 샐 거요. 그럼에도 왜 아직까지 동정이냐 하면… 이건 극비인데 미인 앞에만 서면 새가슴이 된다 이거요. 그럼 술기운을 빌어서라도 사내답게 질러야 하는데 안타깝게도 단 공자는 술이 무척 약하다오."

소문이 와전된 감이 있지만 단리명이 미녀에게 약하다는 건 무림 상식으로 통했다. 서로 예쁘다고 우기던 마교삼화(魔教三花)가 단리명의 거부반응을 통해 미모 순위를 정했다는 이야기는 더 이상 우스갯소리조차 되지 못했다.

"이래서 하늘은 공평한 법이야. 못하는 것 없는 사내가 여자까지 잘 후려 봐. 어디 복장 터져서 살겠어?"

덕분에 단리명은 마인임에도 불구하고 세간에 상당한 인기를 누렸다. 정파인들조차 그를 거론하며 호감을 보일 정도였다.

하지만 정작 당사자는 미인에 약하다는 말을 무척이나 싫어했다. 그저 세상에서 가장 완벽한 사내가 되어 세상에서 가장 완벽한 여인과 혼인하겠다는 꿈을 가졌을 뿐인데 그것을 사람들은 마음대로 곡해 하고 부풀렸다.

"후우… 수라마도야, 참아라. 널 뽑았다가 장강이 핏물로 변할까봐 두렵구나."

자신을 놀리는 소리가 귓가에 들릴 때마다 단리명은 애병 수라마도(修羅魔刀)를 쓰다듬으며 분을 삭였다. 그의 오싹한 주절거림이 방 밖으로 흘러나올 때면 친위대인 흑풍대를 비롯한 수많은 마인들이 검을 갈며 세상을 피로 물들일 준비를 했다.

사부이자 천마신교의 교주인 천마 구양극이나 부교주 혁련무보다 단리명을 추종하는 세력이 많은 게 천마신교의 현실이었다. 만에 하나 단리명이 분을 참지 못하고 수라마도를 뽑아든다면 정마대전은 물론이거니와 세상의 호사가들은 전부 혀가 썰리고 말 터였다.

"교주님, 이대로는 안 되겠습니다."

"그러게 말이야, 후우. 어떻게 해서든 소문을 잠재워야 하는데 큰일이야."

"그렇다고 호사가들의 입을 강제로 틀어막을 수도 없지 않겠습니까? 차라리 이참에 명이 녀석이 좋아할 만한 여인들에게 연줄을 넣어 보는 게 어떨까요?"

"부교주 독단으로 일을 진행시킨다면야 대찬성이지. 하지만 내 명령을 빙자해 일을 추진하려 한다면 꿈도 꾸지 마. 내 부교주부터 엄단할 테니."

"왜 그렇게 몸을 사리십니까? 어차피 얼마 안 있으면 명이에게 자리를 빼앗기실 터, 말년에 좋은 일 한번 하시지요."

"빼앗기다니! 흥! 지금 누구 앞에서 망발을 하는 거야! 난 명이에게 이 자리 물려주고 잠마전에서 죽을 때까지 대접받으며 살 거야. 부교주나 일찌감치 누울 자릴 알아보라고."

수십만 마인들을 호령하는 천마신교의 교주와 부교주라고 보기 어려울 만큼 그들이 나누는 대화는 옹색하기 짝이 없었다.

하지만 그들로서도 어쩔 도리가 없었다. 무림쌍존(武林雙尊)이라 불리는 구양극이나 정마십패(正魔十覇)의 일인으로 꼽히는 부교주조차 기피할 만큼 단리명의 무공은 강하고 특별했다.

기실 단신으로 단리명과 싸워 이길 수 있는 자는 천마신교에 아무도 없었다. 전 무림으로 놓고 봐도 무림쌍존의 일인인 소림성승이나 조금 버틸 뿐 정마십패나 삼선, 사왕, 오기 등으로는 어림 반 푼어치도 없었다.

"후우. 팔 년 전 그 아이의 자작극에 넘어가 섣불리 납치하는 게 아니었습니다."

"정확하게 말하자면 천하제일 기재를 찾고 있던 사부의 눈에 띄게 하는 게 아니었지."

구양극과 혁련무의 입에서 무거운 한숨이 흘러나왔다. 천마신교를 거쳐 진정한 괴물로 환골탈태한 단리명만 생각하면 그저 한숨밖에 나오질 않았다.

"어쨌든 방법을 찾아야 합니다. 이대로는 하루하루 피가 말라 살 수가 없습니다."

"흥! 자네는 겨우 피만 마르나 보지? 난 매일 밤 꿈에 수라마도가 보인다고."

"후우. 애들처럼 징징거리지만 마시고 제발 좀 방도를 생각해 보십시오."

"난들 징징거리고 싶어서 징징대는 줄 알아? 아무리 생각해봐도 방도가 없으니 하는 말 아니야!"

또다시 방 안은 무거운 한숨으로 뒤덮였다. 구양극과 혁련무는 그저 머리만 지끈거렸다. 만에 하나 단리명이 무림으로 뛰쳐나간다면 그 뒷일은 천마신교가 감당해야 했다.

솔직히 말해 단리명을 중심으로 똘똘 뭉친 천마신교의 아이들을 보면 무림일통도 꿈만은 아닌 것 같았다.

중요한 건 명분.

무림맹과의 이십년지약(二十年之約)이 칠 년이나 남은 상태에서 고작 여자 문제로 무림을 들쑤실 수는 없는 노릇이다.

"역시 우리 머리로는 안 되겠어. 명이만 생각하면 자꾸 도망칠 궁리밖에 떠오르질 않아."

구양극이 이내 고개를 흔들었다.

"하아. 저 역시 마찬가지입니다. 가끔은 그 녀석이 상마인지 제가 상마인지 헷갈릴 정도니까요."

혁련무의 입에서도 연신 한숨만 새 나왔다.

"참, 그 녀석에게 덤볐다가 뒈지게 맞은 마인 녀석 이름이 뭐지?"

"이불알인지 뭔지 하는 녀석 말씀이십니까?"

"그래, 그 녀석이 잔머리 하나는 대단하다며?"

"그건 또 어떻게 아셨습니까?"

"아무리 명이 녀석 눈치를 본다고 해도 명색이 내가 천마인데 그런 것 하나 모르려고? 여튼 그 녀석을 데려 와 봐."

"그 녀석이 어디에 갇혀 있는지 설마 모르시는 건 아니죠?"

"알지. 명이 녀석이라면 죽고 못 사는 미친놈들이 사는 소마옥(小魔獄) 아닌가?"

"거길 가서 저더러 명이에게 찍힌 녀석을 데려오라니. 그냥 차라리 화끈하게 생사투(生死鬪) 한 번 하시죠? 치사한 술수 부리지 마시고요."

"허허, 이 사람. 내가 설마 자네 따윌 없애려고 그런 잔 수를 쓰겠나? 원한다면 지금이라도 골로 보내줄 수 있어. 그러니 잔말 말고 가서 이불알인지 뭔지 하는 녀석을 데려와! 어서!"

구양극이 두꺼운 석탁을 쾅 하고 내려치자 순식간에 가루가 되어 부스러졌다.

"제길! 더럽고 치사해서 신교를 나가던가 해야지 원."

잔뜩 인상을 찌푸리던 혁련무가 마지못해 몸을 일으켰다. 하지만 막상 소마옥으로 가려니 발걸음이 떨어지질 않았다.

그때였다.

"두 분, 지금 절 찾으셨습니까?"

구양극의 처소인 천마전 안으로 낭랑한 목소리가 새어 들어왔다.

순간 구양극과 혁련무의 표정이 딱딱하게 굳어버렸다. 세상에 그들의 이목을 피해 교주전에 접근할 수 있는 자는 단리명뿐이었다. 그것도 은신술은 물론 온갖 술법을 사용해야만 가능한 일이었다.

도대체 누가 겁도 없이 천마전에 들어온 것인가!

분노가 치밀어 올랐지만 구양극은 애써 침착함을 되찾았다. 그것은 혁련무도 마찬가지. 괴물 같은 단리명을 상대하다보니 이 정도 일쯤은 그리 놀랄 것도 없었다.

"버릇이 없구나. 내가 누구인지 안다면 응당 모습을 드러내고 예를 갖춰야 할 터."

구양극이 짐짓 엄한 목소리로 말했다. 그러자 허공이 살짝 흔들리더니 온몸에 피 칠갑을 한 흑안흑발(黑眼黑髮)의 사내가 모습을 드러냈다.

"천마를 뵈옵니다."

사내가 의례적으로 허리를 굽혔다. 그 모습이 하도 괘씸해 혁련무가 기운을 일으켜 억눌렀지만 사내는 아무 일도 없었다는 듯이 다시 꼿꼿이 허리를 폈다.

'호오, 이놈 봐라?'

'명이 정도는 아니어도 제법 쓸 만하잖아?'

사내를 바라보는 구양극과 혁련무의 눈빛이 달라졌다. 그저 잡술이나 익힌 간 큰 녀석인 줄 알았는데 다시 보니 무공도 제법 강직해 보였다.

"네 이름이 이불알이냐?"

구양극이 물었다. 그러자 사내가 불만스러운 듯 인상을 찌푸렸다.

"정확한 이름은 이브라엘입니다."

"이블알이나 이불알이나."

"이블알이 아니라 이브라엘입니다."

"이름이야 어쨌든, 널 보자고 한 걸 어찌 알고 왔느냐?"

구양극이 살짝 코웃음을 치며 물었다.

눈가를 파르르 떨던 이브라엘이 애써 분을 삼키며 대답했다.

"두 분의 마음과 통했기 때문입니다."

"우리와 마음이 통했다라?"

"네가 우리의 심정을 안단 말이냐?"

구양극과 혁련무의 눈가가 게슴츠레하게 변했다. 그러자 이브라엘이 기다렸다는 듯이 입을 열었다.

"소교주, 아니, 단리명 그 빌어먹을 자식을 확실히 없앨 방법을 가지고 있습니다."

이브라엘의 거침없는 목소리가 방 안을 쩌렁하게 울렸다.

천마신교의 교주와 부교주 앞에서 소교주를 죽이자고 말하는 그의 용기는 참으로 대단했다. 하지만 그가 생각한 것 이상으로 구양극과 혁련무는 단리명의 눈치를 보며 살고 있었다.

"이놈! 뭐라 지껄였느냐!"

"감히! 명이를!"

구양극과 혁련무가 순식간에 내공을 끌어 올려 이브라엘을 향해 덤벼든 것이다.

"헉! 블링크!"

이브라엘의 입에서 낯선 말이 튀어나왔다. 동시에 그의 신영이 유령처럼 사라지더니 반대편 벽 쪽에서 튀어나왔다.

명색이 천마신교의 교주와 부교주로서 새파랗게 어린 녀석 하나 제압하지 못한 구양극과 혁련무가 벌게진 얼굴로 고개를 돌렸다. 뭔가를 단단히 오해한 그들의 눈빛에서 섬뜩한 살기가 뿜어져 나왔다.

"자, 잠깐만! 제 말씀 좀 들어 보십시오!"

그 기세를 감당하지 못하고 이브라엘은 다급히 두 사람을 진정시켰다.

예전 같았으면 용언(龍言)을 써서 당장 소멸시켜 버렸을 테지만 단리명에게 제압당한 이후로는 드래곤 하트에 금이 가 함부로 마법을 펼치기가 부담스러웠다. 더욱이 저들은 천마신교의 주인들. 괜히 잘못 건드렸다간 그 악마 같은 단리명에게 평생 쫓기며 살게 될지도 몰랐다.

"제발 제 말씀 좀 들어 주십시오. 두 분에게 득이 되면 되었지 해가 되는 일은 절대 없을 겁니다. 처, 천마께 맹세라도 하겠습니다!"

주신조차 우습게 알던 이브라엘의 입에서 천마의 이름까지 튀어 나왔다. 그러자 살기를 흩뿌리던 구양극과 혁련무가 멈춰 섰다. 그들은 언제 그랬냐는 듯 의자에 주저앉아서는 보채듯 이브라엘을 바라보았다.

'이 빌어먹을 늙은이들 같으니! 내 드래곤 하트만 치유하면 네 녀석들부터 갈아 마시고 말리라!'

이브라엘은 속으로 이를 빠득 갈았다. 분통이 터졌지만 지금으로서는 저들의 도움을 받아 자리를 잡는 게 우선이었다.

"단리명, 그놈이 천마신교에 있어 필요악이란 사실은 두 분께서도 잘 아실 겁니다."

"험……."

"필요악까지야……."

"지금 중요한 건 그게 아닙니다. 대충 들어 보니 그놈은 마음에 드는 여인만 만나면 천마신교도 버리고 세외로 나가 버린다고 하더군요. 자신만의 왕국을 세운다나 어쩐다나."

이브라엘이 슬쩍 운을 뗐다. 제법 흥미로운 이야기라서일까. 구양극과 혁련무의 눈빛이 달라졌다.

이브라엘의 말처럼 단리명이 알아서 사라져 준다면 그보다 더 좋은 일은 없었다. 하지만 세상일이란 게 뜻대로 되지는 않는 법이다.

"그놈이 혼자만 사라진다면 참 좋은 일이겠죠. 하지만 만에 하나 자신을 따르는 수하들은 모조리 끌고 사라진다면? 그땐 천마신교가 어찌 될지 생각해 보셨습니까?"

이브라엘이 히죽 웃었다. 반면 구양극과 혁련무의 눈에서는 불똥이 튀었다.

이브라엘의 말은 추측에 불과했다. 천마신교의 교리상 교를 떠나는 자는 신교 안에서 배운 모든 것을 놓고 가야만 했다.

하지만 분명 예외는 있었다. 사백 년 전 광마(狂魔)나 칠백 년 전 삼마(三魔)는 오히려 천마신교의 귀물까지 가지고 교를 나가 버렸다.

그들보다 강할 거라는 소문이 나도는 게 단리명이다. 그에게 교리의 교자라도 꺼냈다간 당장 수라마도가 춤을 출 것이다.

"명이 그놈이라면……."

구양극이 수긍하듯 신음을 흘렸다. 혁련무도 딱히 반박할 말이 없었다.

그들을 바라보는 이브라엘의 웃음이 진해졌다.

이로서 교주와 부교주를 끌어들였다. 남은 건 자신의 입지를 다지는 일.

"단리명 그놈은 제가 확실히 제거하겠습니다. 미덥지 못하시겠지만 절 믿으십시오. 두 분께서 모르는 약점을 제가 알고 있으니까요."

"약점!"

"그게 정말이냐?"

"대신 제게 한 가지만 약속해 주십시오."

이브라엘이 슬쩍 구양극을 바라봤다. 눈치 빠른 구양극의 입가가 살며시 말려 올라갔다.

"네가 명이만 제거한다면 내 제자로 삼도록 하겠다."

구양극의 제자는 곧 천마신교의 공자를 의미하는 법. 단리명처럼 경쟁자들을 제친다면 천마신교의 주인이 될 수도 있었다.

하지만 이브라엘은 번거로운 건 딱 질색이었다.

"그러실 필요 없습니다. 그 이후에는 제가 단리명이 될 테니까요."

"명이가 되겠다니?"

“그게 무슨 소리냐?”

의아해 하는 구양극과 혁련무를 바라보며 이브라엘이 조심스럽게 입가를 들썩거렸다.

잠시 후.

후아아앗!

검은 마나와 함께 이브라엘이 사라지고 단리명이 나타났다.

“대체 무슨 사술을 부린 게냐?”

혁련무가 놀란 얼굴로 물었다. 그러자 단리명이 된 이브라엘이 싸늘한 목소리로 대답했다.

“사술이 아니라 마법입니다. 특별한 마공이라고 여기시면 됩니다.”

이브라엘의 입가로 음침한 웃음이 번졌다.

답답한 삶에서 벗어나 새로운 세상에서 화끈한 유희를 펼쳐보겠다는 그의 웅대한 의지가 삼 년이 지난 이제야 시작되려 하고 있었다.

# 함정에 빠지다

1

"주군. 이불알을 끌고 왔습니다."

피범벅이 된 이브라엘을 거칠게 패대기치며 흑풍대주(黑風隊主) 이천이 으르렁거렸다. 그러자 좌우로 늘어선 이백의 흑풍대원이 병장기를 두드리며 살벌한 분위기를 만들어냈다. 그 기세가 어찌나 오싹하던지 발끈하려던 이브라엘이 슬쩍 꼬리를 말 정도였다.

하지만 흑풍대의 기세도 이 사내가 뿜어대는 서늘함에 비한다면 우스울 정도였다.

"이천. 이번이 몇 번째지?"

"마지막입니다, 주군."

"마지막이라… 후훗. 벌써 그렇게 됐나?"

구절공자 단리명. 그가 수라마도를 들고 일어났다. 제 주인의 심기를 알아챈 듯 수라마도가 사납게 울음을 흘려댔다.

'빌어먹을 자식. 고작 인간 주제에 내게 이런 모욕을 주다니!'

이브라엘은 입술을 질끈 깨물었다. 반고룡의 반열에 들어선 이후로는 드래곤 로드에게조차 고개를 숙이지 않았던 그가 개처럼 끌려와 인간 앞에 내던져 있다는 사실에 모멸감이 치밀어 올랐다.

하지만 이브라엘은 이내 분노를 억눌렀다. 전력을 다해도 이기지 못하는 상대 앞에서 송곳니를 드러내는 건 죽겠다고 발악하는 것과 다를 바 없었다.

"자, 이불알. 이번엔 무엇으로 덤빌 테냐? 마법인지 뭔지 하는 사술이라면 그만 포기하는 게 좋을 것이다. 기왕이면 사내답게 도를 들어 보는 게 어떻겠느냐? 그게 싫으면 시시한 검이라도 휘둘러 보던가."

이브라엘의 코앞까지 다가온 단리명이 음산한 목소리를 흘렸다. 하지만 음색과는 달리 지금 그는 매우 들뜬 상태였다.

사부인 구양극의 수염을 잘라낸 이후로 그 누구도 자신에게 덤벼들지 않았다. 그러나 이 겁 없는 사내는 벌써 아홉 번이나 자신에게 도전했다. 결과야 매번 같았지만 적어도 그 기상만큼은 단리명도 인정하고 싶었다.

"선택해라, 이불알. 이번에도 도전한다면 더는 손속에 사정을 두지 않겠다."

단리명은 내심 이브라엘이 포기하길 바랐다. 권장을 주고받을 때의 그 짜릿한 느낌은 흡사 패마(覇魔)라 불리는 부교주 혁련무를 연상시킬 정도였다.

아직 젊은 나이에 그 정도 성취를 이뤘다는 것 자체가 대단한 일이었다. 특히나 수라마가의 강신술을 완벽하게 익힌 자신을 깜짝깜짝 놀라게 만들었던 마법이란 사술은 한번쯤 배워보고 싶을 정도였다.

하지만 이브라엘은 이대로 단리명에게 굴복할 수 없었다. 단리명이 강하다는 건 알지만 드래곤이 인간 따위를 주인으로 받들 수는 없는 노릇이었다.

"도전하겠소."

이브라엘이 꼿꼿이 고개를 들며 소리쳤다. 예상외의 대답에 단리명의 입가로 묘한 웃음이 번졌다.

"좋다. 이번에도 과제는 네가 정해라."

단리명이 홱 하고 몸을 돌렸다. 잠시 숨을 고르던 이브라엘이 사전에 준비했던 계획을 흘리기 시작했다.

"내가 지닌 모든 재주가 당신에 비해 못하다는 건 인정하오. 하지만 한 가지만큼은 양보하지 못하겠소."

"그게 무엇이냐?"

"천하에서 가장 완벽한 여인을 얻는 것이오."

순간 흑풍대주 이천의 눈매가 사납게 일그러졌다. 그 뿐만 아니라 모든 흑풍대원들이 빠드득 이를 갈기 시작했다.

천하에서 가장 완벽한 여인을 얻을 수 있는 건 천하에서 가장 완벽한 사내뿐이다. 그들이 알기로 그런 사내는 오직 단리명뿐이었다. 단리명의 일수조차 견디지 못하는 이불알 따위가 입에 담을 말이 아니었다.

하지만 가진 자의 여유일까. 단리명은 그다지 기분 나쁜 표정이 아니었다.

"좋다. 사내라면 응당 그 정도 패기는 지녀야지. 그런데 너는 천하에서 가장 완벽한 여인이 누구인지 알고 있느냐?"

단리명이 웃음 가득한 얼굴로 물었다.

정파인들에게는 마교제일뇌라 불리는 마뇌는 몇 년째 하던 일을 멈추고 천하제일녀(天下第一女) 찾기에 열을 올리고 있었다. 하지만 그조차 단리명이 만족할 만한 결과를 내놓지 못하는 실정이었다.

그것을 이브라엘이 알고 있다고는 생각하지 않았다. 사내로서 도전을 포기할 수는 없고 그렇다고 무작정 덤벼들기는 어려우니 어려운 조건을 붙여 시간을 끄는 것이라고 여겼다.

하지만 이브라엘은 보란 듯이 코웃음을 쳤다. 그의 자신감 넘치는 표정이 단리명의 눈빛을 흔들리게 했다. 그러자 오른손에 꼭 움켜쥔 수라마도가 기를 쓰며 웅웅 울어대기 시작했다.

사나워진 단리명의 눈동자가 이브라엘을 집어 삼킬 듯 치

떠졌다. 자신이 납득할 수 있는 여인을 대 보라며 윽박질렀다.

순간 기세에 눌린 이브라엘은 마른침을 꿀꺽 삼켰다.

기실 인간들 중에 깐깐한 단리명을 만족시킬 만한 여인은 찾아보기 어려웠다. 괜히 섣불리 이름을 댔다가 결점이라도 발견되면 서슬 퍼런 수라마도가 심장의 핏물을 빨아먹는 모습을 구경하게 될지도 몰랐다.

하지만 완벽한 피조물이라 일컬어지는 이들이라면 이야기가 달라진다. 더욱이 모든 일족의 마음을 훔쳐 간 그녀라면… 단리명의 마음도 빼앗을지 모른다.

"그녀의 이름은 레베카. 서역의 왕녀요."

이브라엘이 담담한 목소리를 내뱉었다.

"내백하……? 서역의 왕녀라?"

단리명의 눈동자로 묘한 빛이 떠올랐다. 지금껏 전혀 들어보지 못한 이름이었다.

그러자 잠자코 지켜보고 있던 이천이 사납게 소리쳤다.

"중원 여인들에 대해 알지도 못하면서 뜬금없이 서역의 왕녀라니! 지금 그 말을 믿으라고 지껄이는 것이냐?"

이브라엘은 스스로를 서역에서 왔다고 했다. 사내로서 제 고향의 여인들에 대해 후한 평가를 하는 거야 크게 문제될 게 없었다. 그러나 중원의 여인들을 아예 배제한 채 제 멋대로 천하제일녀를 운운하는 건 솔직히 납득하기 어려웠다.

그러나 이브라엘은 그 정도 생각도 없이 말을 꺼낼 만큼 어리숙한 존재가 아니었다.

"솔직히 말씀드려 중원에서 당신이나 내 기준을 만족시킬 수 있는 여인은 없소. 황실의 천향공주는 십전완미(十全完美)라 부르지만 무공을 모르는 철부지 어린애이며 북해의 빙화(氷花)는 서화 쪽은 젬병이오. 무림맹주가 애지중지한다는 무림제일화(武林第一花)는 요리가 뭔지 알지도 못하며 대취하면 아무 사내나 부둥켜안는 못된 버릇이 있소. 마교삼화(魔教三花)의 허영심이야 당신이 더 잘 알 테고, 제갈가의 셋째 여식이 박학다식하다지만 사내 알길 우습게 알고 체형이 부실하오. 무림구화(武林九花)라 불리는 여인들은 검이나 휘두를 줄 알았지 여성스러움과는 담을 쌓고 살고, 의가의 성녀가 그나마 조건이 가장 낫긴 하지만 서른이 넘었고 또……."

이브라엘은 천연덕스럽게 손가락까지 꼽아가며 중원 여인들에 대해 논했다.

섣불리 의심했던 이천의 얼굴이 울긋불긋하게 변했다. 단리명이 피식 웃으며 오른손을 들어 이브라엘의 말을 제지했다.

"됐다. 그 정도면 충분히 알아들었으니까 내백하라는 여인에 대해서 말해 봐라."

단리명의 검은 눈동자로 또다시 호기심이 차올랐다. 기실 조금 전 이브라엘의 평들은 자신의 생각과 크게 다르지 않았다.

비록 자신보다야 못하겠지만 유사한 안목을 지닌 이브라엘이 천하제일녀라고 단언할 정도면 뭔가 달라도 다를 터. 단리명이 보채듯 이브라엘의 입술만 바라봤다.

'크흐흐. 빌어먹을 놈. 이제야 걸려들었구나.'

이브라엘의 눈가에 패인 잔주름이 어느새 진해졌다. 마음 같아선 레베카의 아름다움을 날이 새도록 읊어 보고 싶었지만 그랬다간 오히려 반감을 사게 될지도 몰랐다.

"뼈에 사무치도록 사모하는 그녀를 어찌 함부로 입에 올릴 수 있겠소? 이게 레베카 왕녀의 초상화요. 그대에게도 눈이 있다면 달리 보일게요."

이브라엘이 직접 그린 초상화를 단리명에게 내밀었다. 초상화를 빼앗아든 단리명의 입에서 절로 탄성이 흘러나왔다.

'세상에 이런 여인이 있었다니…….'

마치 살아 있는 것처럼 그려진 초상화의 주인은 너무나 아름다웠다.

살짝 도도해 보이는 눈매, 오뚝한 콧날, 붉고 얇은 입술, 갸름한 턱선, 알맞은 체형에 풍만한 가슴, 가늘고 긴 손가락까지, 지금껏 봐 왔던 중원의 여인들과는 감히 비교조차 할 수 없었다.

무엇보다 그녀의 얼굴 속에는 단리명이 그토록 찾아 헤맸던 그 모습이 들어 있었다.

어렸을 적 행복했던 기억의 대부분을 차지하고 있는 사랑하는 여인, 어머니!

그녀의 선한 아름다움이 초상화 속에 가득 담겨 있었다.

"이천! 서역으로 간다."

초상화를 꼭 쥔 채로 단리명이 소리쳤다. 천하제일녀를 발견한 이상 다른 녀석이 낚아채기 전에 움직여야 했다.

그러자 이브라엘이 다급한 목소리로 나섰다.

"잠깐만 기다리시오!"

"기다리라니? 이미 대결은 시작된 것이 아니냐!"

지금까지의 대결은 이브라엘이 과제를 정하는 즉시 이루어졌다.

이번에도 마찬가지. 천하제일녀의 마음을 얻는 것으로 대결하기로 했고 그녀가 누구인지도 알았으니 당장 움직이는 것에 아무런 문제도 없었다.

하지만 그랬다간 애써 짜 놓은 계획이 틀어지고 만다.

이브라엘은 크게 숨을 들이켰다. 한껏 들뜬 단리명을 설득시키지 못하면 그의 당찬 포부도 바람처럼 사라지고 말 것이다.

"이번 대결은 조건이 달려 있소. 그러니 서두를 필요 없소."

"조건이라니? 그게 무엇이냐?"

"후우. 이제야 하는 말이지만 난 이미 서역의 수많은 경쟁자들을 물리치고 왕녀께 청혼을 했소. 하지만 왕녀는 중원에 뛰어난 사내들이 많다는 소문을 듣고는 내 청혼에 조건을 다셨소."

"그것이 혹시 중원 제일의 사내를 꺾고 오라는 것이었느냐?"

"그렇소. 만일 내가 상대하기 버거울 만큼 뛰어난 사내를 만나거든 필히 함께 자신을 찾아오라고 했소. 친히 부군을 고르겠다고 말이오."

급한 마음에 대충 지어낸 말이었지만 단리명은 오히려 고개를 끄덕였다. 선택받는 게 아니라 선택하고 싶다는 왕녀의 말 속에서 확고한 자신감이 느껴진 것이다.

"왕녀의 뜻이 그렇다면 따라야겠지. 미인을 얻는 데는 그만한 수고가 따르는 법이니까."

단리명이 선뜻 이브라엘의 제안을 승낙했다.

"왕녀의 뜻을 따라줘서 고맙소."

이브라엘의 입가로 묘한 안도의 한숨이 흘러나왔다.

2

"주군! 정녕 그런 놈의 말을 따르실 생각이십니까?"

이천은 당황스러웠다. 흑풍대를 두고 갈 거라는 건 얼추 짐작했지만 자신까지 떼 놓을 줄은 꿈에도 생각지 못한 일이었다.

흑풍대는 소교주의 친위대다. 흑풍대주는 소교주의 등을 지키도록 허락받은 유일한 사내였다. 그에게 자부심을 버리고 천마신교에서 대기하라는 건 받아들이기 어려운 명령이었다.

하지만 정작 단리명은 당연하다는 듯이 말을 이었다.

"내백하 왕녀는 나와 이불알만을 청했고 나는 그 청에 응했다. 그런데 어찌 따라가겠다는 말이냐?"

단리명은 자신이 한 약속을 무척이나 중하게 여겼다. 이천이 충심으로 설득했지만 끝내 그의 마음을 돌릴 수는 없었다.

"잔말 말고 기다려라. 내가 어린애도 아닌데 설마 길을 잃기야 하겠느냐?"

그 말을 끝으로 단리명은 서쪽을 향해 몸을 날렸다. 그의 신형이 눈 깜짝할 사이에 사라졌다. 뭐라고 입을 벙긋거리려던 이천이 무겁게 고개를 떨어뜨렸다.

3

"흠. 이런 동굴 안에서 그녀가 기다리고 있단 말인가?"

무려 한 달을 달리고 또 달리고서야 단리명은 이불알이 말한 장소에 도착할 수 있었다.

중원의 지도에는 나와 있지 않은 붉은 산.

그곳의 중턱에 사람 하나 겨우 들어갈 만한 구멍이 뚫려 있었다.

단리명은 천천히 동굴 주변을 둘러보았다.

사위는 생각보다 고요했다. 사방 어디에도 특별한 기척이 느껴지지 않았다.

이불알은 어디 있을까. 정말 저 안에 내백하 왕녀가 있는 것일까.

단리명은 피식 웃었다.

세상 무엇 하나 거칠 게 없는 그다. 설사 함정이 존재한다 할지라도 빠져나올 자신이 있었다.

"이불알. 내가 왔다, 어디 있느냐?"

동굴로 들어서며 단리명이 소리쳤다. 그의 목소리가 동굴을 타고 쩌렁하게 울렸다.

한참을 번져 나가는 것으로 보아 안쪽까지는 오래 걸어야 할 듯싶었다.

단리명은 크게 숨을 들이켰다. 그러자 이질적인 기운이 그의 폐부를 타고 스며들어 왔다.

동굴 특유의 탁기는 아니었다. 천마신교의 마기는 더더욱 아니었다.

"또 마법인지 뭔지 하는 걸로 장난을 친 모양이군."

단리명의 입가로 비릿한 웃음이 번졌다.

이브라엘의 마법이 제법 쓸 만하다는 건 인정했지만 자신에게는 통하지 않았다. 믿을 수 없다며 몇 번이고 덤벼들던 녀석이 두 손 두 발 다 들 정도였다.

만일 술법 간의 대결이었다면 단리명도 신교의 팔신이나 사신수를 부려 상대했을 것이다. 진법 대결이라면 그에 걸맞게 대처해 줬을 것이다.

하지만 이번 대결의 과제는 천하제일녀. 번거롭게 시간을 끌 필요가 없었다.

"수라마도야. 아무래도 네 녀석이 시원하게 놀아줘야겠구나."

단리명은 한 치의 망설임도 없이 마병 수라마도를 꺼내 들었다.

수라마도가 사납게 울부짖었다. 동시에 단전을 타고 뜨거운 기운이 치밀어 오르기 시작했다.

전대 교주이자 태사부인 구양승으로부터 전해 받아 완성시킨 천마지존강기(天魔至尊罡氣)! 그 강렬함이 전신혈맥을 열고 수라마도를 향해 거침없이 뻗어 나갔다.

후르르르릉!

천마지존강기를 머금은 수라마도의 검면에서 아수라의 형상이 피어올랐다. 녀석이 필요 이상으로 흥분을 한 것이다.

단리명이 웃으며 수라마도를 쓸어내렸다. 아수라파천도식까지 쓸 생각은 없었다. 그랬다간 동굴은 버티지 못하고 폭삭 주저앉고 말 것이다.

울부짖던 수라마도가 점차 안정을 되찾았다. 도면을 타고 꿈틀거리던 검붉은 기운도 칼날 끝에만 엷게 맺혔다.

만족스러운 듯 단리명이 고개를 끄덕였다. 그의 지체했던 발걸음이 다시 움직이기 시작했다.

후아아앗!

이계 마법의 기운이 덤벼들었지만 그는 잘 손질한 칼로 나뭇가지를 쳐내듯 수라마도를 휙휙 휘둘렀다.

파앗! 파앗!

수라마도에 걸린 마법들이 비명을 지르며 사라져 갔다.

## 4

"제길!"

이브라엘의 귓가로 또다시 알림음이 울렸다.

심적으로 지쳐 있을 단리명을 위해 야심차게 준비했던 일루전 마법진조차 채 5분을 버티지 못하고 깨져 버렸다.

이제 남은 건 포이즌 클라우드 마법진뿐.

블랙 드래곤으로서 가장 자신 있는 독 마법이었지만 이브라엘의 표정은 밝지 못했다. 애석하게도 단리명에게는 독이 통하지 않았다.

"크윽, 단리명!"

이브라엘이 입술을 질끈 깨물었다. 아직 차원의 문을 열기 위해서는 시간이 좀 더 필요했다.

중원으로 넘어오면서 반 토막이 나 버린 마력으로는 고레벨의 마법을 사용하기조차 부담스러웠다. 하물며 차원의 문을 여는 것이다. 생각처럼 쉬울 리 없었다.

그나마 다행인 점은 반대 차원의 좌표를 정확하게 알고 있는 까닭에 재차 점검할 필요가 없다는 것이다.

"부디 놈이 독무(毒霧)를 찝찝하게 생각해야 할 텐데……."

이브라엘의 손놀림이 빨라졌다. 오른손으로는 텅 빈 마법진에 룬어를 새겨 넣으며 왼손으로는 끊임없이 마력을 불어넣었다. 그러자 차원 이동 마법진이 우웅 하고 울리더니 시커먼 어둠을 뿜어대기 시작했다.

"크흐흐흐! 이제 됐다!"

이브라엘의 입가로 안도의 웃음이 터져 나왔다.

하지만 그것도 잠시. 귓가를 울리는 알림 소리에 그의 표정이 잔뜩 일그러졌다.

비록 차원 이동 마법진이 완성되었지만 제대로 작동하기까지는 최소한 20분이란 시간이 필요했다. 그때까지 무슨 수를 써서라도 단리명의 발걸음을 늦춰야 했다.

이브라엘은 머리를 굴렸다.

단리명처럼 자신감이 넘치고 자신밖에 모르는 녀석을 어중간한 수로 꾀기란 불가능했다. 결국 상대가 좋아하는 걸로 시간을 끌어야만 하는 상황이었다.

"제길! 어쩔 수 없이 이걸 사용해야 하나……."

이브라엘이 아공간 속에서 1,000년 묵은 검은색 드라고나를 꺼냈다.

영약이라면 사족을 못 쓰는 단리명이라면 필시 드라고나에도 반응을 보일 터. 그 사이 마법진이 활성화되기를 기다리는 수밖에는 다른 방법이 없을 것 같았다.

"그래, 이 빌어먹을 놈아! 이것저것 다 처먹고 벽에 똥칠할 때까지 살아라! 어차피 이 세상으론 돌아오지 못할 테니까!"

드라고나를 쥔 손을 부들부들 떨며 이브라엘이 악을 써댔다. 그의 속도 모르고 활성화 단계에 접어든 차원 이동 마법진이 웅웅, 즐거운 울음을 흘려댔다.

5

"으음? 이 냄새는?"

이브라엘이 마지막으로 준비한 독무를 제 집 뒷마당처럼 가로지른 단리명이 갑자기 코를 킁킁거리기 시작했다. 영약 앞에서는 민감해지는 그의 후각이 발동한 것이다.

저만치서 이브라엘의 기척이 느껴졌지만 단리명은 서두르지 않았다.

내백하 왕녀를 만나 아내로 맞는 건 천하제일남에게 부여된 당연한 순리였다. 하지만 애석하게도 영약은 먼저 발견하는 사람이 임자였다. 천운이 따라야 한다는 것이다.

"이불알, 넌 운이 없구나. 아니면 운까지 버려 가며 내백하 왕녀에게 달려갔는지도 모르지."

단리명은 이브라엘이 영약보다 왕녀를 선택했다는 사실을 높이 평가했다.

자고로 사내란 목표가 정해지면 한눈 팔지 않고 앞으로 나가는 법이다. 그런 점에서 봤을 때 이브라엘은 충분히 사내라 할 만했다.

만일 자신에게도 똑같은 질문이 주어진다면 어떻게 할까?

단리명은 씨익 웃었다.

둘 중 하나를 포기하는 건 이브라엘과 같은 범인(凡人)들에게나 통용되는 말이다. 단리명은 영약과 왕녀, 둘 모두를 가질 자신이 있었다. 당연히 어느 하나를 포기할 리 만무했다.

단리명의 발걸음이 오른쪽으로 움직였다. 멀지 않은 곳에 시커먼 무언가가 떨어져 있었다.

"이런, 이런. 이 귀한 게 바닥에 굴러다니다니."

단리명은 한달음에 달려가 그것을 집어 들었다. 뭔가 고약하면서도 달콤한 냄새가 콧구멍 속으로 빨려 들어왔다.

민감해진 후각이 영약이라는 사실을 다시 한 번 확인해 주었다. 하지만 시각은 그 사실을 거부했다.

"흠. 뭐가 이렇게 생긴 거지? 이건 꼭 큰 짐승의 똥 같지 않은가?"

영약을 요리조리 살피던 단리명이 인상을 찌푸렸다.

만일 이 말을 이브라엘이 들었다면 화들짝 놀랐을 것이다. 단리명의 말처럼 드라고나는 힘의 성장을 이루는 드래곤이 만들어 낸 배설물의 일종이었다.

비록 배설물이긴 하지만 그것을 취하면 해당 드래곤의 마법적인 지식은 물론 마나 친화력을 높일 수 있다고 한다. 더욱이 이브라엘이 내놓은 드라고나는 골드 일족의 이단아 아마데우스가 고룡에서 태고룡으로 넘어가면서 남긴 것이다.

그 효능이야 말할 필요조차 없을 터. 이브라엘이 부들부들 떨었던 것도 무리는 아니었다.

하지만 미관상으로 봤을 때 드라고나는 단리명이 알고 있는 영약들과는 상당한 차이가 있었다. 만일 정신을 몽롱하게 만들 만큼 달콤한 향이 나지 않았다면 아마 진즉 내던져 버렸을지도 모를 일이었다.

"흠, 이걸 어찌한다……."

잠시 고민하던 단리명이 마지못해 드라고나의 일부를 떼어 먹었다. 혀끝에 닿기가 무섭게 드라고나 조각은 순식간에 몸속으로 사라져 버렸다.

단리명은 천천히 스며든 기운을 움직였다. 그러자 하단전에 빨려 들어간 녀석은 중단전을 거쳐 상단전까지 치고 올랐다.

순간 단리명의 눈이 번쩍 떠졌다. 하단전은 물론 중단전까지 천마지존강기로 꽉꽉 채웠던 그가 가장 아쉬워하던 상단전이 급격히 꿈틀거리기 시작한 것이다.

"호오, 아마도 신수가 남긴 내단인 모양이구나!"

나름의 확신이 생긴 단리명은 드라고나를 입속으로 쑤셔 넣었다.

사람 머리통만 한 드라고나가 순식간에 사라졌다. 그 영험한(?) 기운을 모조리 흡수한 단리명은 지금껏 느끼지 못했던 희열에 몸을 부들부들 떨었다.

단리명이 드라고나의 기운을 취하느라 정신이 없을 무렵 이브라엘이 그토록 바라던 차원 이동 마법진이 완벽하게 활성화되었다.

이브라엘은 차원 이동 마법진 위에 서신 한 장을 내려놓았다. 이것으로 모든 준비는 끝. 이제 단리명이 걸려들기를 기다리기만 하면 됐다.

"크흐흐. 이 빌어먹을 인간 놈아! 어디 로드에게 걸려서 갈가리 찢겨 봐라!"

음산한 저주를 퍼부으며 이브라엘은 어둠 속으로 몸을 내던졌다. 그 사실을 눈치챈 단리명이 뒤늦게 공간 안으로 뛰어들어 왔지만 이브라엘은 이미 자취를 감춘 뒤였다.

"이불알! 어딨느냐!"

단리명의 사나운 음성이 쩌렁하게 울렸다.

천마후(天魔吼)!

만에 하나 이브라엘이 몸을 숨기고 있었다면 당장 칠공에서 피가 터져 나왔을 것이다.

하지만 공간 어디에도 이브라엘의 모습은 보이지 않았다. 그는 이미 텔레포트를 통해 천마신교로 되돌아간 상태였다.

싸늘한 눈으로 주변을 살피던 단리명의 시야로 이브라엘이 남긴 서신이 들어왔다.

"음? 이건 뭐지?"

단리명은 지체 없이 차원 이동 마법진 안으로 들어갔다. 함정일지도 몰랐지만 일말의 망설임 없이 서신을 집어 들었다.

차원 이동 마법진이 우웅 하며 단리명을 겁박했다. 하지만 단리명은 눈 하나 깜짝하지 않았다.

만약 무슨 일이 생기면 수라마도로 깨트리면 그만이었다. 그보다는 텅 빈 공간에 남은 서신의 내용이 궁금했다.

단리명이 돌돌 말려진 서신을 툭 하고 흔들었다.

종이가 주룩 펼쳐졌다. 수려하게 쓰인 글자가 시선을 사로잡았다.

하지만 그것도 잠시. 자신에 대한 조롱에 이어 왕녀를 납치했다는 이야기가 나오자 단리명의 표정이 사납게 일그러졌다.

"이불알! 이노옴!"

단리명의 노성이 쩌렁하게 울렸다. 대결을 빙자해 자신을 농락한 이브라엘을 결코 용서하지 않겠다는 듯 그의 전신을 타고 천마지존강기가 뿜어져 나오기 시작했다.

그 순간,

후아아앗!

차원 이동 마법진에서 치솟은 어둠이 단리명을 단숨에 집어 삼켜 버렸다.

"감힛!"

단리명이 재빨리 수라마도를 내질렀다. 하지만 애석하게도 아직 그의 도는 차원을 가를 수가 없었다.

# 그대가 내백하요?

1

"레베카! 레베카! 안에 있는 거 다 안다니까~ 그러지 말고 좀 들여보내 줘. 네게 줄 선물이 있다니까~"

붉은 머리카락을 길게 늘어뜨린 사내가 커다란 동굴 앞에서 소리쳤다.

얼핏 봤을 때 사내는 살짝 제정신이 아닌 것처럼 보였다. 옷차림이나 생김새는 멀쩡해 보였지만 커다란 산 중턱에 뻥하니 뚫려 있는 동굴에서 정체 모를 사람을 찾으며 들여보내 달라고 애걸복걸하는 건 미치지 않고서야 하기 힘든 일이었다.

하지만 이곳이 드래곤의 레어라면 이야기가 달라진다.

"레베카! 레베카아아! 이익! 정말 이런 식으로 나오면 나도 힘으로 뚫고 들어가겠어! 그때 가서 후회하지 말라고!"

한참을 씩씩거리던 적발 사내가 거칠게 보호막을 후려쳤다. 순간 쩌걱 하는 소리가 나더니 보호막에 금이 가기 시작했다.

'이브라엘은 쉽게 떨쳐 냈을지 모르겠지만 난 어림없다고!'

적발 사내의 입가로 음흉한 웃음이 번졌다. 이대로 몇 번 더 내려치면 입구를 막고 있는 보호막은 산산이 깨지고 말 터였다.

하지만 그는 다시 손바닥을 내지르지 못했다.

"로데우스 님, 레베카 님의 전언입니다. 만에 하나 보호막이 깨질 경우 로드께 정식적인 보호 요청을 하시겠다고 합니다."

보호막 너머로 엘프 여인이 나타나 끔찍한 말을 지껄였다.

적발 사내, 로데우스는 끌어 올리던 마나를 냉큼 소멸시켰다. 만에 하나 레베카가 드래곤 로드의 곁으로 다시 돌아간다면 구애는 커녕 이렇듯 찾아오는 것 자체가 불가능해질 것이다.

"흠, 흠. 절대 보호막을 깨지 않을 테니까 안심하라고 해. 그나저나 요새 보호막은 왜 이렇게 허약한 거야?"

로데우스는 능청스럽게 웃으며 깨진 보호막에 마나를 불어넣었다. 갈라진 보호막이 언제 그랬냐는 듯 맑은 우윳빛으로 번들거렸다.

"어떠냐? 이만 하면 새것 같지?"

로데우스가 단단해진 보호막을 통통 두드리며 히죽 웃었다.

그러나 정작 엘프 여인의 표정은 밝지 않았다. 문제의 허약한 보호막을 만든 장본인이 바로 그녀의 주인인 레베카였으니까.

"레베카 님을 모욕하신 말씀, 그대로 전해 드리겠습니다."

그 말을 끝으로 레베카의 쌀쌀맞은 가디언이 사라졌다.

뒤늦게 자신의 실수를 알아챈 로데우스는 아차 싶었다. 가디언에게 뭐라도 해명하고 싶었지만 그녀를 다시 부를 방법이 없었다.

'빌어먹을, 한 번 더 부셔봐?'

로데우스가 망설이는 사이 통제를 벗어난 그의 손바닥이 먼저 보호막을 후려쳤다.

로데우스는 화들짝 놀라 손을 뗐다. 하지만 보호막은 어느새 금이 쩍 가버린 뒤였다.

"헉! 레, 레베카! 이건 절대 고의가 아니야! 절대 아니야!"

갈라진 틈새로 로데우스가 앓는 소리를 냈다. 하지만 다행인지 불행인지 켈라는 다시 나타나질 않았다.

아니, 정확하게 말하자면 나타날 수가 없었다.

보란 듯이 보호막을 두드리는 로데우스보다 더 뻔뻔한 존재가 겁도 없이 레베카의 침소로 파고들었기 때문이다.

2

"다, 당신… 누구죠?"

레베카는 마치 꿈을 꾸는 것만 같았다. 그것도 아주 끔찍한 악몽을 꾸는 기분이었다.

도대체 누가 허락도 받지 않고 저렇게 당당한 얼굴로 자신의 침실로 들어올 수가 있단 말인가!

이런 상황에서도 당당하게 큰소리를 치지 못하는 자신의 무력함에 구역질이 날 정도였다.

하지만 정작 차원을 넘어 낯선 여인의 침실로 들어온 단리명은 아무렇지도 않은 얼굴이었다. 오히려 천연덕스럽게 하늘거리는 잠옷을 걸친 레베카의 몸매를 감상하며 흡족해 하고 있었다.

"그대가 내백하 왕녀구려. 내 이름은 단리명. 대리국의 왕자이며 천마신교의 소교주요. 아울러 그대가 찾는 중원에서 가장 완벽한 사내라오."

단리명이 히죽 웃으며 말했다. 평소엔 잘하지 않는 가문은 물론 자화자찬까지 늘어놓을 만큼 단리명은 레베카에게 첫눈에 반해 버렸다.

그 애틋함이 눈빛을 타고 전해졌다. 하지만 애석하게도 레베카는 단리명의 말을 알아들을 수가 없었다.

그 사이 레베카의 가디언이자 특급 정령술사인 엘프 켈라가 방 안으로 뛰어들어 왔다.

그녀는 단리명에게서 뿜어지는 기운을 알아채고는 정면 승부를 피한 채 레베카의 앞을 가로막았다. 단리명을 블랙 일족의 드래곤쯤으로 착각한 것이다.

"물러서세요!"

무방비 상태의 레베카를 보호하며 켈라가 뾰족하게 소리쳤다.

기실 그녀가 탐욕에 젖은 드래곤을 상대로 할 수 있는 건 목숨을 다해 항변하는 것뿐이었다.

만일 단리명이 정녕 블랙 드래곤이었다면 켈라는 대번에 죽임을 당했을 것이다. 하지만 단리명은 그녀의 재잘거림에 작게 웃어 주었다. 레베카만큼은 아니지만 새로 나타난 귀가 뾰족한 여인에게서도 중원 여인에게선 볼 수 없는 매력을 느낀 것이다.

"아, 그러고 보니 내가 큰 실례를 범했군요. 이불알이 만들어 놓은 진법을 따라 들어온 것 같은데 그게 하필 내백하 왕녀의 침소로 이어져 있을 줄은 생각지 못했소이다. 내 불찰을 용서하시오."

이미 볼 것은 다 봐 놓고서 단리명은 능청스럽게 고개를 숙였다. 순간 낯익은 단어를 들은 켈라의 표정이 달라졌다.

켈라가 황급히 뒤를 돌아보았다.

아니나 다를까. 레베카의 눈매도 살짝 일그러져 있었다.

"아무래도 이브라엘 님께서 장난을 치신 모양입니다."

"내 생각도 그래. 그나저나 저 남자, 일족 같지는 않지?"

"위대한 일족이라면 저런 낯선 말을 하실 리 없겠죠. 어쩌면… 어둠의 땅에서 넘어오신 분일지도 모릅니다."

"그렇다면 마족이란 말야?"

황당한 상황 속에서도 레베카와 켈라는 단리명의 정체를 놓고 재잘거렸다.

비록 독립했다지만 레베카는 갓 성룡을 지난 여성체 드래곤이었다. 게다가 켈라도 그녀의 정식 가디언 노릇을 한 지 고작 5년밖에 되질 않았다. 이런 난감한 상황에서 어떻게 대처해야 하는지 제대로 알지 못했다.

또랑또랑한 두 개의 시선이 단리명을 힐끔거렸다. 만일 이곳이 천마신교였다면 당장 수라마도가 울어댔을 테지만 주인의 심정을 아는 녀석은 수줍은 새색시처럼 조용하게 단리명의 허리춤에 매달려 있었다.

"무엇이 그렇게 재밌으신지 나도 좀 들으면 안 되겠소? 혹여 중원 말을 아시오? 애석하게도 내가 서역의 언어를 몰라 왕녀께서 무슨 대화를 즐기시는지 모르겠소."

단리명이 한 발 다가서며 말했다. 그의 움직임에 켈라가 움찔 놀라자 단리명이 두 손바닥을 들어 올리며 히죽 웃었다.

"그렇게 경계하실 필욘 없소이다. 난 그렇게까지 참을성 없는 사내가 아니오. 난 그저 대화를 나누고 싶을 뿐이라오."

단리명이 오른손을 들어 말하는 시늉을 냈다. 그제야 단리명의 뜻을 알아챈 켈라가 자신이 차고 있던 목걸이를 내밀었다.

"설마… 이걸 나 보고 차란 말이오?"

목걸이를 받아든 단리명의 표정이 당혹스럽게 변했다.

기실 어지간한 여자들조차 기죽일 만큼 아름다운 얼굴과는 달리 단리명은 여성스럽다는 말을 병적으로 싫어했다. 당연히 여자가 차고 있던 목걸이를 목에 걸고 싶은 마음도 없었다. 하지만 두 미녀가 재차 권하니 계속 거절할 수도 없었다.

"허허. 갑자기 목걸이라니, 왕녀께서 청하시니 하긴 하겠지만 왠지 목이 근질거리는구려."

단리명이 어색하게 입가를 들어 올렸다. 목선을 타고 반짝거리는 목걸이가 어딘지 어색했다.

하지만 그것은 단순한 목걸이가 아니었다. 세상의 모든 언어와 소통하게 만들어 주는 마법이 걸린 아티펙트였다.

"이젠 제 말을 이해하시겠어요?"

어쩔 줄을 몰라하는 단리명의 귓가로 그윽한 목소리가 들려왔다.

순간 단리명이 흠칫 놀랐다. 조금 전까지 무슨 소리인지 하나도 모르겠던 서역 말이 들리기 시작한 것이다.

하지만 그 감정도 오래 가지 않았다. 천하제일녀로 손색이 없는 여인에게 호들갑스런 모습을 보여줄 수는 없는 일. 단리명은 금세 태연함을 되찾은 것이다.

"허허, 대화가 통하다니. 이것 참 대단한 법보(法寶)를 가지셨군요."

단리명이 웃으며 말했다.

켈라가 법보란 말을 이해하지 못하고 레베카를 바라봤다. 레베카 역시 처음 듣는 단어였지만 그것이 아티펙트와 비슷한 표현이라고 생각했다.

"대화가 통해서 다행이에요. 그럼 다시 물을게요. 당신은 누구죠?"

레베카가 다소 경직된 목소리로 물었다.

살짝 떨리는 듯 보였지만 그녀의 눈동자는 한 치의 흐트러짐조차 없었다. 그 모습을 보며 단리명은 내심 감탄을 했다.

자신이야 무안함을 감추기 위해 아무렇지 않은 척했지만 레베카의 침착함은 칭찬받아 마땅했다. 만일 다른 여인들 같았으면 비명을 내질러 자신을 당황스럽게 했거나 변변찮은 얼굴이나 몸으로 꾀려 했을 것이다. 그러나 눈앞의 여인은 대단한 법보까지 내어 줄 만큼 냉정함을 유지하고 있었다.

단리명은 입가가 근질거렸다. 완벽한 외모뿐만 아니라 이상적인 성격까지 갖췄으니 진정 천하제일녀로서 손색이 없어 보였다.

"다시 소개하겠소. 내 이름은 단리명. 천하제일녀를 찾아온 사내요."

단리명이 살짝 허리를 굽혔다. 레베카가 말뜻을 이해하지 못하고 눈을 깜빡거렸다. 그러자 단리명이 웃으며 그간의 사정을 설명하기 시작했다.

"천하제일녀란 중원식 표현이 어렵다면 다시 말해 주겠소. 내백하 왕녀, 당신이 이 세상에서 가장 완벽한 여인이란 뜻이오. 아울러 난 세상에서 가장 완벽한 여인을 찾아왔소."

그제야 단리명의 말뜻을 이해한 레베카가 수줍게 볼을 붉혔다.

그녀를 바라보며 환하게 웃던 단리명이 천천히 주변을 살폈다. 주인의 허락도 받지 않고 침실을 구경하는 건 실례였지만 일단 이브라엘이 어디에 숨었는지 알아야 했다.

하지만 아무리 찾아봐도 이브라엘의 모습은 보이질 않았다.

"하온데 왕녀. 이불알, 그놈은 어디 있소?"

방을 훑고 돌아온 단리명의 시선이 레베카에게 향했다.

"이불알? 혹시 이브라엘 님을 말씀하시는 건가요?"

레베카가 오히려 황금빛 눈동자를 깜빡이며 되물었다.

"그렇소. 헌데 그놈은 이곳에 오지 않았소? 분명 나보다 먼저 왕녀를 만나기 위해 움직였을 텐데……."

단리명이 이해할 수 없다는 듯이 고개를 갸웃거렸다. 이브라엘의 기척이 사라지고 나서 곧바로 자신도 진법의 기운에 휩싸인 게 사실이었다.

이브라엘의 마법이란 술수가 제법 신통방통하긴 하지만 자신에게는 어림없는 일. 자신을 피해 필시 방 안 어딘가에 몸을 숨기고 있을 것이라 여겼다.

하지만 레베카는 전혀 모르겠다는 얼굴이었다. 눈빛을 보니 거짓말을 하는 것 같지도 않았다.

"흠, 설마 놈이 만든 진법이 아니었단 말인가?"

동굴 안에 펼쳐진 그 모호한 진법이 이브라엘이 만든 게 아니라면 자신처럼 빠져나왔다고 단정 지을 수는 없었다. 어찌 됐든 놈은 자신만큼 대단한 존재가 아니었다. 어쩌면 진법 어딘가에 갇혀서 헤어 나오지 못하는 것일지도 몰랐다.

어렴풋이 답을 얻었다고 생각한 단리명의 표정이 한 결 밝아졌다. 그러나 상황은 그가 생각하는 것처럼 간단한 게 아니었다.

"이브라엘 님은 삼십 년 전에 다른 차원으로 떠나셨답니다. 그런데 지금 그분을 만났다고 말씀하신 건가요? 설마 이브라엘 님께서 마계로 가신 건가요?"

레베카가 걱정스런 얼굴로 물었다. 기실 이브라엘을 이 세계에서 떠나게 만든 건 그녀였다. 만일 이브라엘이 마계로 가 마룡이라도 되었다면 마음이 편이 편치 않을 것 같았다.

반면 단리명은 무슨 말을 하는지 이해할 수 없다는 듯 눈만 끔뻑거렸다. 그러나 낯선 표현에 크게 당황하지는 않았다. 레베카처럼 어림짐작으로 이해하려고 하지도 않았다.

"흠, 솔직히 말씀드려 왕녀께서 당최 무슨 말씀을 하시는지 모르겠소. 아마도 사는 세상이 다르다보니 통하지 않는 표현들이 적잖은 모양이오. 그거야 시간이 지나면 나아질 일이고……. 우선 왕녀께서 이불알, 그놈의 과거에 대해 말씀해 주셨으면 좋겠소. 부끄럽게도 천마신교에서 집요하기로 소문난 마뇌조차 놈의 내력에 대해서는 아무것도 밝혀내지 못했다오."

통하지 않는 게 있다면 차차 통하게 하면 그만이다. 대화라는 좋은 수단을 놔두고 서로 의심하고 반목하는 건 범인들에게나 어울리는 것이다.

단리명의 뜻을 전해들은 레베카가 천천히 고개를 끄덕였다. 그러자 켈라가 나서서 단리명을 응접실로 이끌었다.

"다르…리먼 님께서는 저를 따라오십시오. 이곳은 레베카 님의 침실. 대화를 나누기엔 불편하다고 생각합니다."

워낙 아늑하고 아기자기하게 꾸며진 침실이다보니 대화를 나눌 만한 테이블이나 의자가 없었다.

"이런, 왕녀의 침소에 함부로 든 죄를 용서하시오."

단리명이 넉살좋게 웃으며 레베카에게 고개를 숙이고 물러났다. 말은 용서하라고 하면서도 켈라의 뒤를 따르는 그의 모습은 한없이 당당하기만 했다.

"하아. 도대체가 이게 무슨 일이람."

비로소 여유를 되찾은 레베카가 길게 한숨을 내쉬었다.

이브라엘은 커녕 드래곤 로드에게조차 보여주지 않았던 침실이다. 성룡이 되어서도 해츨링 적 취향을 벗어나지 못한다는 놀림을 받기 싫어서였다.

그런 은밀한 곳을 정체를 알 수 없는 사내에게 들키고 말았으니 부끄럽기만 했다. 그러나 화가 나지는 않았다.

예전의 그녀였다면 아마 손가락에 끼고 있는 반지를 통해 드래곤 로드에게 도움을 청했을 것이다. 하지만 레베카는 오히려 상기된 얼굴로 아공간을 열어 예쁜 드레스를 꺼내들었다.

단리명이 레베카에게 한눈에 반했던 것처럼 그녀도 처음 보는 재밌는 사내에게서 강렬한 호감을 느낀 것이다.

3

소박한 침실과는 달리 응접실은 호화로웠다. 드래곤 로드를 포함해 가깝게 지내던 여성체 드래곤들과 종종 차를 즐기기 위해 억지로 꾸며놓은 것이다.

단리명은 그런 응접실이 무척이나 마음에 들었다. 오히려 궁(?)의 모든 공간이 소박했다면 지나치게 사람들의 눈을 의식한다며 실망했을 터였다.

"아무래도 이브라엘 님께서 뭔가 장난을 치신 것 같아요."

활짝 웃는 단리명의 미소가 부담스러웠던지 레베카가 슬쩍 화재를 돌렸다. 그러자 단리명도 헤픈 웃음을 지우고 자못 진지한 표정으로 대화에 응했다.

"일단 제가 먼저 이브라엘 님에 대해 말씀드릴게요."

레베카는 나직한 목소리로 이브라엘과 얽혔던 일들에 대해 설명해 나갔다.

굳이 자신들이 드래곤이라는 사실을 말하진 않았다. 그 정도쯤은 상대도 알고 있을 것이라 여겼다.

그것을 단리명도 자신의 방식으로 받아들이고 이해했다.

"흠. 그러니까 이불알 그놈이 왕녀께 청혼을 했다가 퇴짜를 맞자 창피한 마음에 다른 세상으로 떠났단 말이군요."

"그래요. 이브라엘 님께는 죄송한 일이지만 전 그때 마음의 준비가 되어 있지 않았어요. 그래서 어쩔 수 없이 거절을 했던 것인데… 이브라엘 님께서 화가 나셨던 모양이에요."

"하기야 이불알 그놈이 좀 옹졸한 구석이 있다오."

얼핏 보면 말이 통하는 것 같았지만 이야기는 확실히 겉돌았다. 대화가 진행될수록 단리명과 레베카도 그 사실을 눈치챘지만 누구 하나 먼저 나서서 수습하려 하지 않았다.

단리명은 이브라엘을 서역 권문세족의 자식쯤으로 여겼다. 다른 차원으로 넘어갔다는 말도 중원에 온 것으로 해석했다.

아무도 알지 못했던 이브라엘의 숨겨진 과거(?)에 대해 알게 된 단리명은 미간을 찌푸렸다. 그런 놈이 마음에 들어 열 번이나 기회를 주고 살려준 자신이 어리석게 느껴졌다.

다음에 만나면 손속에 사정을 두지 않으리라!

단리명은 속으로 다짐 또 다짐했다. 그 사이 화자에서 청자로 입장을 바꾼 레베카가 그윽한 눈으로 단리명을 바라봤다.

단리명은 퍼뜩 노기를 지우고 입가에 미소를 띠었다. 레베카처럼 아름다운 여인에게 인상을 찌푸린다는 건 크나큰 실례였다.

"흠, 흠. 그럼 이제 내 이야기를 들려드리겠소."

사실 관계에 연연했던 레베카의 이야기와는 달리 단리명은 적당한 살을 붙여 흥을 돋웠다.

얼마 지나지 않아 레베카는 단리명의 언변에 푹 빠져 버렸다. 무표정한 얼굴로 레베카의 옆에 앉아 있던 켈라조차 뾰족한 귀를 기울일 정도였다.

"호호. 그러니까 이브라엘 님께서 이번엔 오줌을 지리셨단 말이죠?"

"그렇다오. 어디 그 뿐인 줄 아시오? 여섯 번째 대결은 음(音)으로 겨루는 것이었는데……."

단리명은 겁도 없이 자신에게 덤벼들었던 이브라엘과 대결했던 이야기를 하나도 남김없이 풀어냈다. 조금 과장된 감이 없지 않았지만 레베카나 켈라는 연신 웃음을 멈추지 않았다. 그 과정에서 천마신교의 소공자라 자처한 단리명을 마계에서 온 공작쯤으로 착각해 버리고 말았다.

본디 신족이라면 질색하는 드래곤의 입장에서 본다면 도무지 이해할 수 없는 반응이었다. 하지만 단리명을 향한 레베카의 모습은 진솔했다. 특히 자신을 만나기 위해 차원을 넘어왔다는 대목에서는 감격해 눈물을 글썽거리기까지 했다.

"켈라, 들었니? 공작님께서 날 만나기 위해 오셨대!"

"레베카 님, 축하드려요. 드디어 신탁이 이루어졌군요!"

레베카와 켈라가 서로를 바라보며 환하게 웃었다. 그러자 단리명이 궁금하다는 듯이 물었다.

"신탁이라니? 그건 또 무슨 소리요?"

신탁이라는 게 점술사들 사이에서 자주 쓰이는 말이라는 건 단리명도 잘 알고 있었다. 평소였다면 꿰어 맞추기 좋아하는 이들의 말장난쯤으로 여기고 넘겼을 테지만 이번에는 달랐다. 만일 자신과 레베카의 인연에 대해 읊조린 것이라면 꼭 믿어 볼 생각이었다.

하지만 레베카는 의미 모를 웃음만을 흘려댔다. 켈라도 마찬가지. 레베카의 허락 없이는 아무 말도 할 수 없다는 듯 아예 단리명의 시선을 피해 버렸다.

그때였다.

쾅쾅쾅! 쾅쾅쾅!

잠깐 멈췄던 소리가 다시 레어 안을 울리기 시작했다.

"레베카 님. 로데우스 님께서 아직도 밖에 계신가 봅니다."

켈라가 살짝 눈가를 찌푸렸다. 그러자 웃음이 가득하던 레베카의 얼굴이 차갑게 굳어졌다.

"가서 로데우스 님께 전해드려라. 신께서 정해 주신 인연을 만났으니 더 이상 소란 피우지 마시라고."

레베카의 단호한 의지에 켈라의 눈이 반짝였다.

성룡이 되면 만날 수 있다는 인연을 기다리기 위해 레베카가 감내한 고통들을 생각하면 가슴이 아플 정도였다.

하지만 이제는 상황이 달라졌다. 단리명을 만났으니 다른 드래곤들이 치근덕대는 건 신탁을 모욕하는 것이나 다를 바 없었다.

"걱정 마십시오. 제가 가서 단단히 일러 드리겠습니다."

켈라가 자리에서 일어나며 말했다. 그때 단리명이 나섰다. 신탁이라는 게 자신의 생각과 크게 다르지 않다는 걸 안 이상 가만히 앉아서 지켜볼 수만은 없었다.

"보아하니 왕녀의 아름다움에 취해 날아온 날벌레 같은데 내가 쫓아내고 오겠소. 그러니 두 분은 자리에 앉아 있으시오."

단리명이 수라마도를 움켜쥐며 호탕하게 소리쳤다. 그의 두 눈동자로 번지기 시작한 의지는 그 어떤 구혼자도 쓰러트릴 수 있다는 자신감으로 번들거렸다.

"조심하세요. 로데우스 님은 강하신 분이랍니다."

레베카가 나직이 말했다. 로데우스는 반고룡의 레드 드래곤. 흉포하기론 일족 중에서 따를 자가 없었다.

하지만 레베카는 물론 켈라도 단리명을 말릴 생각을 하지 않았다. 신탁에 따르면 차원을 건너 온 이계의 존재는 모든 일족의 인정을 받기에 합당하다고 했다. 드래곤에게 인정을 받는다는 건 그만큼 강하다는 의미. 신탁이 과장된 게 아니라면 로데우스는 감히 단리명을 해칠 수가 없다.

"하하! 왕녀, 다녀오겠소."

단리명의 신형이 레어의 입구 쪽으로 튕겨져 나갔다. 그 순간,

콰지지직!

요란한 소리와 함께 레어의 결계가 깨지고 말았다.

4

"웬 잡놈이 시끄럽게 소란을 피우는 거냐?"

우렁찬 목소리가 입구를 타고 밀려들었다.

잘못 들었나 싶어 로데우스는 살짝 인상을 찌푸렸다. 그 순간, 흡사 유령처럼 단리명이 모습을 드러냈다.

"너, 넌 누구냐!"

순간 로데우스의 입에서 괴성이 터져 나왔다. 기척도 없이 자신의 코앞까지 다가온 건 둘째치고 정체 모를 녀석이 레베카의 레어 안에서 나왔다는 사실에 순식간에 열이 뻗친 것이다.

성격 급하고 머리보다 몸이 먼저 움직이는 터라 일족의 기피 대상 다섯 손가락 안에 꼽히는 로데우스를 화나게 만들었다는 건 실로 위험천만한 일이었다.

하지만 정작 단리명은 느긋했다. 오히려 상대를 더욱 약 올릴 심산으로 애석하게 구절(九絶)에 포함되지 않은 설공(舌功)을 발휘하기 시작했다.

"어허! 이런 빌어먹을 놈을 봤나! 남의 집 대문을 제 멋대로 부숴 놓고선 정작 주인을 보고 누구냐니! 생긴 건 멀쩡하게 생겨서 정신이 나간 게냐?"

"뭐?"

"미친놈이냐고 묻는 거다."

씩씩거리는 로데우스를 쑥 훑어 보던 단리명이 안쓰럽다는 듯 혀를 찼다.

인연이 있는 여인의 집을 불쑥 찾아와 소란을 피우는 건 그야말로 미친놈이나 하는 짓이었다. 더욱이 천하제일이라 자처하는 자신의 여인을 건드리는 건 살기를 포기한 것과 같았다.

하지만 반고룡 중에서는 감히 상대할 자가 없다고 알려진 로데우스는 생각만큼 호락호락하지 않았다.

내기에 져서 이브라엘에게 선수를 양보하긴 했지만 녀석이 사라진 이상 레베카의 짝은 자신이 되어야 마땅하다고 생각하고 있었다. 그 와중에 정체 모를 놈이 나타나 주인 행세를 하고 있으니 폭발해 버린 이성을 대신해 몸이 먼저 움직이는 게 당연한 일이었다.

후아아앗!

허공을 가르며 로데우스의 주먹이 날아들었다. 뒤따라 일어난 마나가 그의 주먹을 겹겹이 둘러쌌다.

버닝 피스트!

홍염의 마나를 머금은 그의 주먹을 받고 멀쩡한 자는 지금껏 아무도 없었다. 레베카에게 지분대던 드래곤들 중 대다수가 이 주먹에 희생되어 광대뼈가 함몰되는 굴욕을 맛볼 정도였다.

하지만 단리명은 그 사나운 위력 앞에서 조금도 위축되지 않았다. 오히려 상대가 주먹으로 나오자 반기는 분위기였다.

기실 도법을 주로 사용하긴 했지만 단리명은 권각술에도 일가견이 있었다. 아직은 피 끓는 청춘. 사내다운 주먹질을 잊지 못했다.

"호오, 권이라. 나도 소싯적에는 주먹질 좀 하고 놀았지."

단리명의 입가로 즐거운 웃음이 번졌다. 순간 그의 신형이 바람처럼 흔들리더니 날아드는 주먹을 피해 로데우스의 품속으로 파고들었다. 그것으로도 모자라 텅 빈 상대의 가슴을 향해 단단한 주먹을 내지르기 시작했다.

"흥! 어림없다! 쉴드(Shield)!"

단리명을 놓친 로데우스가 재빨리 가슴 쪽으로 보호막을 생성시켰다.

간단한 마법이긴 하지만 드래곤이 펼친 이상 그 위력은 6레벨에 버금갈 정도였다. 주먹질로는 감히 부술 수 없다고 여겼다.

하지만 그의 비웃음은 채 1초도 되지 않아 사라져 버렸다.

쿠아아앙!

단리명의 주먹이 보호막과 충돌하자 순식간에 마나 배열이 깨지면서 몸이 무방비로 노출된 것이다.

"이런!"

반격할 틈도 없이 로데우스는 재차 마나를 끌어 올렸다.

이번에는 중급 마법인 앱솔루트 쉴드(Absolute Shield)를 구현해 냈다. 하지만 그것마저도 단리명의 주먹질 한 방에 깨지고 말았다.

"이놈!"

분노한 로데우스가 상위의 마법까지 불러냈다.

앱솔루트 베리어(Absolute Barrier)!

단리명의 앞으로 뿌연 장벽이 펴져 나갔다.

"재주가 좋군. 이것도 그 마법인지 뭔지 하는 건가?"

연달아 자신의 앞길을 막는 마법이란 것에 화가 날 만도 하건만 단리명은 웃음을 멈추지 않았다.

주먹질이란 게 꼭 주고받아야만 하는 건 아니었다. 가로막은 무언가를 부술 때도 요긴하게 사용되었다.

쿠아앙!

단리명이 내지른 세 번째 주먹이 앱솔루트 베리어와 충돌했다. 그러나 드래곤이 구현해 낸 6레벨의 마법이라서일까. 요란스럽게 흔들렸지만 베리어는 깨지지 않았다.

연달아 터진 네 번째 주먹과 다섯 번째 주먹도 마찬가지. 울림이 더욱 요란해졌지만 벽은 끝내 깨지진 않았다.

로데우스의 입가로 안도의 한숨이 번졌다. 진즉에 앱솔루트 배리어를 구현할 걸 하는 후회마저 들었다.

하지만 완전히 안심하기에는 아직 일렀다.

단리명이 구사하는 권법은 마가층층권(魔家層層拳).

권이 더해지면 더해질수록 그 위력도 증가해 갔다.

콰지직!

정확하게 일곱 번째 주먹질이 터지자 앱솔루트 베리어가 쫙 하고 갈라져 버렸다. 그 틈을 놓치지 않고 작렬한 여덟 번째 주먹이 벽을 부수고 로데우스의 심장으로 날아들었다.

"커억! 블링크!"

단리명의 빈틈을 노려 반격을 준비하던 로데우스의 입에서 다급성이 터져 나왔다.

순식간에 마나로 화한 그의 신형이 10미론 뒤쪽에서 나타났다. 그러나 위기를 넘긴 로데우스의 표정은 썩 개운해 보이지 않았다. 마나를 뚫고 침투한 마가층층권의 기운이 그의 가슴뼈에 금을 새겨 넣은 것이다.

"크으윽! 이놈! 가만두지 않겠다!"

시큰거리는 가슴의 통증을 억누르며 로데우스가 성난 눈으로 단리명을 노려보았다. 고룡에 접어든 장로들을 제외하고는 감히 자신을 상처 입힐 존재는 없다고 자부했던 그로서는 지금의 굴욕을 참을 수가 없었다.

상대가 강한 만큼 전력을 다해 고꾸라트릴 생각이었다. 하지만 정작 단리명은 김이 빠진 얼굴이었다.

블링크. 단리명이 겁쟁이라고 단정 지은 이브라엘이 시도 때도 없이 펼쳐 대던 조잡한 술법의 이름이었다.

"불익후라. 설마 그 잔재주를 믿고 내게 덤볐던 거냐?"

단리명의 눈가가 싸늘해졌다. 사내다운 줄 알고 좋아했더니 이브라엘처럼 그저 말만 앞서는 놈이었다.

"더 보여줄 게 없으면 그만 꺼져라. 다시 한 번 내 눈에 띄었다간 내공을 폐하고 사지근맥을 잘라 버릴 것이다."

더는 싸울 마음이 없는 듯 단리명이 홱 하고 몸을 돌렸다.

싸움은 이미 끝났다. 손 볼 가치조차 없는 놈과 굳이 손을 섞는 건 범인들에게나 어울리는 짓이다.

하지만 애석하게도 로데우스는 이대로 끝낼 마음이 없었다. 목숨까지는 아니더라도 최소한 상대의 갈빗대를 모조리 바숴 버려야 속이 시원할 것 같았다.

"이놈! 어딜 도망치는 거냐! 헬 블레이즈(Hell Blaze)!"

자신에게 허락도 받지 않고 등을 돌린 단리명에게 로데우스가 오른손을 내질렀다. 그의 손끝을 타고 터져 나온 뜨거운 불꽃이 단리명의 앞길을 가로막았다. 그것이 단리명을 빙 둘러 거대한 불의 벽을 만들어 냈다.

불기운은 족히 10미론 가까이 솟아올랐다. 공기를 태우며 사납게 이글거리는 게 닿기만 하면 무엇이든 태워 버릴 것 같았다.

단리명은 인상을 찌푸렸다. 마음만 먹으면 충분히 뛰어넘을 수 있는 높이지만 로데우스의 바람처럼 천천히 몸을 돌렸다.

죽을 줄도 모르고 짖어대는 개들에게는 몽둥이가 약이다. 게다가 꼴값을 떠는 순서가 이브라엘과 너무나 비슷했다.

"크흐흐! 어떠냐, 이놈아! 어디 한 번 빠져나와 봐라!"

로데우스가 한껏 입가를 비틀어 올렸다.

레드 드래곤이 구현해 내는 홍염 마법은 그 위력이 남달랐다. 게다가 마계의 꺼지지 않는 불꽃까지 끌어 와 벽을 둘렀으니 열기는 상상을 초월했다.

블링크나 텔레포트로 도망칠 수는 있겠지만 불꽃은 끝까지 따라붙을 것이다. 비슷한 수준의 힘으로 불꽃을 꺼트리지 않는 이상 빠져나오는 건 불가능했다.

"가소로운 놈. 감히 이 몸에게 덤비다니! 일족이라 해도 결코 가만두지 않겠다!"

로데우스는 단리명을 블랙 드래곤쯤으로 오해했다. 마족일지도 모른다는 생각도 들었지만 시건방진 걸로 봐서는 자신이 눈여겨보지 않았던 일족 중 하나인 게 틀림없었다.

블랙 일족 중 로데우스가 신경 쓰는 건 사라진 이브라엘뿐이다. 물론 그 외에 자신의 갈비뼈를 부러뜨릴 녀석이 나왔다는 게 놀라웠지만 그뿐이다. 자신이나 이브라엘과 비슷한 수준이라고는 결코 생각하지 않았다.

그 오판이 사신(死神)의 코털을 건드렸음을 로데우스는 미처 알지 못했다.

"도망치기에 이어 이제는 불장난이라. 잡술을 부리는 주제에 말이 많구나."

가소로운 눈으로 로데우스를 노려보던 단리명이 오른손 검지를 가슴 앞으로 가져다 댔다. 순간 그의 이마에 귀(龜)자가 새겨지더니 수라마도를 타고 차디찬 한기가 뿜어지기 시작했다.

강림사신수(降臨四神獸) 북빙왕(北氷王) 한명귀(寒溟龜)!

그 차디찬 신력이 차원을 넘어 이계까지 흘러들었다.

후아아앗!

서늘한 기운이 단리명의 주위로 퍼져 나갔다. 그를 집어삼킬 듯 넘실거리던 불꽃들이 주춤거리며 몸을 사리기 시작했다.

그 틈을 놓치지 않고 단리명이 오른손을 내질렀다. 수라마도가 쪼개듯 공간을 갈랐다.

파아아아아앗!

지옥의 불꽃과 북빙왕의 한기가 맞붙자 뜨거운 증기가 뿜어져 올랐다. 그 열기가 실로 대단했지만 단리명은 거침없이 틈 속으로 몸을 날렸다.

한명귀의 힘을 부른 이상 단리명의 몸은 어지간한 열기엔 끄덕도 하지 않았다. 이브라엘이 마법이라는 최고의 무기를 가지고도 단리명을 쓰러트리지 못한 것도 그가 펼치는 저 강신술 때문이었다.

그러나 그 사실을 알지 못하는 로데우스의 입에서는 절로 경악성이 터져 나왔다.

세상에! 로드조차 곤욕스럽게 만들 자신이 있었던 헬 블레이즈가 고작 칼질 한 번에 깨지다니!

지옥의 불꽃이 아니라 다른 불꽃이 소환된 게 아닌지 의심스러울 정도였다.

"후훗, 빌어먹을 불꽃이로군."

단리명은 옷자락 끝을 갉아먹고 있는 불꽃을 잘라내며 눈가를 찌푸렸다.

한명귀의 한기에도 달라붙을 정도면 실로 대단한 법력이라는 의미다. 어쩌면 서역의 염제(炎帝)의 힘인지도 몰랐다.

"단순한 불꽃이 아닌 걸 보니 한가락하는 모양이구나."

단리명의 차디찬 시선이 로데우스를 향해 날아들었다. 아직도 냉기를 펄펄 흘리는 수라마도가 사납게 울부짖기 시작했다.

"너… 정체가 뭐냐!"

덜컥 겁이 난 로데우스가 떨리는 목소리로 물었다.

어쩌면 상대는 자신이 알지 못하는 블랙 일족의 장로일지도 몰랐다. 어쩌면… 상대는 차원을 가르고 유희를 나온 마계의 귀족일지도 몰랐다.

대답을 기다리는 로데우스가 마른침을 꿀꺽 삼켰다. 하지만 단리명은 그가 생각하는 것처럼 특별한 존재가 아니었다.

"내가 누구냐고? 감히 내게 그런 질문을 하는 놈이 존재하다니. 과연 서역 놈들은 겁이 없구나."

한껏 입가를 비틀던 단리명이 인정사정없이 수라마도를 휘둘렀다.

후아아앗!

수라마도의 칼날이 허공을 얼리며 날아들었다.

로데우스가 다급히 마나를 일으켰지만 소용없었다. 갓 피어오르기 시작한 열기는 한명귀의 한기를 견디지 못하고 모조리 꺼져 버렸다.

"커어억!"

헛바람을 들이키는 로데우스의 입에서 다급성이 터져 나왔다.

그때였다.

# 내 별호가 왜 구절공자인지 아시오?

1

[공작님. 로데우스 님을 다치게 하셔서는 안 돼요.]

머릿속에서 레베카의 다급한 목소리가 울렸다.

단리명은 미간을 찌푸렸다. 솔직히 말해 겁도 없이 자신에게 불장난을 친 녀석을 살려두고픈 마음은 없었지만 레베카의 첫 부탁을 거절할 수도 없었다.

비록 이브라엘이 어딘가로 사라져 버렸다지만 아직 레베카의 선택이 남아 있었다. 그녀의 마음이 돌아설 만한 짓은 하고 싶지 않았다.

후아앗!

대기를 얼리며 날아들던 도의 궤적이 살짝 뒤틀렸다. 본디라면 싸늘한 칼날이 로데우스의 목을 날려 버렸을 테지만 도면으로 광대뼈를 후려치는 것으로 응징을 마무리했다.

"커어억!"

괴성을 내지르며 로데우스가 저만치 튕겨 나갔다. 손속에 충분히 사정(?)을 뒀는데도 엄살을 떠는 걸 보니 이브라엘, 그놈과 유유상종(類類相從)하는 종자인 게 틀림없어 보였다.

"수라마도가 아깝구나."

단리명이 슬쩍 입가를 비틀며 수라마도를 집어넣었다. 그러자 수라마도가 불만스럽게 울어댔다.

이제 본격적으로 몸을 풀 줄 알았는데 다시 칼집에 갇힐 줄은 생각지도 못한 것이다.

"후후. 이 녀석아. 저놈은 네 상대가 아니래도."

단리명이 웃으며 칼집을 탁탁 두드렸다.

성깔은 있어도 주인 말이라면 곧잘 듣는 녀석이라 반항도 금세 잦아들었다. 대신 로데우스의 신음 소리가 그의 귓가를 어지럽혔다.

"ㅇㅇㅇ……."

제대로 몸을 일으키지도 못하고 껙껙거리는 로데우스의 모습은 안쓰러울 정도였다.

지금이라도 나서서 손을 쓰면 나아지겠지만 단리명은 매정하게 몸을 돌렸다. 그 정도로 죽을 놈이면 덤벼든 것 자체가 잘못이다. 아울러 자신의 행동에 책임을 지는 게 사내다.

입구 안으로 들어서며 단리명은 북빙왕 한명귀의 신력을 풀었다. 사신수(四神獸)는 물론 천마신교가 모시는 신들까지 불러낼 수 있지만 그것도 엄연히 한계라는 게 있었다. 특히나 한명귀와는 상성이 썩 맞지 않아 오래 불러냈다간 양기가 상할 수도 있었다.

"북빙의 왕 한명귀여, 본래의 자리로 돌아가라!"

단리명이 눈을 감고 음산하게 주절거렸다. 순간 이마로 다시 선명한 귀자가 새겨지더니 순식간에 사라져 버렸다.

그때였다.

"큭!"

갑작스럽게 속이 뒤틀리더니 목구멍을 타고 왈칵, 핏물이 올라왔다. 한명귀의 힘을 돌려보내면서 몸속의 기운과 충돌이 일어난 것이다.

'이럴 리가 없는데……?'

단리명은 재빨리 가부좌를 틀고 앉았다. 입가에 핏물을 머금은 채로 천마지존강기의 일부를 움직여 조심스럽게 몸을 살폈다.

다행히 혈도가 다치거나 하진 않았다. 특별히 상한 장기도 없었다.

살짝 눈가를 찌푸리던 단리명이 진기를 단전으로 끌어올렸다.

하단전, 중단전까지 아무 이상이 없던 기운이 상단전을 지나자 거대한 벽에 막힌 것처럼 전진하지 못하고 헤맸다.

'상단전? 그렇다면……!'

순간 단리명의 머릿속으로 뭔가가 스쳐 지났다.

진법에 들기 전에 얻었던 정체불명의 영약. 그것이 문제를 일으킨 게 틀림없었다.

'제법 귀한 것이라 생각하긴 했지만 그 기운이 몽땅 상단전으로 몰려들다니.'

자신이 지닌 의학 지식으로는 도저히 설명할 수 없는 현상 앞에 단리명은 오랫동안 침묵했다. 덕분에 켈라가 마중을 나왔다는 사실도 인지하지 못했다.

"공작님. 어디 불편하십니까?"

켈라가 조심스럽게 다가와 물었다. 한참 동안 들어오지도 않고 입구 앞에 주저앉아 있으니 걱정스러울 만도 했다.

퍼뜩 상념에서 깨어난 단리명이 고개를 흔들었다. 그는 자연스럽게 손으로 핏물을 받았다. 동시에 삼매진화를 일으켜 게운 핏물을 모조리 태워냈다.

"하하! 불편하긴요. 이렇게 앉아서 주변을 보고 있자니 편안한 마음이 들어 잠시 즐기던 참이었습니다."

단리명이 아무렇지 않은 얼굴로 몸을 일으켰다. 능청스럽게 엉덩이를 털며 손바닥에 남은 피 냄새까지 흘려냈다.

그러나 켈라는 단리명이 피를 게워냈다는 사실을 단번에 눈치챘다. 그녀는 오감이 극도로 발달한 엘프다. 모를 리가 없었다.

켈라의 표정이 굳어지자 단리명은 머쓱한 표정을 지었다. 고작 저런 녀석을 상대로 내상을 입었으니 할 말이 없었다.

하지만 켈라는 단리명의 부상을 오히려 당연하다고 생각하고 있었다.

상대는 반고룡 중에서는 적수가 없다고 알려진 로데우스다. 그를 상대로 멀쩡했다면 오히려 그게 더 이상했을 것이다.

"안으로 들어가십시오. 레베카 님께서 기다리고 계십니다."

켈라가 공손한 목소리로 말했다. 단리명이 가볍게 고개를 끄덕이며 동굴 안쪽으로 들어갔다.

그 사이 켈라는 넝마가 되어버린 로데우스에게 다가갔다. 어찌나 호되게 당했는지 늘 당당한 눈으로 자신을 바라보던 로데우스의 얼굴이 창백하게 변해 있었다.

"로데우스 님. 움직이지 마십시오."

시커멓게 멍이 든 로데우스의 가슴에 두 손을 올리며 켈라가 싸늘한 목소리를 내뱉었다.

그동안 로데우스가 귀찮게 군 걸 생각한다면 단리명의 손에 죽는다 해도 전혀 아쉽지 않을 정도였다. 하지만 정말 그런 불상사가 생기도록 놔둘 수는 없었다.

반고룡이기 이전에 레드 일족의 차기 대장로로 거론되는 존재였다. 골드 일족이 애지중지하는 레베카만큼이나 레드 일족에 큰 비중을 차지하고 있었다. 그가 드래곤도 아닌 마족에게 목숨을 잃는다면 일은 골치 아파질 것이다. 어쩌면 골드 일족과 레드 일족이 책임 소재를 놓고 한바탕 전쟁을 치러야 할지도 몰랐다.

켈라의 손을 타고 뿌연 빛무리가 흘러나왔다. 실버 드래곤과 소수의 선택받은 하이 엘프들에게만 허락된 치유의 힘이 드래곤 하트를 압박하는 이계의 신력과 천마지존강기를 밀어냈다.

"크으윽! 이제 됐다."

겨우 죽을 고비를 넘긴 로데우스가 켈라의 손을 밀어내고 자체 치유에 들어갔다. 그렇게 한참이 지나서야 그의 표정이 밝아졌다.

"네게 도움을 청한 적이 없다."

고작 엘프에게 도움을 받은 게 부끄러웠던지 로데우스가 고개를 돌렸다.

"레베카 님의 뜻에 따랐을 뿐입니다."

켈라도 더는 상관하고 싶지 않은 듯 무심하게 고개를 숙이고 물러났다.

"자, 잠깐만! 한 가지만 물어 보자!"

돌아서는 켈라를 향해 로데우스가 다급히 소리쳤다.

"말씀하십시오."

켈라가 차가운 얼굴로 다시 몸을 돌렸다. 주변을 살피던 로데우스가 조심스러운 목소리를 흘렸다.

"아까 그 녀석, 아니, 그의 정체가 무엇이냐?"

단리명에게 듣지 못한 답을 구하는 로데우스의 표정은 간절했다. 자신보다 강한 일족의 사내가 누구인지 알아야 마음이 편할 것 같았다.

하지만 애석하게도 켈라 역시 정확한 답을 모르고 있었다.

"그건 제가 말씀드릴 수 있는 사안이 아닙니다. 다만 한 가지 확실한 건 오래전 레베카님께 내려졌던 신탁이 이루어졌다는 것입니다."

"뭐……? 신탁이 뭐가 어쩌고 어째?"

순간 큰 충격을 받은 듯 로데우스가 몸을 부르르 떨었다.

감히 자신의 레베카를 같잖은 신탁에 얽매려 하다니!

상대가 레베카가 친자매처럼 아끼는 가디언만 아니었다면 당장 불태워 버렸을 것이다.

하지만 당장 레어로 쫓아 들어갈 것처럼 굴던 로데우스는 씩씩거리기만 할 뿐 아무것도 하지 못했다. 비늘이 곤두설 만큼 섬뜩했던 검은 머리 사내를 다시 만나야 한다는 사실이 그를 망설이게 만들고 있었다.

## 2

상단전의 문제를 해결할 새도 없이 단리명은 다시 레베카 앞에 앉았다. 천마지존공을 대성한 이상 내상의 치유는 문제없을 거라 생각했다. 그보다는 왕녀와의 일을 선결하는 게 순서였다.

“왕녀. 실례인 줄 알지만 왕녀의 뜻을 알고 싶소.”

“그게 무슨 말씀이세요?”

“난 왕녀를 아내로 맞고자 찾아왔소. 내 청혼을 받아 주시겠소?”

단리명이 진지한 목소리로 물었다. 레베카가 청혼자가 자신과 이브라엘, 둘 뿐이었다면 모르겠지만 로데우스 같은 놈들이 존재한다면 확실히 못 박아 둘 필요가 있었다.

갑작스런 청혼에 놀란 듯 레베카의 눈이 똥그랗게 변했다. 그 모습이 꼭 겁먹은 토끼를 보는 것 같아 단리명은 살짝 한 걸음 물러섰다.

“흠, 흠. 당황스럽게 해서 미안하오. 하지만 그만큼 기다림이 컸던 탓이라고 여겨 주시오.”

천하제일녀를 오랫동안 기다렸다는 단리명의 말은 허언이 아니었다.

그동안 수많은 여인들이 추파를 던졌지만 단리명은 쉽게 눈길조차 주지 않았다. 들끓는 성욕을 풀기 위해 기루를 찾은 적도 없었다. 오직 그리고 또 그리던 여인을 기다리며 담담해지려 애썼다. 그 마음이 레베카를 보고 흔들렸으니 걷잡을 수 없게 변하는 것도 어찌 보면 당연한 일이었다.

“솔직히 말하겠소. 난 왕녀가 좋소. 날 가볍게 여겨도 할 말은 없지만 진정 왕녀와 평생을 함께하고 싶소.”

단리명의 뜨거운 시선이 레베카를 향했다. 언제나 당당했던 그의 말끝이 살짝 떨려왔다.

레베카의 황금빛 눈동자에 단리명이 또렷이 머물렀다.

솔직히 말해 그녀 또한 단리명이 싫지 않았다. 신탁이 말한 사내다. 광포한 로데우스를 잠재울 만큼 충분한 힘도 가지고 있었다. 무엇보다 자신을 소중히 대해줄 것 같은 느낌이 들었다.

"좋아요."

성급한 결정인 것만 같아 쉽게 용기가 나지 않았지만 레베카는 수줍게 고개를 끄덕였다.

"부족한 날 선택해 줘서 고맙소. 나도 하 매를 위해 최선을 다하겠소."

단리명이 활짝 웃으며 말했다. 자신의 여자라고 생각해서일까. 어투도 한결 부드럽게 변해 있었다.

그러나 가까워진 거리와는 달리 둘의 언어 괴리는 여전했다.

"하… 매요?"

단리명의 말을 이해하지 못한 레베카가 눈을 깜빡거렸다.

"아, 내가 살던 곳에선 사랑하는 여인을 그렇게 부르는데… 혹시 싫소?"

단리명이 짐짓 불안한 얼굴로 물었다.

아주 오래전부터 가가니 뭔 매니 하며 꼴값을 떨던 후기지

수들 앞에선 잔뜩 인상을 썼지만 속으로는 자신도 기필코 해보리라 다짐했던 바다. 아울러 연인 관계의 진전을 위해서 호칭만큼 중요한 것도 없었다.

"아, 아니에요."

레베카가 부끄러운 듯 고개를 숙였다.

단리명의 입에서 안도의 한숨이 흘러 나왔다. 그때 뭔가가 생각난 듯 레베카가 조심스럽게 눈을 들어 올렸다.

"그럼… 저는 뭐라고 불러야 하나요?"

드래곤들에게는 연인들 사이의 특별한 호칭이란 게 없었다. 그렇다보니 다양한 중원의 말에 관심이 갔다.

"흠, 흠. 아주 좋은 질문이오. 하 매는 날 가가라 부르면 된다오."

"가가요?"

"그냥 딱딱하게 가가, 하지 말고 애정을 담아 말해 주시오."

"가, 가가."

레베카의 앙증맞은 입술을 떠난 목소리가 단리명의 귓가를 간질였다.

단리명의 입가로 행복한 웃음이 번졌다. 세상에서 가장 완벽한 가가라는 말을 듣는 기분이었다.

"참, 그런데 어른들은 어디 계시오?"

쇠뿔도 단김에 빼랬다고 레베카의 승낙이 떨어진 이상 혼사를 빨리 추진하고 싶었다.

서역의 풍습이 어찌 되는지는 모르겠지만 가급적이면 중원에서 거창하게 혼례를 치르고 싶었다. 자신더러 잘생긴 고자라 했던 몇몇 호사가들의 주둥이를 영원히 꿰매 버릴 생각이었다.

하지만 애석하게도 레베카에게는 부모가 없었다.

골드 일족의 대전사였던 레베카의 아버지는 마계 침공을 저지하다 죽었다. 홀로 남은 어머니는 부화 일을 채우지 못하고 깨어난 레베카를 살리기 위해 자신의 목숨을 던졌다.

"부모님은… 안 계세요."

레베카가 처연한 목소리로 말했다. 그러자 단리명이 괜한 말을 꺼냈다는 듯 헛기침을 내뱉었다.

"이런, 하 매 미안하오. 난 그런 것도 모르고……."

단리명이 레베카의 손을 꼭 쥐어 주었다. 낯선 손길에 움찔 놀라던 레베카의 눈매가 이내 곱게 휘었다.

"제 부모님을 뵙고 싶은 거라면 하이아시스 님께 가요. 절 친딸처럼 보살펴 주신 분이거든요."

"부모님을 대신할 분이 계시니 다행이오. 하지만 그전에 여기서 며칠 머물다가 갔으면 좋겠소. 먼 길을 와서 그런지 조금 피곤한 것 같소."

본디 계획은 레베카의 부모를 만나 결혼을 허락받는 것이었다. 하지만 레베카가 자신의 처지와 마찬가지인 고아라면 굳이 서두를 필요가 없었다.

오히려 자신을 선택했다는 사실을 후회하지 않도록 며칠간 머무르며 아껴줄 참이었다. 괜히 부모 이야기를 꺼내 심란하게 했으니 자신이 다시 보듬어 주고 싶었다.

"전 상관없어요."

레베카의 얼굴이 빨갛게 물들었다. 며칠 머무르겠다는 단리명의 말을 오해한 것이다.

하지만 그날 밤, 단리명은 다른 방에서 숙면을 취했다. 세상에서 가장 완벽하다고 자처하는 두 남녀의 첫날밤은 그렇게 싱겁게(?) 지나 버렸다.

3

켈라가 안내한 처소는 아늑했다. 레베카가 다녀간 것처럼 달콤한 냄새가 가득했다.

하지만 단리명은 쉽게 잠을 이루지 못했다. 별것 아니라 여겼던 상단전의 문제가 의외로 심각했기 때문이다.

이 세계에서 드라고나는 쉽게 볼 수 없는 영약 중의 영약이었다. 인간 마법사들이 취할 경우 마법 경지가 순식간에 높아지며 기사들이 먹어도 적잖은 마나와 깨달음을 얻을 수 있다고 알려져 있었다.

그러나 그 효용도 이질적인 이계의 기운을 지닌 단리명에게는 독으로 작용했다.

드라고나의 특성상 대부분의 기운은 상단전으로 흡수됐다. 하지만 정작 천마지존강기와 하나가 되지 못하고 따로 놀고 있었다. 그런 줄도 모르고 한명귀를 현신시키다 상단전에 타격을 입었다. 한명귀를 돌려보내면서 다시 흡수된 기운과 드라고나의 기운이 충돌하면서 상단전을 꽉 막아버린 것이다.

다행히 밤새 노력한 끝에 막혔던 상단전을 뚫긴 했지만 그것만으로는 부족했다. 드라고나의 기운 덕분에 상단전을 온전히 사용할 수 없는 상황에 처한 것이다.

평범한 무인들이었다면 아마 큰 충격에 빠져 주화입마에 들었을 것이다. 하지만 단리명은 그 순간에도 침착했다.

'결국 이질적인 기운만 흡수할 수 있다면 되는 게 아닌가.'

천마지존공은 천마신교뿐만 아니라 전 무림에서도 손꼽히는 신공이다. 영약의 기운을 흡수할 수 없다고는 생각하지 않았다. 서역의 영약이다보니 잠시 거부 반응을 보이는 게 틀림없었다.

결국 시간이 해결해 줄 문제였다. 단리명은 느긋하게 기다리기로 마음먹었다.

서역(?)의 아침은 생각보다 일찍 시작되었다. 자리를 털고 일어난 단리명은 바람을 쐴 겸 입구 쪽으로 향했다.

"너, 너는……!"

입구 앞에서 멍한 얼굴로 주저앉아 있던 로데우스가 화들짝 놀라며 몸을 일으켰다. 녀석의 경악한 표정을 보아하니 전날 밤을 의심하는 모양이었다.

단리명은 순간 짓궂은 마음이 들었다. 아직도 미련을 떨치지 못하는 로데우스를 이참에 확실히 떼어놓고 싶었다.

"흐음. 이거 허리가 쑤시네."

단리명이 수라마도로 허리를 툭툭 때렸다. 벌게진 얼굴로 그 모습을 지켜보던 로데우스가 질끈 입술을 깨물었다. 단리명이 무슨 말을 하려는지 모르지 않은 것이다.

"제길! 제길! 제기이이일!"

로데우스가 괴성을 내지르며 몸을 날렸다. 그의 신형이 눈 깜짝할 사이에 사라졌다.

"호오, 과연 신법 하나는 기가 막히군. 하여튼 서역 놈들은 도망치는 재주는 비상하다니까."

마치 대단한 신법이라도 구경한 양 단리명이 혀를 내둘렀다. 하기야 저런 실력이라도 가지고 있으니 겁도 없이 레베카의 처소를 기웃거릴 마음을 먹었을 것이다.

"만약을 대비해 궁을 하나 준비해야겠군."

단리명이 슬쩍 입가를 비틀었다. 자고로 뒤도 돌아보지 않고 도망치는 놈들에게는 화살이 제격이었다.

특히나 그가 날리는 무형시(無形矢)는 은밀하고 빨랐다. 로데우스의 신법도 충분히 무력화시킬 수 있을 것 같았다.

단리명은 곧장 켈라를 찾았다. 레베카와 단리명의 식사를 준비하려던 켈라가 놀란 얼굴로 그를 맞았다.

"벌써 일어나셨어요?"

"하하, 서역의 아침이 빠른가 보오."

별것도 아닌 일에 부지런한 사람이 되자 단리명이 뒷머리를 긁적거렸다.

"그런데 무슨 일로 절 찾아오셨나요?"

"아, 다름이 아니라 궁이 있으면 좀 빌릴까 해서 왔소."

"궁이요?"

"음, 그러니까 이렇게 사용하는 무기인데……."

단리명은 켈라에게 화살을 쏘는 시늉을 해 보였다. 그러자 켈라가 작게 웃더니 자신의 처소에서 날렵한 활을 가지고 나왔다.

"이걸 말씀하신 거죠?"

"그렇소. 그런데 이건 낭자가 사용하는 것이오?"

"그렇습니다."

낭자라는 말이 어색하게 들렸지만 켈라는 가만히 고개를 끄덕였다. 단리명에게 내준 활은 자신과 오랫동안 함께했던 친구였다.

그 사실을 단리명은 금세 알아챘다. 세월의 풍파가 고스란히 느껴지는 활은 마치 새것만큼이나 잘 손질되어 있었다.

"좋은 궁이오. 내 금방 쓰고 돌려주겠소."

"그런데 갑자기 활이 왜 필요하신가요?"

"심심풀이로 동물이나 잡아볼까 해서요."

단리명이 히죽 웃으며 말했다. 켈라는 고개를 갸웃거렸다. 드래곤의 레어 근처를 어슬렁거릴 동물이 있을 리 없었다.

"설마 활로 로데우스 님을 내쫓으시려는 건가요?"

눈치 빠른 켈라가 활의 사용처를 알아냈다.

단리명은 대답 대신 헛기침만 해댔다. 그 심정을 이해한 켈라가 풋, 하고 웃음을 터트렸다. 레베카를 닮아 감정 표현이 서툰 그녀였지만 단리명은 어딘지 신기하고 재밌었다.

"참, 공작님. 주변에 동물이 많지 않습니다."

켈라가 완곡한 목소리로 말했다.

드래곤의 레어 근처에 사냥감이 살 리 없었다. 로데우스를 쫓아낸 단리명이 정말 사냥을 떠날까봐 걱정스러웠다.

직설적인 성격의 그녀로서는 최대한 둘러 말한 것이었다. 하지만 단리명은 그것을 자신에 대한 과한 배려쯤으로 여겼다.

"흠, 흠. 낭자. 내 비록 궁술이 대단치는 않지만 어디 가서 기죽을 정도는 아니니 기대하시구려. 괜찮은 놈으로 한 마리 잡아 올 테니."

단리명이 큰소리를 떵떵 치며 입구 쪽으로 걸어갔다. 다시 만류하려던 켈라가 이내 입을 다물었다. 왠지 단리명이라면 뭔가를 잡아 올 것만 같았다.

그것은 단리명도 마찬가지였다. 다른 사람은 몰라도 자신이라면 충분히 사냥에 성공할 수 있으리라 여겼다.

하지만 그런 의지로도 사냥은 쉽지 않았다. 켈라의 말처럼 사냥감이 보이질 않으니 화살을 쏠 일이 없었다.

"허허, 이거 낭패군. 멧돼지라도 한 마리 잡아갈까 했는데 빈손으로 돌아가게 생겼으니 원……."

레어 주변을 여러 번 둘러보았지만 사냥감은커녕 이렇다 할 인기척조차 느끼지 못했다. 단리명은 살짝 인상을 찌푸렸다. 이대로 갔다간 영락없이 허풍쟁이로 전락할 것만 같았다.

그때였다.

끼오오오~

갑자기 하늘 위로 커다란 새 한 마리가 모습을 드러냈다.

"헉! 무슨 놈의 수리가 저렇게 크지?"

커다란 그림자를 남기며 주변을 뱅뱅 도는 수리(?)를 보며 단리명이 탄성을 흘렸다.

'과연 서역의 것은 크구나.'

단리명의 얼굴로 순수한 감탄이 떠올랐다. 녀석이 자신을 먹이 삼아 노리고 있다는 사실은 조금도 인지하지 못했다.

"어디, 저 녀석이나 잡아서 구워 볼까?"

꿩 대신 닭이랬다고 멧돼지가 없으면 수리라도 잡아가야 할 것 같았다. 단리명은 하늘을 향해 시위를 당겼다. 동시에 천마지존강기를 끌어올려 무형의 화살을 만들어냈다.

"무엇이든 꿰뚫을 힘이 있으니 두려울 게 무어냐."

단리명의 입가로 실로 광오한 주절거림이 흘러나왔다. 하지만 실제 그가 선보이는 궁법은 정마십패의 일인인 패왕신궁(覇王神弓)의 독문무공 패력시(覇力矢)였다.

패왕신궁 앞에서 고개를 빳빳이 세울 수 있는 존재는 손에 꼽을 정도였다. 거기에 철시(鐵矢)도 아닌 무형시를 재었으니 그 위력이 어떤지는 말할 필요조차 없을 터.

파아앙!

팽팽하게 당겨졌던 줄이 순식간에 무형시를 튕겨 냈다.

끼오오!

뒤늦게 살기를 느낀 대붕이 재빨리 몸을 비틀었다. 하지만 그보다 무형시가 한발 빨랐다.

파아앗!

무형시가 새의 오른쪽 날갯죽지를 꿰뚫고 사라졌다. 동시에 균형을 잃은 녀석이 나선을 그리며 추락하기 시작했다.

어떻게든 다시 날아보겠다고 몇 번이고 발악을 했지만 녀석은 결국 굉음과 함께 바닥에 처박혀 버렸다.

쿠우우웅!

요란한 소리와 함께 먼지가 자욱이 피어올랐다.

단 한 발에 허공을 노닐던 새를 떨어뜨렸으니 실로 대단한 궁술이라 할 만했다. 하지만 단리명은 웃지 않았다. 애당초 그가 노린 건 이마. 결과야 어찌됐든 이번 공격은 실패한 것이다.

"어디 얼마나 대단한 놈인지 볼까?"

단리명이 성큼 먼지 속으로 들어갔다. 밝아진 시야로 들어온 새는 생각보다 훨씬 컸다.

잔뜩 웅크린 채 바동거리는 녀석은 천마신교에서 키우는 커다란 흑우(黑牛)를 보는 것 같았다.

비단 덩치뿐만이 아니었다. 새까만 눈으로 자신을 노려보는 게 당장 몸을 일으켜 커다란 주둥이로 까불어 댈 기세였다.

본디 자신이 죽을 위기에 처하면 대부분의 짐승들은 겁을 먹고 눈을 끔뻑이기 바빴다. 개중에는 허세를 부리며 위기에서 벗어나려는 영악한 놈들도 있었지만 발길질 한 번이면 꼬리를 말아댔다.

하지만 눈앞의 녀석은 진심으로 살기를 흘리고 있었다. 자신에게 붙들린 게 퍽이나 억울한 모양이었다.

"호오, 어째 몸이 날래다 했더니 영물인가?"

그제야 단리명의 입가로 웃음이 번졌다. 자신의 궁술이 퇴보한 것 같아 찜찜했는데 상대가 영물이라면 그 정도 오차쯤은 눈감아 줄 수 있을 것 같았다. 물론 다시는 이런 일이 없도록 궁술을 갈고 닦을 생각이지만 어쨌든 마음은 한결 가벼워졌다.

"자, 영물 친구. 어디 얼마나 다쳤나 볼까?"

단리명이 새를 향해 손을 내밀었다. 그러자 새가 움츠렸던 고개를 빼내며 사납게 부리를 부딪쳤다. 그 기세가 사뭇 사나웠지만 단리명은 웃음만 났다. 천마신교에서 키우던 흑수리 천왕(天王)이 떠오른 것이다.

'하긴, 천왕 그 녀석도 고집이 장난이 아니었지.'

식탐도 많고 게으른 데다가 시키는 건 절대 안 하는 녀석을 돌보느라 어찌나 고생했는지 단리명은 그날 이후 다시는 영물 근처에도 가지 않았다. 그만큼 영물들의 자존심은 대단했다. 하지만 그게 썩 중요한 건 아니었다. 어쨌든 단리명은 천마신교의 상징처럼 군림하던 천왕을 불과 한 달 만에 굴복시킨 전례가 있었다.

"본교의 만수존자가 그러더군. 본디 날것들은 대가리가 작은 만큼 생각이 짧다고. 무슨 말이냐 했더니 그런 녀석들을 조련시키는 데는 매가 약이라나 뭐라나. 처음에는 그 말을 듣고 시큰둥했는데 내가 천왕이 녀석을 가르치면서 만수존자의 조련술을 진심으로 인정하게 됐지."

옛일을 떠올리며 단리명이 주절거렸다. 서역에서도 만수존자의 말은 통용되는지 새는 멀뚱하게 단리명을 바라보기만 할 뿐 자신에게 닥칠 재앙을 조금도 짐작하지 못했다.

"좋아, 좋아. 그런 자세 아주 훌륭해. 계속 그런 식으로 버텨다오. 그래야 나도 가르치는 맛이 있거든."

단리명은 피식 웃으며 주먹을 들어 올렸다. 순간 그의 주먹으로 묵빛 기운이 흘러나왔다. 그러자 새가 잔뜩 목을 움츠렸다. 단리명이 달려들면 부리로 쪼아버릴 태세였다.

"어디, 한번 막아봐라!"

단리명이 대수롭지 않게 주먹을 내질렀다. 새가 기다렸다는 듯이 부리로 주먹을 쪼아냈다.

파앗!

무엇이든 부술 것 같았던 단리명의 주먹이 튕겨져 나왔다. 물론 일부러 위력을 감소시키고 구현한 권법이지만 그것을 저렇듯 쉽게 막아냈다는 건 놀라울 일이었다.

"호오, 이 녀석 제법인데?"

단리명이 엄지를 추켜들었다. 새의 눈가로 비웃음이 번졌다.

하지만 녀석의 의기양양도 그다지 오래가지는 못했다.

천마신교의 무공은 분야별로 수없이 많았지만 단리명은 필요에 따라 한 가지씩만 익혔다.

단리명이 익힌 권법은 마가층층권. 연환초식이라는 단점을 가지고 있었지만 대성하면서 그 제한이 사라졌기 때문에 특별히 다른 권법을 익히지 않았다.

기실 마가층층권으로도 권패라 불리던 무적신승의 주먹을 간단하게 꺾었으니 누구도 단리명의 주먹을 우습게 여기지 못했다. 하물며 미련한 영물 길들이는 것쯤이야 아무것도 아니었다.

"자, 이것도 받아봐라."

단리명이 다시 주먹을 내질렀다. 역시 느릿한 공격이었지만 전초에 비해 확실히 힘이 실려 있었다.

파앗!

이번에도 새는 부리를 움직여 단리명의 주먹을 막았다. 그렇게 삼권, 사권, 오권까지 녀석은 무리 없이 방어에 성공했다.

하지만 육권부터는 상황이 조금 달라졌다.

빠각!

단리명의 묵직한 주먹에 커다란 부리의 일부가 깨져 버렸다. 놀랄 틈조차 주지 않고 단리명은 일곱 번째 주먹을 날렸다. 이번에는 윗부리 끝이 확연히 깨져 나갔다. 뒤이어 윗부리에 금이 가고 아랫부리가 흔들거리기 시작했다.

[그, 그만!]

단리명이 여덟 번째 주먹을 날리려는 순간 미련하게 고집을 피우던 새가 항복을 선언했다. 이번 주먹까지 얻어맞았다간 부리가 산산조각이 났을 터. 영물치고는 빠른 선택이었다.

"재밌는 녀석이군."

단리명의 입가로 즐거운 웃음이 번졌다. 중원에서도 말이 통하는 영물은 많지 않았다. 그들 중 눈앞의 녀석처럼 상황 파악이 빠른 녀석은 더욱 드물었다.

단리명의 마음이 살짝 흔들렸다. 하는 짓을 보아하니 적어도 새들 중에서는 제왕 노릇을 할 법했다. 그런 녀석을 무작정 잡아먹기란 확실히 아까웠다. 말귀도 제법 알아듣는 것 같으니 천왕을 대신해 부려먹는 것도 나쁘지 않을 것 같았다.

"어디 상처를 보자."

단리명이 새의 날갯죽지를 들어 올렸다. 주먹만 한 크기로 뚫린 구멍에는 천마지존강기의 기운이 아직도 남아 있었다.

단리명은 손을 뻗어 남은 기운을 흡수했다. 그러자 놀랍게도 구멍이 점점 작아지더니 상처가 깨끗이 아물어버렸다.

"허허! 네 녀석도 마법이란 걸 부릴 줄 아느냐?"

단리명이 놀란 얼굴로 물었다. 무심한 눈으로 단리명을 바라보던 새가 천천히 고개를 끄덕였다. 주신의 눈과 귀를 대신한다고 알려진 그리폰이라면 당연히 가지고 있는 능력이었다.

[날 놓아다오. 이 은혜는 반드시 갚겠다.]

녀석의 무뚝뚝한 목소리가 단리명의 귓가를 울렸다. 그리폰은 오직 신들만이 부릴 수 있다고 알려져 있었다. 애꿎게 단리명에게 붙잡혔다고 해서 굴복할 수는 없는 노릇이었다.

하지만 단리명은 새를 놓아 주고 싶은 마음이 조금도 없었다.

'저 정도 영성이라면 필시 내단을 가지고 있겠지. 지금이야 상관없겠지만 나중 일이란 건 모르는 것이니 데리고 다니는 것도 나쁘지 않겠군.'

기실 영물의 내단은 영약에 버금간다고 알려져 있다. 경우에 따라서는 그보다 더한 효능을 내기도 한다.

단리명은 어림없다는 듯 손으로 단단히 새의 부리를 틀어쥐었다. 그러자 녀석이 발버둥을 쳤다. 상처와는 달리 부리는 천마지존강기가 남아 있어서 제대로 아물지 못한 것이다.

"까불지 마라. 감히 누구 앞에서 잔꾀를 부리는 것이냐!"

단리명이 사납게 소리쳤다. 새가 벗어나려고 용을 썼지만 단리명의 기세 앞에 무릎을 꿇을 수밖에 없었다.

[차라리 날 죽여라!]

새가 서럽게 울부짖었다. 더 이상 모욕을 당하느니 차라리 죽겠다는 게 자존심 강한 영물다웠다. 하지만 단리명도 강적이었다. 다 잡은 고기를 놓칠 만큼 그는 어수룩하지 않았다.

"죽여 달라? 좋다. 너덜거리는 부리를 바수고 머리통을 박살낸 뒤에 털을 하나하나 뽑아 주마. 그렇게 죽는 게 소원이라면 들어 줘야지."

단리명이 수라마도를 뽑아 들었다. 수라마도를 타고 뿜어져 나온 섬뜩한 기운이 새의 온몸을 옭아매기 시작했다.

지금껏 수라마도에 의해 목숨을 잃은 수만 해도 족히 수천은 헤아릴 것이다. 그들의 피와 한이 맺힌 검이 섬뜩하게 달려드는데 제 아무리 그리폰이라 해도 겁을 내지 않을 수 없었다.

[그, 그만! 잠시 생각할 시간을 다오.]

새가 한발 물러섰다. 하지만 단리명은 더 이상의 타협은 없다는 듯 수라마도를 쭉 내밀었다.

[크아아앗! 그만! 그만! 알았다! 시키는 대로 할 테니 그 저주받은 검을 치워라!]

부리를 붙잡힌 새가 날갯짓까지 하며 발광을 해댔다.

단리명은 피식 웃었다. 새가 어째서 수라마도를 겁내 하는지는 모르겠지만 어쨌든 붙잡아 두는 데는 성공한 것 같았다.

"주둥일 벌려라."

단리명이 품속에서 환약 한 알을 꺼내 새의 주둥이 속에 집어넣었다. 조금 이질적이긴 했지만 치료의 효능을 지닌 환약이 상처받은 새를 보듬었다. 불안정하던 심장박동 소리도 점차 안정을 되찾아갔다.

하지만 그것도 잠시.

"네가 먹은 건 극약이다. 만에 하나 내 말을 어길 경우에는 심장이 터져 죽게 될 것이다."

단리명의 사악한 목소리가 귓가를 파고들자 녀석은 흡사 벼락이라도 맞은 듯 몸을 부르르 떨었다. 실제로 목구멍을 타고 넘어가던 약의 기운이 심장 쪽으로 몰려드는 기분이 들었다.

[내, 내게 대체 무슨 짓을 한 거냐!]

새가 억울한 양 소리쳤다. 신들의 총애를 받는 그리폰으로서 자신이 한 말에는 책임을 질 생각이었다. 물론 몇 가지 부탁을 들어 주는 것으로 인연을 끝내려 했지만 틈을 봐 도망칠 마음은 추호도 없었다.

하지만 천마신교의 소교주 자리에 오르기까지 이런저런 일들을 다 겪은 단리명이 무턱대고 새의 말을 믿어줄 리는 없었다. 자고로 영물치고 영악하지 않은 녀석 없다는 만수존자의 전언도 크게 한몫했다.

"앞으로 네 이름은 벽왕이다. 내가 호명하면 어디서 무얼 하든 곧바로 모습을 드러내라. 만일 조금이라도 늦었다간 도망친 줄 알고 심장을 터트릴 테니 주의하는 게 좋을 거다."

단리명이 벽왕의 눈을 노려보며 으름장을 놓았다. 벽왕이 분한 듯 눈가를 파르르 떨었지만 상대가 단리명인 이상 어쩔 수 없는 일이었다.

"자, 벽왕. 가서 먹을 만한 걸 잡아 와라. 여긴 도통 사냥감을 찾을 수가 없구나."

단리명이 벽왕의 목을 툭툭 두드리며 말했다.

화가 난 벽왕은 주변을 휭 돌고는 잔뜩 일그러진 오크 한 마리를 잡아 왔다. 하지만 식성이 까다롭지 않은 단리명도 인간처럼 생긴 오크는 거부감이 들었다.

"좋게 말로 해서는 안 되겠구나."

단리명이 손바닥으로 벽왕의 옆구리를 후려쳤다. 순간 뿜어져 나온 섬뜩한 기운이 녀석의 몸속을 뒤흔들었다.

벽왕이 화들짝 놀라며 몸을 날렸다. 말을 듣지 않으면 심장을 터트리겠다는 단리명의 협박이 뒤늦게 떠오른 것이다.

"한 번 더 기회를 주마. 이번에도 제대로 된 걸 못 찾아오면 그땐 널 잡아먹겠다."

단리명이 짐짓 사나운 목소리로 소리쳤다. 다른 때 같았으면 시간을 두고 벽왕을 훈련시켰겠지만 지금은 시간이 없었다. 사냥감을 찾아오겠다고 말하고 궁을 나선지도 한참이 됐다.

슬슬 돌아가지 않으면 괜한 걱정을 사게 될 것이다.

"한 식경을 주마."

단리명의 말이 떨어지기가 무섭게 벽왕은 하늘로 치솟았다.

또다시 엉뚱한 걸 잡아왔다면 목숨을 부지하기 어려웠을 것이다. 그러나 다행히도 그리폰의 지능은 상당히 뛰어난 편이었다. 단리명이 생각하는 조류와 같은 부류로 엮이는 것 자체가 굴욕일 만큼.

후우우웅!

30분이 다 될 무렵 나타난 벽왕이 단리명 앞에 커다란 소 한 마리를 내려놓았다.

"그래. 이제야 말귀를 좀 알아듣는군."

눈이 뒤집힌 소를 보며 단리명이 고개를 끄덕였다. 벽왕의 날카로운 발톱으로 꽉 붙든 덕분에 이미 죽어 있었지만 맛있는 요리를 하기에는 별문제가 없을 것 같았다.

단리명은 품속에서 천잠사를 꺼내 소의 네 다리를 묶고는 어깨에 가뿐히 올려 버렸다.

벽왕이 놀란 듯 눈을 끔뻑였다. 가장 커다란 소를 잡아오느라 발톱이 시릴 정도였는데 그걸 아무렇지도 않게 짊어지고 가니 왠지 소름이 끼친 것이다.

"멀뚱히 서 있지 말고 따라와."

앞서가는 단리명이 소리쳤다.

[난 널 뭐라고 불러야 하지?]

벽왕이 뒤뚱거리며 단리명을 뒤쫓았다.

"제법 영성이 넘치는 녀석이니 주인이라고 부르려고 하진 않을 테고, 그럼 주군이라 불러라."

[주군?]

"그래. 주군. 내가 살던 곳에서는 자신이 섬기는 자를 그렇게 부르곤 하지."

단리명에게는 별반 차이 없는 말이었지만 주인과 주군은 느낌이 달랐다. 확실히 주인보다는 주군으로 부르는 게 벽왕에게도 좋은 일이었다.

[알겠다, 주군. 그런데… 주군은 정체가 뭐냐?]

벽왕이 조심스럽게 물었다. 겉모습만 본다면 단리명은 인간이었다. 하지만 그가 보인 엄청난 능력들은 감히 인간이라고 단정 짓지 못하게 만들었다.

확실히 폴리모프한 드래곤은 아니었다. 천족 같지도 않았다.

그렇다면 남는 건 마족뿐.

벽왕이 새까만 눈을 깜빡거렸다. 그러자 단리명이 대수롭지 않게 중얼거렸다.

"서역은 의외로 그런 걸 궁금해 하는군. 좋다. 잘 들어라. 네가 모셔야 할 이 몸은 바로 천마신교의 소교주다."

[천마신교?]

고개를 갸웃거리던 벽왕은 레베카와 켈라처럼 천마신교를

마계 어딘가에 있는 세력쯤으로 이해했다. 그곳의 소교주라고 하니 제법 높은 자일 터. 어쩌면 마혈의 주인일지도 몰랐다.

오직 마혈의 주인만이 마신이 될 수 있다. 물론 치열한 경쟁을 치러야 했지만 단리명 정도면 충분히 가능할 것도 같았다.

[주군. 난 또 뭘 하지?]

벽왕의 목소리가 한결 살갑게 들렸다. 녀석에게는 천신이든 마신이든 똑같은 신이다. 신의 애완동물로 태어났으니 신이 될 자에게 봉사하는 게 더 이상 굴욕스럽지 않은 것이다.

"녀석."

단리명이 피식 웃었다. 아직 가르쳐야 할 게 많았지만 자신의 처지에 순응하는 모습이 귀엽게 느껴졌다.

4

"설마 그걸 잡아오신 거예요?"

커다란 소를 발견한 켈라의 눈이 휘둥그레졌다. 다른 사내들 같았으면 어깨를 으쓱하며 그렇다고 말했을 터. 하지만 단리명은 천천히 고개를 저었다.

"낭자 말처럼 주변을 아무리 찾아봐도 사냥할 만한 게 없었소. 해서 저 녀석에게 괜찮은 걸 한 마리 물어오라고 했더니 이 녀석을 잡아오지 않겠소?"

단리명이 뒤쪽을 향해 턱짓했다. 그때 뒤뚱거리며 벽왕이 들어왔다. 녀석의 정체를 알아챈 켈라의 눈이 더욱 똥그래졌다.

"그리폰! 어떻게 그리폰이 따라온 거죠?"

"구리혼? 저 녀석을 구리혼이라 부르오?"

"네. 그리폰은 신들이 아끼는 새인데……. 설마 그리폰을 사냥하신 건 아니시죠?"

평소답지 않게 호들갑을 떠는 켈라를 보며 단리명은 어깨를 으쓱거렸다. 벽왕도 별다른 불만이 없는 듯 눈만 끔뻑거렸다.

"낭자, 내가 잠시 주방을 써도 되겠소?"

소를 쿵 하고 내려놓으며 단리명이 물었다. 그때까지 벽왕에게 정신이 팔려 있던 켈라가 엉겁결에 고개를 끄덕거렸다.

"좋아, 오랜만에 솜씨를 발휘해 볼까?"

단리명이 주방을 쑥 훑어봤다. 구조는 중원과 크게 다른 것 같지 않았다. 다만 여인 둘이서 살다보니 한쪽에 채소와 과일들만 수북이 쌓여 있었다.

"쯧쯧. 서역에서도 날씬해진다고 채식을 하는가보구려?"

단리명은 나직이 혀를 찼다. 그는 켈라가 엘프이기 때문에 레베카도 따라 채식을 한다는 사실을 아직 알지 못했다. 그저 제대로 된 고기 맛을 보지 못했을 뿐이라고 여겼다.

'그러고 보니 하 매가 좀 마른 것 같기도 하던데…….'

생각을 마친 단리명이 즉석에서 소를 잡았다. 눈 깜짝할 사이에 뼈와 살을 분리한 뒤 적당한 부위를 손질해 냄비에 올리고는 요리 재료들을 찾아 움직였다.

켈라에게 이것저것 물어 보며 요리에 적합한 재료를 찾는 게 도리이긴 했지만 그러기엔 너무 번거롭고 시간이 많이 걸릴 것 같았다. 단리명은 대신 일일이 맛을 보며 구별해 냈다. 다행히도 중원에서 흔히 쓰는 소금이나 장 비슷한 걸 찾을 수 있었다.

"됐다."

준비를 마친 단리명은 요상하게 생긴 냄비에 열기를 가했다. 불이 없는데도 순식간에 냄비가 뜨겁게 달궈졌다. 고기가 지글거리며 익어가기 시작했다. 그 위에 채소들과 장을 얹은 뒤에 소금으로 간을 마무리했다.

"이게 무슨 요리인가요?"

큼지막한 사기 접시에 담겨진 요리를 보며 켈라가 물었다. 처음에는 고기 요리라 질색을 했지만 완성된 걸 보니 제법 먹음직스럽게 보였다.

"이 요리 말이오? 하하. 우후죽순이요."

"우후…죽순이요?"

"그렇소. 본디 다른 뜻의 성어이나 소를 잡은 뒤에 죽순을 넣어 요리했다고 해서 수하들이 그리 이름 붙였다오. 기실 신교에 죽림과 흑우가 많아 재료를 구하기가 쉬웠다오."

단리명이 씨익 웃으며 말했다. 그제야 켈라는 우후죽순(牛後竹筍)이란 어색한 이름의 의미를 이해하게 됐다.

"자, 이럴 게 아니라 한번 먹어 봅시다. 낭자도 이리 오시오."

접시를 들고 단리명이 식당 쪽으로 향했다. 켈라가 과일 바구니를 들고 뒤쫓았다. 단리명과 그리폰의 기척을 느낀 레베카가 진즉 식당에 와 기다리고 있었다.

"와, 이걸 직접 만드신 거예요?"

우후죽순을 보며 레베카가 탄성을 냈다.

단리명이 흐뭇한 얼굴로 고개를 끄덕였다. 그동안은 우악스런 흑풍대 녀석들과 무림행을 떠날 때나 요리를 해 먹었는데 이렇게 아름다운 여인들과 함께 즐기다보니 그 기분이 자못 남달랐다.

"바라보지만 말고 어서 먹어 보시오."

"가가도 드세요."

"하하! 난 중원에서 질리도록 먹었던 것이니 사양 말고 드시오. 어떤 음식이든 식으면 맛이 없다오."

단리명이 뾰족한 철침이 여러 개 박힌 도구를 레베카의 손에 쥐어 주었다. 부끄러운 듯 망설이던 레베카가 포크로 조심스럽게 고기 한 점을 찍어 입안에 넣었다.

단리명의 시선이 레베카의 입술 쪽으로 움직였다. 음식을 씹는 모습조차 사랑스러웠다. 아울러 그녀의 평가가 궁금했다.

"너무 맛있어요!"

한참을 오물거리던 레베카의 입에서 탄성이 터졌다. 단리명도 즐거운 듯 무릎을 탁 하고 내려쳤다.

하지만 켈라는 그들의 즐거움에 도통 끼어들지 못했다. 가디언이라는 신분과 엘프라는 특성이 가로막고 있는 것이다.

"하하! 많이 드시오. 앞으로도 자주 만들어 줄 테니."

기분 좋게 웃던 단리명의 시선이 켈라에게 향했다. 그러자 레베카가 포크를 내려놓고 말했다.

"참, 가가. 켈라는 고기를 못 먹어요."

"고기를 못 먹다니?"

단리명이 의아한 얼굴로 물었다.

"원래 저희 일족은 고기를 먹지 않습니다."

레베카를 대신해 켈라가 조심스럽게 대답했다.

마계의 지체 높은 존재가 직접 요리를 했는데 먹지 않는다는 건 경우에 따라 모욕으로 비춰질 수도 있었다. 때문에 식당의 분위기가 잠시 조용해진 것도 사실이었다.

하지만 단리명은 크게 개의치 않았다. 체질에 따라 식습관이 다른 것을 가지고 탓하는 건 옹졸한 짓이었다.

"낭자. 그럼 채식만 하시오?"

"네. 그러니 전 신경 쓰지 않으셔도 된답니다."

켈라가 과일 하나를 집어 들며 웃었다. 그러나 그 모습이 단리명의 눈에는 조금도 행복하게 보이질 않았다.

"낭자. 잠깐만 기다리시오."

단리명은 한달음에 주방으로 갔다. 야채들을 고른 뒤에 손으로 직접 버무려 간단한 요리를 만들어 냈다.

"이걸 한번 드셔보시겠소?"

"이, 이게 무엇인가요?"

"심심파적(深心把荻)이라고 하오. 정신을 집중해 흩뿌려지는 억새풀을 낚아채듯 조심스럽게 채소들을 주무른다고 해서 붙여진 이름이오. 어쨌든 육류와 화기는 일체 사용하지 않았으니 한번 먹어 보시오."

단리명이 켈라에게 포크를 내밀며 권했다. 솔직히 달콤한 냄새가 나는 우후죽순에 비하면 썩 맛있어 보이지 않았지만 켈라는 단리명의 정성을 생각해 입을 벌렸다.

하지만 그 맛은 생각했던 것 이상으로 산뜻하고 고소했다.

"너무… 맛있어요!"

켈라가 놀람을 감추지 못했다. 이어 맛을 본 레베카도 연신 탄성을 흘렸다.

"가가, 정말 대단하세요."

레베카가 진심 어린 목소리로 말했다. 켈라도 동의하듯 고개를 끄덕거렸다.

"하하! 뭘 이런 걸 가지고 그러시오?"

기분이 좋아진 단리명이 품속에서 피리를 꺼냈다. 음을 완성하겠다고 아미산 근처에서 한 곡조 뽑았다가 근처 비구니들의 마음을 심란하게 만든 이후로는 손도 대지 않았던 녀석이지만 특별히 준비한 악기가 없으니 이것으로 대신해야 했다.

"두 미녀들께서는 즐겁게 식사를 하시오. 난 오늘 그대들을 위한 악공이 되겠소."

단리명의 피리를 타고 즐거운 노랫가락이 흘러나왔다.

레베카와 켈라의 얼굴에서 웃음이 가실 줄을 몰랐다. 정말 태어나서 이렇듯 즐거운 식사는 처음이었다.

# 너희들, 술은 있느냐?

1

도무지 인기척이 없어 휑하게 느껴졌던 산 너머로 푸른 숲이 펼쳐졌다. 조금 더 지나자 끝없이 펼쳐진 평야가 들어왔다.

그 한가운데를 시원한 강줄기가 매섭게 가르고 있었다.

"호오, 서역의 경관이 이렇게 아름다운 줄 미처 몰랐소."

단리명의 입에서 탄성이 흘러나왔다. 중원에서도 이토록 광활하게 펼쳐진 자연경관은 흔히 볼 수 있는 게 아니었다.

"정말 예뻐요."

오랜만에 처소를 벗어난 레베카도 신이 난 얼굴이었다. 높은 하늘 위에서 내려다본 세상은 해츨링 때 읽었던 동화 속 삽화들만큼이나 평화롭고 포근하게 느껴졌다.

반면 둘을 태우고 하늘을 날아다니는 벽왕은 그야말로 죽을 맛이었다.

무공과 마법으로 몸을 가볍게 한 단리명과 레베카가 무겁진 않았지만 명색이 신들의 사랑을 받는 그리폰이 탈것으로 전락한 것 같아 자존심이 상했다. 그렇다면 고마움이라도 가져야 하건만 둘은 너무나 뻔뻔하게 자신을 부려먹었다.

"가가, 저쪽에 호수가 있는 것 같아요."

"하 매는 눈이 좋구려! 금강산도 식후경이랬다고 우리 저곳에서 식사를 하는 게 어떻겠소?"

"좋아요~"

"하하! 벽왕, 저쪽으로 가자."

이렇듯 이리저리 멋대로 방향을 틀어대니 본디 목적지인 드래고니안 산맥에 언제 도착할지 막막하기만 했다.

[주군. 그곳으로 가면 귀찮은 놈을 만나게 될지도 모른다.]

벽왕이 시큰둥한 목소리로 말했다. 빈말이 아니라 단리명이 가리킨 강가에서 제법 강력한 기운이 감지되고 있었다.

이 정도 기운이면 필시 드래곤이었다. 그것도 하나가 아니라 둘이었다.

단리명이 마혈의 존재라 할지라도 중간계에서 드래곤을 상대로 승리를 장담할 수는 없었다.

마계의 존재는 중간계에서 힘의 제약을 받지만 드래곤은 오히려 제 능력을 100% 발휘하는 법. 본디부터 압도적인 힘을 가지고 있지 않는 이상은 드래곤을 제압하기가 어려웠다.

그러나 단리명의 고집은 완강했다. 발뒤꿈치로 벽왕의 정수리를 지그시 밟는 것으로 대답을 대신했다.

한 번 수하로 거둔 이상 무조건 자신의 명에 따라야 했다. 그게 싫다면 명령불복종으로 죽어야 하는 것이다.

[나중에 내 원망은 하지 마라.]

잔뜩 눈가를 찌푸리던 벽왕이 호수 쪽을 향해 몸을 기울였다.

쐐애애액!

흡사 커다란 화살이 내리꽂히는 것처럼 벽왕이 순식간에 지면으로 내려왔다. 어지간한 이들이라면 그 압력을 견디지 못하고 뒤로 튕겨나갔겠지만 단리명과 레베카는 재밌는 경험이라도 한 듯 즐거운 미소를 머금고 있었다.

"벽왕, 수고했어."

자신을 태워 준 것에 대해 보답이라도 하듯 레베카가 벽왕의 머리를 조심스럽게 쓰다듬었다. 그러자 벽왕이 새치름한 아가씨처럼 홱 하고 고개를 돌려 버렸다.

본디 그리폰과 드래곤은 사이가 좋지 않았다. 하지만 그 꼴을 보고만 있을 단리명이 아니었다.

"벽왕, 하 매에게 버릇없게 굴지 마라."

단리명이 싸늘한 목소리로 말했다.

자신의 명이라면 죽고 못 사는 흑풍대였다면 레베카에게 소마후(小魔后)로서의 예를 다했을 터. 그 정도까진 아니더라도 최소한의 예의는 지켜야 했다.

[알았다. 노력하겠다.]

벽왕이 투덜거리듯 말했다. 단리명이 한결 누그러진 얼굴로 벽왕의 등을 천천히 쓰다듬었다.

2

"흠. 이건?"

"왜 그래? 무슨 일인데?"

"새똥 냄새가 구리게 나는 걸 보니 그리폰이야."

"그리폰? 그 빌어먹을 놈들이 내려왔다고?"

"놈들이 아냐, 하나. 그리고 또 다른 기척이 둘 있는데……."

"그리폰에 낯선 기척 둘이라. 그럼 천족이네. 그놈들이 겁도 없이 그리폰을 타고 중간계에 내려온 게 틀림없어."

너른 욕조 안에서 반신욕을 즐기던 홍안(紅顔)의 사내가 벌떡 몸을 일으켰다. 내상을 입은 까닭에 열을 내면 안 되는데도 그의 전신은 벌써부터 뜨거운 열기로 가득했다.

"침착해. 아직 온전한 몸도 아니잖아."

백발 사내가 다가와 욕조 속에 손을 담갔다. 그의 손끝을 타고 퍼져 나간 냉기가 들끓기 시작한 물을 순식간에 식혀 버렸다.

하지만 홍안 사내가 뿜어내는 열기까지 잠재우진 못했다. 그만큼 홍안 사내는 분노하고 있었다.

"후우. 알았다. 네 맘대로 해라."

백발 사내는 고개를 흔들었다.

자신에게는 한마디도 하지 않은 채 끙끙 앓던 감정을 터트릴 상대를 만났으니 흥분할 만도 했다. 그것까지 말렸다간 아마 화병으로 먼저 죽어버릴 터. 오랜 친구를 그런 식으로 잃고 싶지는 않았다.

"대신 나도 함께 간다. 너 혼자서도 충분하겠지만 천족 놈들이야 본래 야비하니 무슨 짓을 벌일지 모르니까. 알았지?"

백발 사내가 홍안 사내의 앞을 가로막으며 말했다. 살짝 미간을 찌푸리던 홍안 사내가 마지못해 고개를 끄덕였다.

"마음대로. 대신 내 일을 방해할 생각일랑 마라."

"그런 일은 없을 거야."

즐겨 입는 붉은색 옷을 걸치며 홍안 사내가 성큼성큼 레어 밖으로 움직였다.

백발 사내도 눈처럼 하얀 검을 집어 들고 홍안 사내의 뒤를 따랐다.

빠직. 빠지직.

두 드래곤의 기운을 감당하지 못하고 입구에 쳐 놓았던 결계가 산산조각이 났다.

홍안 사내의 얼굴로 한가득 자신감이 번졌다.

이 정도 내상쯤은 아무것도 아니었다. 맨 주먹으로도 천계의 비리비리한 녀석들을 제압할 자신이 있었다.

하지만 그의 자신감은 오래 가지 않았다.

"저들이군. 호오, 누군가 했더니 레베카잖아?"

한 발 앞서 걸은 백발 사내가 나직한 목소리로 말했다. 그와 동시에 홍안 사내, 로데우스의 몸이 돌처럼 굳어버리고 말았다.

"비, 빌어먹을……."

로데우스의 시선이 무의식적으로 단리명을 찾았다. 커다란 돌덩이 위에서 레베카와 도란도란 이야기를 나누고 있는 녀석을 보기가 무섭게 금이 간 갈빗대가 욱신거리기 시작했다.

"하이베크. 어, 어서 자리를 피하자!"

"로데우스. 갑자기 왜 그래?"

"어서! 시간이 없어! 어서!"

갑작스런 이상 증세를 보이는 로데우스를 보며 백발 사내, 하이베크가 고개를 갸웃거렸다.

오만하기론 전 드래곤들을 통틀어 따를 자가 없다고 알려진 그가 흑발 사내를 보기가 무섭게 경기를 일으키다니. 도저히 이해할 수가 없었다.

게다가 흑발 사내의 옆에는 오래전부터 욕심을 냈던 레베카까지 앉아 있는 상황이었다.

"로데우스, 레베카가 있다는 말 못 들었어?"

"알아. 나도 봤다고. 하지만……."

레베카의 아름다움에 잠시 머물던 로데우스의 시선이 다시 단리명에게 움직였다. 순간 그의 눈가가 찌릿하고 울렸다. 더 이상 이곳에 있다간 곤욕을 치를 거라는 일종의 위험 신호였다.

"일단 이곳을 벗어나자."

로데우스가 조심스럽게 왔던 길을 되돌아갔다. 멀뚱히 단리명을 바라보던 하이베크가 뒤따라 움직였다.

"하아… 빌어먹을!"

단리명으로부터 한참을 벗어나서야 로데우스는 무겁게 한숨을 내쉬었다. 일족도 아닌 자를 피해 이렇게 도망쳐야 한다는 사실이 분하고 억울했지만 살기 위해선 어쩔 도리가 없었다.

"로데우스. 우리가 친구라면 더는 숨기지 말고 말해 봐. 무슨 일이야? 도대체 무슨 일이 있었던 거야?"

눈치 빠른 하이베크가 로데우스와 단리명 사이의 악연을 알아채 버렸다.

로데우스의 한숨 소리가 깊어졌다. 마음 같아선 죽어 마나로 화할 때까지 비밀로 하고 싶었지만 하이베크의 집요한 눈빛을 무시하기가 어려웠다.

"듣고 놀리지나 마……."

로데우스의 입가로 그날의 일들이 흘러나왔다. 그의 성정상 일방적으로 당했다는 말을 하기가 어려웠을 텐데도 한번 터진 이야기는 쉬지 않고 이어졌다.

"그러니까 널 저자가 일방적으로 꺾었단 말이야?"

"그래. 레베카의 가디언이 말하길 저자가 신탁이 말한 그자라고 하더라고."

"세상에 그런 일이……!"

하이베크는 도무지 믿기지가 않았다.

반고룡들 사이에서는 이브라엘과 더불어 가장 고강하다고 알려진 로데우스였다. 그런 그가 장기인 권법은 물론 마법을 구현하고서도 패배했다고 한다. 물론 드래곤의 진실한 능력인 본체 현신이나 용언을 사용하지 않았다지만 그런 일방적인 격차를 보였다는 건 상대의 능력 또한 대단하다는 의미였다.

"하나만 묻자. 본체로 현신한다면 그를 이길 자신은 있어?"

하이베크가 진지한 목소리로 물었다.

상대는 마족으로 의심받는 자다. 만일 로데우스가 자신 있다고 한다면 중간계와 일족의 안위를 위해서라도 본체로 현신해 단리명을 없앨 생각이었다.

하지만 로데우스는 고개를 흔들었다. 단리명의 기운이 마법을 억눌렀던 걸 생각한다면 본체로 현신한다 한들 이길 것 같지 않았다. 게다가 상대는 지난바 능력의 일부조차 보여주지 않았다.

"하이베크. 내 말을 오해했나 본데 그에게 일방적으로 당했다는 내 말은 거짓이 아니야. 아니, 솔직히 말해 굴욕적이었지. 만일 그가 봐주지 않았다면 난 진즉 목이 잘렸을 거야."

한 번 응어리를 뱉어내자 속이 시원해진 것일까. 로데우스의 고백이 끝없이 이어졌다.

그럴수록 하이베크의 표정은 굳어졌다. 천하의 로데우스에게 이런 절망을 안겨줬다는 건 둘이 힘을 합친다 해도 이길 수 없는 상대라는 의미였다.

"그럼 방법은 한 가지뿐이야. 이 길로 로드에게 가야 해."

하이베크가 주저앉은 로데우스를 일으켜 세웠다. 로데우스의 말이 사실이라면 이대로 넋 놓고 앉아 있을 수 없었다.

하지만 그 생각은 곧바로 제지당하고 말았다. 어느새 나타난 벽왕이 그들의 머리 위를 맴돌기 시작한 것이다.

[주군의 명을 전한다. 두 놈 다 냉큼 튀어오지 않으면 심장을 뽑아버리겠다고 하셨다.]

벽왕의 목소리가 로데우스와 하이베크의 귓가를 왕왕 울렸다.

"주군이라니? 어디서 헛소리를 하는 것이냐!"

로데우스를 대신해 하이베크가 소리쳤다. 그러자 벽왕이 나직이 코웃음을 치며 대답했다.

[주군께서 전날의 복수를 하고 싶다면 숨어 있지 말고 당당히 모습을 드러내라고 하셨다. 이 빨간 도마뱀아.]

"이익! 감히!"

빨간 도마뱀이라는 말에 발끈하던 것도 잠시. 저 시건방진 그리폰의 주군이 누구인지를 깨달은 로데우스와 하이베크의 얼굴이 경악으로 일그러졌다.

"설마 저 녀석이 말하는 주군이 그 녀석인 건 아니겠지?"

"저 녀석 하는 짓을 보니… 맞는 것 같은데?"

"크윽! 무서운 놈!"

주신만 믿고 까부는 족속이라고 폄훼하긴 하지만 그리폰은 몸이 날래고 항마력도 뛰어나 드래곤들조차 만만하게 보지 못했다. 그런 녀석을 며칠 새 굴복시켰으니 둘의 표정이 달라지는 것도 무리는 아니었다. 이젠 단리명의 진정한 능력을 모르는 하이베크조차 오한이 들 정도였다.

겁에 질린 둘을 보며 벽왕이 히죽 웃었다. 오만한 드래곤들조차 벌벌 기는 걸 보니 단리명이 대단하긴 대단한 모양이었다.

[서두르는 게 좋을 것이다. 주군은 기다리는 걸 별로 좋아하

지 않으니까.]

그 말을 남긴 채 벽왕이 수풀 너머로 사라졌다.

잠시 머뭇거리던 로데우스와 하이베크도 마지못해 몸을 날렸다.

3

[주군. 데려왔다.]

레베카와 함께 고기를 굽고 있는 단리명의 곁으로 벽왕이 내려와 앉았다. 뒤이어 수풀 속에서 두 사내가 튀어나왔다.

"벽왕. 수고했다."

단리명이 웃으며 손을 들어 올렸다. 그러자 커다란 물고기 한 마리가 물 밖으로 튀어나와 벽왕의 발치에 떨어졌다.

"먹어라."

[주군. 고맙다.]

벽왕이 단숨에 물고기를 잡아 물었다. 소화시키기가 쉽지 않아 보였지만 벽왕은 요란하게 목을 흔들면서 그대로 물고기를 집어삼켜 버렸다.

그 모습을 보며 단리명과 레베카가 한참을 깔깔거리며 웃었다. 반면 로데우스와 하이베크의 안색은 납빛으로 굳어 있었다.

불행히도 자신들의 예상이 맞았다. 자존심만큼은 자신들과

견줘도 부족하지 않다는 그리폰이 마치 단리명의 애완동물이라도 된 양 고분고분하게 말을 듣고 있었다.

'도대체 무슨 수를 썼기에 그리폰을 부린단 말인가!'

'로데우스의 말을 들으면서도 설마 했거늘……. 조심해야겠다. 결코 호락호락한 자가 아니야.'

로데우스와 하이베크는 마른침을 꿀꺽 삼켰다.

그 소리가 요란했을까. 단리명의 시선이 이내 둘을 향해 움직였다.

"너, 노대수라고 했느냐?"

단리명이 싸늘한 목소리로 물었다.

지난번에는 레베카의 간청 때문에 마지못해 살려줬지만 지금은 상황이 달라졌다. 만에 하나 또다시 레베카를 넘보거나 자신에게 덤벼든다면 절대 손속에 사정을 두지 않을 생각이었다.

그런 줄도 모르고 로데우스가 심드렁한 얼굴로 대꾸했다.

"노대수가 아니라 로데우스요."

"노대수가 아니라 로대수란 말이냐?"

단리명이 피식 웃었다. 이브라엘도 그랬지만 서역의 사내들은 이상하게 별것 아닌 걸로 자존심을 세우는 경우가 많았다. 언제나 막판에는 부리나케 도망치는 것들이 말이다.

"노대수. 내 주변에서 얼쩡거린 이유가 뭐냐?"

단리명의 표정이 한결 싸늘해졌다. 로데우스가 자신에게 호의를 가지고 접근하지는 않았을 터.

"아직도 하 매를 노리고 있느냐?"

단리명이 짓씹듯 말했다. 그러자 로데우스가 화들짝 놀라며 고개를 흔들었다.

"무, 무슨 소리요! 난 단지 근처에서 휴식을 취했을 뿐이오!"

로데우스는 억울했다. 상처를 치유할 겸 오랜 친구인 하이베크의 레어에 머물렀다가 우연히 단리명과 레베카를 만났을 뿐이다.

게다가 이 근역은 하이베크의 땅. 그곳에 무단으로 들어온 건 저들이지 자신이 아니었다.

하지만 그런 논리가 단리명에게 통할 리 없었다.

"너희 두 놈들이 이곳에 있다는 건 진즉 알고 있었다. 호수가 아름다워 잠깐 쉬어가면서도 너희에게 손을 쓰지 않은 건 선객(先客)이었기 때문이다! 하지만 너희는 굳이 우리를 찾아왔다. 음흉한 눈으로 한참동안 하 매를 훔쳐보다가 들킬 것 같으니 꽁무니를 뺐지. 그런데도 내가 오해했다고 말하는 것이냐?"

단리명의 입에서 노성이 터져 나왔다. 뒤이어 잔뜩 성이 난 천마지존강기의 기운이 둘을 옥죄듯 달려들었다.

"그, 그게 아니오!"

온몸을 억누르는 두려움을 참지 못하고 로데우스가 필사적으로 고개를 흔들었다. 이런 꼴까지 보이고 싶진 않았지만 애써 잊었던 그날의 악몽이 되살아나 견딜 수가 없었다.

단리명이 뿜어대는 천마지존강기에 질려 버린 건 하이베크도 마찬가지였다. 그는 드래곤들 중 상대적으로 능력이 떨어지는 화이트 일족의 반고룡. 로데우스조차 이기지 못하는데 단리명의 힘을 감당해내기란 애당초 불가능했다.

그나마 그가 로데우스보다 앞서는 건 빠른 상황 판단능력.

"내, 내가 다 해명하겠소. 그러니 제발 멈춰 주시오!"

하이베크가 다급히 소리쳤다. 그러자 불안한 눈으로 그들을 지켜보던 레베카가 재빨리 단리명의 팔을 끌어안았다.

"가가, 저도 부탁할게요. 이야기라도 들어 주세요."

레베카의 간절한 목소리가 단리명의 노기를 누그러뜨렸다.

"흥!"

단리명이 콧방귀를 뀌며 손을 내저었다. 순간 로데우스와 하이베크를 겁박하던 맹렬한 기운이 순식간에 사라져 버렸다.

"허억!"

그제야 숨통이 트인 로데우스가 거칠게 숨을 들이켰다. 하얗게 질린 하이베크의 얼굴도 빠르게 평정을 되찾아갔다.

하이베크가 힐끔 로데우스를 바라봤다. 녀석의 붉은 눈동자는 벌써 퀭하니 죽어 있었다. 조금 전까지만 해도 넘실거렸던 투쟁심과 반발심이 새까만 재가 되어 사라져 버렸다.

하기야 겁도 없이 저런 자를 상대했으니 당연한 노릇이다. 그가 봤을 때 조금 전 단리명이 보여준 기세는 장로라 불리는 일족의 고룡들조차 흉내 내지 못하는 것이었다. 그것도 전력을 다했다고 볼 수 없었다.

만일 전력을 다했다면 자신들을 짓눌렀던 그 엄청난 기운을 순식간에 거둬들이지 못했을 것이다.

'최소한 태고룡. 어쩌면 그 이상일지도 모른다.'

하이베크는 마른침을 꿀꺽 삼켰다.

태고룡마저 감당할 수 없다면 남은 건 신의 축복을 받은 로드나 일족의 이단아로 알려진 아마데우스뿐이다. 하지만 솔직히 말해서 그들조차 눈앞의 사내를 압도한다고는 생각되지 않았다.

'결코 적으로 돌려서는 안 된다. 레베카와 이어진 것 같으니 머잖아 맹약을 맺을 터. 그럼 복수조차 불가능해진다.'

자존심을 지키기 위해서는 지금이라도 결판을 내야 했지만 승산이 없었다. 게다가 후환도 두려웠다.

드래곤과 친구, 혹은 연인으로 맹약을 맺은 존재에 대해서는 모든 일족이 존중하고 보호해 주는 게 관례다. 그것을 어기고 맹약자를 헤칠 경우 맹약을 맺은 드래곤의 심판을 받음은 물론 일족 사회에서 쫓겨나게 된다.

솔직히 말해 갓 성룡이 된 레베카는 두렵지 않았다.

문제는 그녀의 뒤에서 버티고 있는 로드 하이아시스와 아마데우스.

만에 하나 둘이 레베카를 돕겠다고 나서면 감당할 수 있는 일족은 아무도 없을 것이다. 게다가 눈앞의 사내 또한 전력으로 덤벼들어도 죽일 수 있을 것 같지가 않았다.

그렇다면 자신들의 편으로 끌어들여야 한다. 생각이 거기까지 미친 하이베크가 입가에 미소를 지었다.

부모는 물론 심지어 로드 앞에서도 무뚝뚝한 표정을 지어 얼음덩어리라 불리는 하이베크로서는 살려달라고 비는 것보다 어려운 일이었다.

"내 이름은 하이베크요. 그대의 이름을 알 수 있겠소?"

하이베크가 정중하게 물었다. 그러자 단리명이 살짝 눈가를 찌푸렸다.

중원에도 저런 놈들이 있었다. 무리를 지어 겁도 없이 덤비다가 죽을 때가 되면 이 친구의 별호가 어쩌고저쩌고 떠들거나 이 친구는 어디 가문 몇째 아들입네 하며 적당히 상황을 정리하려는 모사꾼들.

단리명이 결코 좋아하지 않는 부류였다.

혈기왕성하던 시절엔 그런 녀석들의 주둥이부터 먼저 박살내곤 했다. 지금도 대답 대신 수라마도에 먼저 눈길이 가는 걸 보면 아직도 피 끓는 청춘인 모양이었다.

"단리명. 천마신교의 소교주다."

단리명이 입술을 질겅거렸다. 마음 같아선 당장 수라마도를 뽑아 들고 싶었지만 레베카의 체면도 세워줘야 했다.

천마신교와 소교주 사이에서 마계를 연상시킨 하이베크가 살짝 미간을 찌푸렸다.

상대의 정체가 범상치 않다고 느꼈지만 하필 성격 사나운 마족이라니. 괜히 말로 풀려고 했다가 일이 더 꼬일 수도 있었다.

'골치 아픈 일에 끼어들었군.'

하이베크는 한참을 끙끙거렸다. 마족들의 특성상 자신의 일에 제3자가 나서는 걸 무척이나 싫어했다. 게다가 시비가 생기면 힘을 앞세우는 일족이었다.

자신이 나서서 로데우스에 대해 떠들어 봐야 상대는 듣지 않을 것이다. 괜히 화만 돋웠다간 좋은 친구 하나를 잃게 될지도 몰랐다.

그렇다고 이대로 지켜보고 있을 수만은 없었다.

기실 성혼기에 접어든 일족의 반고룡이나 성룡들 중 레베카를 사모하지 않은 사내가 없었다. 그것으로 죄를 묻자면 수많은 일족들이 처벌을 받아야 한다.

어떻게 해야 하나.

고심하던 하이베크의 시선이 단리명의 허리춤에 닿았다. 그곳에는 정체를 알 수 없는 요상한 검이 매달려 있었다.

조금 전부터 녀석은 이질적인 기운을 뿜어대며 녀석은 울고 있었다. 뭔가 좋은 상대를 만나 싸우길 바라는 듯 그 속에서는 호승심이 느껴졌다.

'서, 설마?'

하이베크는 다급히 자신의 손을 내려다봤다.

큰 싸움이 있을 거란 생각에 들고 온 용신검 라보라. 언제부턴가 녀석도 차디찬 냉기를 흘리고 있었다.

순간 묘수를 떠올린 하이베크의 표정이 밝아졌다. 병기들의 대화를 통해 문제를 해결할 실마리를 찾아낸 것이다.

"그대에게 청이 있소."

"청이라?"

"로데우스를 쓰러트린 그대의 검술이 어느 정도인지 확인해 보고 싶소."

하이베크가 담담하게 말했다. 빈말은 아닌 듯 그는 한결 진중한 표정으로 단리명을 바라보고 있었다.

"이건 검이 아니라 도다. 그리고 노대수처럼 마법인지 뭔지를 사용해서 꽁무니를 뺄 생각이라면 포기하는 게 좋을 게다. 그땐 너는 물론 노대수까지 짓이겨 버릴 테니!"

단리명의 입가로 섬뜩한 웃음이 번졌다. 척 보아도 로데우스보다 한 수 아래로 여겨지는 하이베크가 자신에게 도전했다는 게 가소로운 것이다.

하지만 하이베크가 검을 뽑아 들자 비웃음은 즐거움으로 변했다.

단순히 병기 하나로 안정감을 되찾았다는 건 그만큼 오랫동안 수련을 했다는 의미. 실력의 고하를 떠나 그런 자들과의 비무는 결코 후회를 남기지 않는다.

"흥! 고작 그깟 비리비리한 검으로 내 도를 막아낼 수 있을 것 같으냐?"

단리명이 수라마도를 뽑아 들며 호기롭게 소리쳤다. 이에 질세라 하이베크가 자세를 낮추며 악을 썼다.

"병기의 크기로 싸우려 했다면 처음부터 도전하지도 않았소!"

단리명의 웃음이 진해졌다. 검은 만병지왕(萬兵之王)이라며 개뼈다귀 같은 소릴 주절대는 무당의 말코들보다 훨씬 마음에 들었다.

"최선을 다하는 게 좋을 것이다. 수라마도에는 눈이 없다!"

단리명이 무력시위를 하듯 도를 휘둘렀다.

흥! 후웅!

날카로운 칼날이 허공을 거칠게 찢어발겼다. 흡사 공간이 갈라진 게 아닌가 하는 착각이 들 정도였다.

"내 실력이 당신에 미치지 않는다는 건 이미 알고 있소. 죽을힘을 다해 덤빌 것이오. 당신이나 눈 먼 검에 당하지 마시오!"

하이베크가 잔뜩 마나를 끌어 올렸다. 눈처럼 허연 기운이 라보라의 검신을 타고 빠르게 번져 나갔다.

파아아앗!

차디찬 냉기가 마기와 맞부딪쳤다. 말처럼 전력을 다하려는 듯 수라마도를 쥔 손목이 빼근하게 저려왔다.

'하백이라고 했던가?'

단리명의 눈동자가 묘한 호감으로 번들거렸다. 그저 입만 산 모사꾼인 줄 알았는데 생각보다 재밌는 녀석이었다.

불현듯 흑풍대주 이천이 생각났다. 화산파의 후기지수로 처음 만났을 때 녀석도 내게 저런 식으로 덤벼들었다.

"내가 펼칠 건 아수라파천도식이다. 중원의 날고 긴다는 후기지수들도 이 도법 앞에서는 채 칠 초를 버티지 못하고 무너졌지. 네가 칠 초를 무사히 버틴다면 저 녀석을 용서해 주도록 하겠다."

단리명이 입가를 비틀며 말했다.

생사칠초(生死七招).

한때 무림을 들끓게 만들었던 단리명만의 비무가 시작되려 하고 있었다.

기실 아수라파천도식을 대성한 이후로 그의 도법과 마주하려는 자는 없었다. 지금이라도 마음만 먹으면 삼 초 이내에 하이베크의 목을 날려 버릴 자신이 있었다.

하지만 단리명은 오래전부터 이 같은 대결을 그리워 했다. 신념과 나이, 강자와 약자를 벗고 무인 대 무인으로 동등하게 서서 겨루는 대결 말이다.

굳이 칠 초에 생사를 건 것은 서로 최선을 다하자는 약속이었다.

백 초식으로 겨루면 초반에 시시한 탐색전을 벌여야 한다. 하지만 칠 초식 승부라면 누구든 최선을 다할 수밖에 없다. 자신이 가지고 있는 가장 강한 절기를 펼쳐야만 승리를 장담할 수 있을 테니까.

단리명과 칠 초 승부를 펼친 자들 중 사내 아닌 자는 하나도 없었다. 물론 목숨 건 비무다 보니 칠 초를 버텨 생을 허락받은 자들은 그리 많지 않았다.

생존자들은 이천처럼 함께 마도를 걷거나 정사지간이 되어 자신만의 도를 좇았다. 단리명과 다시는 척을 지려 하지 않았다. 때문에 무림에서는 생사칠초에 절대 응하지 말라고 주문했다. 아마 그 금지령이 없었다면 수많은 후기지수들이 단리명의 무에 감복해 정사를 초월해 버렸을지도 모른다.

단리명은 그때의 즐거움을 하이베크를 통해 느끼고 싶었다. 최소한 하이베크는 칠 초를 받을 자격을 갖추고 있다고 여겼다.

단리명의 진심을 알았는지 하이베크가 입술을 꾹 깨물었다. 자세를 낮추고 라보라를 가슴 쪽으로 단단히 끌어당겼다.

일단 첫 번째 공격을 막아보겠다는 생각이었다. 아수라파천도식에 대해 아는 게 없으니 어쩌면 당연한 선택이었는지도 모른다.

하지만 애석하게도 아수라파천도식은 모든 것을 깨트리는 패도적인 도법이었다.

"간다!"

쩌렁한 기합성과 함께 단리명이 하늘로 뛰어올랐다. 동시에 단전을 타고 천마지존강기가 폭발하기 시작했다.

후아아앗!

아수라가 피어오른 수라마도가 하이베크의 머리 위로 떨어져 내렸다. 이에 질세라 하이베크도 재빨리 라보라를 휘둘렀다.

후르르릉!

라보라의 검신이 새하얀 마나로 뒤덮였다.

하이 블레이드!

마에스트로의 전유물이라 여겨지는 백색 강기가 단리명을 향해 달려들었다.

그러나 단리명은 눈 하나 깜짝하지 않았다. 수라마도에 엷게 천마지존강기를 입혀놓은 것만으로도 충분하다는 표정이었다.

'감히! 날 얕보는 것이오!'

하이베크의 눈매가 사납게 일그러졌다.

하지만 그것도 잠시!

까가강!

도와 검이 맞부딪치자 그의 표정이 충격으로 흔들렸다.

분명 오러와 오러의 충돌이었다. 하지만 허공에서는 불꽃이 튀어 올랐다.

도대체 어떻게 된 일인가!

예상 밖의 상황에 정신을 차릴 새도 없이 시커먼 칼날이 코 앞으로 날아들었다.

하이베크는 일단 검을 휘둘렀다. 더욱 마나를 끌어 올려 오러를 두텁게 만들었다.

하지만 이번에도 마나 폭발이 아니라 불꽃이 튀어 올랐다.

'설마 저 검이 오러를 갈라낸단 말인가!'

생각할 틈조차 주지 않고 날아드는 칼날을 향해 라보라를 내지르며 하이베크는 다급히 안력을 돋웠다.

마나가 깃든 그의 눈가로 충돌 직전의 상황이 빠르게 스쳐 지났다. 놀랍게도 칼날은 두꺼운 오러 막을 파고들며 라보라의 검신을 때려 버렸다.

또다시 확인했지만 결과는 마찬가지. 상대의 칼은 확실히 자신의 마나를 잘라내고 있었다.

과연 저 수라마도란 것이 특별한 것일까. 아니면 눈치채지 못한 무언가가 있는 것일까.

하이베크는 가슴이 답답해졌다. 그토록 자신하던 검술이었지만 상대의 강맹함 앞에서는 마치 어린아이가 된 기분이었다.

"고작 그 정도냐!"

하이베크의 눈에서 투지가 사라지자 단리명이 사납게 소리쳤다. 그런 나약한 정신력으로는 칠 초를 받아내기가 어렵다.

상대의 오만함을 꾸짖는 전반 오초와는 달리 후반의 두초식은 잠재력을 끌어 올려 발악하지 않는 이상 막을 수가 없었다.

까가강!

허공에서 다섯 번째 불꽃이 튀겼다 사라졌다. 가까스로 공격을 막아낸 하이베크의 표정은 여전히 침중했다.

'하여간 서역 놈들이란.'

단리명의 입가로 쓴웃음이 번졌다. 하이베크의 얼굴로 로데우스와 이브라엘의 얼굴이 겹쳐 보이기 시작했다.

'날 원망하지 마라.'

도약과 함께 빠르게 회전한 단리명이 육초식을 펼쳤다.

순간 강맹한 기운이 수라마도에서 쏟아지더니 하이베크를 보호하고 있던 은은한 마나 벽을 순식간에 박살내 버렸다.

"커어억!"

하이베크의 입에서 비명이 터져 나왔다. 심장을 파고드는 섬뜩한 기운에 숨조차 쉬지 못할 지경이었다.

부릅떠진 두 눈이 절망으로 물들었다. 검을 휘두르고 싶었지만 차마 몸이 움직여지지 않았다.

그때였다. 불현듯 오래전에 만났던 아마데우스의 말이 떠올랐다.

"나 참, 그게 검이라고? 아서라. 어디 가서 검 휘두른다는 말은 하지 마라. 너같이 겉멋만 든 녀석은 거기까지가 한계야. 그 이상 발전이 없지. 그래선 고룡에 들어서도 비실비실할 게다. 왜 인상을 찌푸려? 내 말이 틀린 것 같으냐? 에잉, 속 좁은 놈. 네놈 미래를 보아하니 머잖아 대단한 녀석을 만날 것 같은데 그때 호되게 당하는 편이 낫겠다. 잘하면 뭔가를 얻을 수 있을지도 모르지."

나름 검에 대한 자신감으로 살아 왔던 하이베크에게는 큰 충격이었다.

하지만 상대는 이단아라 불리는 아마데우스. 검은 물론 마법에서까지 일족을 아우르는 그를 믿지 않을 수가 없었다.

"그럼 전 어떻게 해야 합니까?"

"어떻게 하긴 뭘 어떻게 해? 한 번 당해 보라니까? 그럼 바로 알게 될 게다. 네 검은 가짜라고."

아마데우스의 말이 맞았다. 자신의 검은 가짜다. 상대의 공격 앞에서 맥없이 당하고만 있었다.

하지만 그가 펼치는 검술만큼은 진짜였다. 물의 정령왕의 삼대 검법 중 하나인 에수르. 오랫동안 익혀 온 녀석까지 가짜로 만들 수는 없었다.

**에수르를 배우고 싶다고? 그렇다면 네 스스로가 물이 되어야 할 거야.**

상념의 끝에서 물의 정령왕 에르바스의 목소리가 들려왔다.

"흐아아아아압!"

뒤늦게 정신을 차린 하이베크가 라보라를 끌어 올렸다.

이미 지척까지 날아온 칼날을 막기란 불가능해 보였다. 하지만 라보라는 이내 기형적인 궤적을 그리더니 순식간에 수라마도의 날을 쳐올렸다.

파앗!

하이베크의 가슴골을 타고 핏물이 튀어 올랐다. 하지만 그뿐. 가까스로 몸을 피한 하이베크는 멀쩡했다. 오히려 칠초를 펼쳐 보이라며 도발 어린 눈빛을 보냈다.

"재밌군!"

단리명의 입가로 다시 웃음이 번졌다. 핏물을 머금은 수라마도가 왕왕 울었다.

다시 전의를 되찾은 하이베크를 향해 수라마도를 내지르며 단리명은 천마지존강기를 삼성까지 끌어 올렸다.

크르르릉!

삼성의 내력을 싣자 수라마도가 사납게 울부짖었다. 녀석의 도신으로 지옥의 불꽃 같은 섬뜩함이 번져 나갔다.

그 강렬한 일격이 냉기로 온몸을 두른 하이베크를 향해 날아들었다. 하이베크도 이를 악물고 전력을 다해 검을 휘둘렀다.

그 순간,

콰아아앙!

마기와 냉기가 어우러지며 커다란 폭발을 일으켰다. 단리명이 약속했던 칠초는 그렇게 끝이 나고 말았다.

"제법이군."

웅웅거리는 수라마도를 거둬들이며 단리명이 입가를 비틀었다.

하이베크가 마지막에 펼친 검술은 대단했다. 마지막에 기운을 끌어 올리지 않았다면 자신도 낭패를 볼 뻔했다.

장포 끝이 살짝 젖은 걸 제외한다면 단리명은 멀쩡했다. 반면 생사칠초를 가까스로 통과한 하이베크의 몰골은 말이 아니었다.

옷은 갈기갈기 찢기고 머리카락은 산발이 되어 있었다. 전신에 새겨진 크고 작은 검상에서 연신 핏물이 흘러나왔다. 그가 드래곤이 아니었다면 절명해도 할 말이 없는 상태였다.

하지만 그 눈빛만은 달랐다. 일방적인 패배 속에서도 갈 길을 찾은 듯 형언할 수 없을 만큼 맑게 빛나고 있었다.

"잘 싸웠다, 하백. 너와의 약속을 지키겠다."

단리명이 힘겹게 버티고 서 있는 하이베크에게 다가갔다. 잘 버텼다곤 하지만 천마지존강기가 침투한 상황이었다. 이대로 놔둔다면 내상이 깊어질 터였다.

단리명은 하이베크의 상체를 앞으로 구부렸다. 이어 손바닥으로 그의 등판을 후려쳤다.

"쿠엑!"

하이베크의 입에서 검은 핏물이 터져 나왔다. 온전히 마기가 제거된 건 아니지만 나머지는 하이베크의 마법으로 충분히 치료할 수 있을 터였다.

"고, 고맙소. 그리고 당신. 정말 대단하오."

하이베크가 진심으로 말했다. 자신의 자만을 깨우쳐 준 게 아마데우스였다면 갈 길을 일러 준 스승은 바로 단리명이였다.

"너야말로 잘 싸웠다."

단리명의 입가로 흐뭇한 웃음이 번졌다. 적이를 떠나 사내에게 인정받는다는 건 언제나 가슴 뿌듯한 일이었다.

"노대수. 혹시 술 가진 거 있느냐?"

단리명이 로데우스를 바라보며 물었다. 여전히 못마땅한 감정이 섞여 있었지만 처음보단 많이 누그러진 눈빛이었다.

"자, 잠깐만 기다리시오."

로데우스가 황급히 자신의 처소를 향해 몸을 날렸다. 오랫동안 숨겨두었던 좋은 술을 가져와야만 왠지 맘이 편해질 것 같았다.

# 내 꿈이 뭐냐고?

## 1

"서역이라 그런지 달빛도 좀 푸르군."

돌로 깎아 만든 술잔을 기울이며 단리명이 나직이 주절거렸다. 그러자 단리명의 품에 꼭 안겨 있던 레베카가 자연스럽게 말을 받아 주었다.

"가가께서 보아 오셨던 달은 다른가요?"

"하하! 아니오. 그저 이곳의 달빛이 조금 시린 듯해서 해 본 말이오."

"달빛이 시려요? 음… 전 잘 모르겠어요."

"이런이런… 그렇게 심각하게 고민할 필요 없소. 그저 말장난일 뿐이니까."

단리명이 애써 웃어넘겼다. 따지고 보면 중원의 것이나 서역의 것이나 똑같은 달이다. 그저 술이 들어가니 마음이 감성적으로 변한 것뿐이었다.

달 밝은 밤 호수가에 앉아 아름다운 여인과 함께 술을 즐긴다는 건 무척이나 기분 좋은 일이었다. 게다가 불청객으로 찾아온 두 사내마저 지기가 되었으니 더욱 마음이 흡족해졌다.

"노대수, 뭐 하느냐? 하백의 술잔이 비었다."

단리명이 로데우스에게 슬쩍 면박을 주었다. 그러자 로데우스가 멋쩍게 웃으며 하이베크의 술잔을 채워 주었다.

기실 같은 반고룡이라 해도 로데우스와 하이베크의 서열 차이는 확실했다.

동년배의 경우 화이트 일족은 레드 일족을 감당해 낼 수가 없다. 일곱 일족을 모두 따져봤을 때 화이트 일족이 목을 추켜들 수 있는 건 그린 일족뿐이었다.

친구로서 지내지만 로데우스가 언제나 주도적인 입장을 취한 것도 그 때문이었다.

그러나 지금은 상황이 달라졌다.

하이베크는 검술로 단리명과 맞섰다. 반면 자신은 단리명의 가공할 힘이 두려워 도망을 쳤다.

그 차이가 하이베크와 로데우스의 입지를 뒤바꿔 버렸다.

물론 순수한 실력으로만 놓고 본다면 여전히 로데우스가 앞서겠지만 예전처럼 하이베크를 쉽게 대하지는 못할 것이다.

"고맙다."

하이베크가 조용히 술잔을 들이켰다. 로데우스에게 술을 받는다는 건 예전에는 상상조차 하지 못했던 일이었지만 이상하게도 별로 어색하게 느껴지지 않았다. 마치 의례 그랬던 것처럼 자연스럽게 받아들여졌다.

마음가짐의 차이였다. 단리명과 맞섰던 자신감이란 녀석이 비슷한 연배의 일족으로서 당당해지라고 말하고 있었다.

"로데우스, 네 잔도 비었다."

이번에는 하이베크가 술병을 집어 들었다. 로데우스가 웃으며 술잔을 내밀었다.

성룡이 된 이후 오랫동안 친구처럼 지냈던 둘이지만 오늘에야 비로소 진짜 벗이 된 것 같은 기분이 들었다. 보이지 않는 마음의 굴레에서 벗어나 진정 동등한 관계가 된 것이다.

단리명의 입가로 흐뭇한 웃음이 번졌다. 둘 사이의 벽이 허물어졌으니 이젠 자신도 마음의 불편함을 털어낼 차례였다.

"하 매, 잠이 오지 않소?"

단리명이 슬쩍 레베카에게 눈길을 줬다. 현명한 레베카는 단리명의 말뜻을 단번에 알아들었다.

"하암, 그렇지 않아도 잠이 쏟아지려던 참이었어요."

나직이 중얼거리던 레베카가 슬그머니 눈을 감았다. 오랜만에 즐거움에 취해서인지 나른함이 밀려들었다.

"금방 돌아올 테니 잠깐만 쉬고 있으시오."

장포를 벗어 레베카에게 덮어 주며 단리명은 그녀의 수혈을

짊었다. 잠시 꼼지락거리던 레베카가 깊은 잠에 빠져들었다.

잠든 연인의 얼굴을 말없이 내려다보던 단리명이 천천히 몸을 돌렸다.

"노대수, 따라와라."

단리명의 목소리가 싸늘하게 울렸다.

로데우스가 움찔 놀라며 술잔을 내려놓았다. 그러자 옆에 있던 하이베크가 재빨리 끼어들었다.

"로데우스는 잘못이 없소. 아름다움을 쫓는 건 사내라면 당연한 본능. 일족의 사내 대부분이 레베카를 좋아했는데 어찌 로데우스에게만 죄를 물을 수 있단 말이오."

하이베크의 음성은 담담했다. 로데우스를 두둔하기 위해 나선 게 아니었다. 진실을 밝히고자 입을 연 것이다.

"하백, 너도 하 매를 좋아했느냐?"

단리명이 짓궂게 물었다.

"그렇소."

하이베크가 솔직히 고개를 끄덕였다.

단리명의 입가로 웃음이 번졌다. 하이베크의 표정을 보아하니 아직도 레베카를 향한 마음을 정리하지 못한 모양이었다.

하기야 사람의 마음이라는 게 어디 인력으로 된다던가.

무림에서도 남녀 간의 치정 문제는 흔하디흔한 일이었다. 그것이 자신에게 일어났다고 해서 속 좁게 받아들일 필요는 없었다.

"단 공자. 공자는 모르겠지만 중원 여인들 중 그대를 마음에 품지 않는 자는 거의 없을 거요. 공자가 천마신교에 몸담지 않았다면 아마 무림맹의 매파가 하루에도 수십 번씩 다녀갔을지 모르오. 내 죽기 전에 충고 하나 하리다. 무림의 안녕을 위해 공자는 평생 혼자 사시는 것도 나쁠 것 같지 않소. 자고로 여심이란 무서운 법이라오. 그대가 마음에 드는 짝을 선택하는 순간 무림은 한을 품은 여인들로 인해 피바람이 불지도 모르오."

삼 년 전쯤 흑풍대에 의해 멸문한 사마세가의 가주가 주저린 말이 머릿속으로 스쳐 지났다.

사마가주는 마지막까지 함부로 혀를 놀리다가 흑풍대주 이천의 검에 목이 날아갔다. 이천은 마음에 담을 것도 없는 헛소리라며 무시하라 간했다. 하지만 그의 유언 같은 당부가 천마신교로 돌아오는 내내 마음을 답답하게 만들었다.

그 이유에 대해 마뇌는 이렇게 말해 주었다.

"소교주님은 고작 약관의 나이에 무를 완성하셨습니다. 호사가들은 벌써부터 고금제일이란 말까지 가져다 붙이는 상황입니다. 무의 길을 가는 자들은 소교주님을 추종하지 않으면 질투할 수밖에 없습니다. 그 점이 불편하시겠지만 감내하셔야만 합니다. 소교주님으로 인해 벌어지는 일들에 대해서도 도의적인 책임을 지셔야 하고요. 제 말이 헛소리처럼 들이시지요? 하하, 어쩌겠습니까? 본디 절대자의 자리란 외로운 것을요."

가진 자를 부러워 하는 게 세상의 이치라고 했다. 아름다운 여인을 취하고 싶은 것도 어쩌면 사내의 당연한 욕망이리라.

단리명은 마음이 한결 가벼워졌다.

하이베크는 보면 볼수록 이천을 닮았다. 든든히 등을 지켜주면서도 충언을 아끼지 않는 친구.

서역에서도 그런 자를 만난 것 같아 기분이 좋았다.

"걱정하지 마라, 하백. 난 약속은 지킨다."

단리명이 피식 웃으며 숲 쪽으로 걸어 들어갔다.

잠시 망설이던 로데우스가 단리명의 뒤를 따라 움직였다. 그 모습을 바라보던 하이베크가 나직이 한숨을 흘렸다.

'둘의 문제는 그렇다치고, 어째서 나와 레베카만을 남겨놓는 것이오.'

사랑하는 여인에게 험한 모습을 보여주기 싫다는 건 어느 정도 이해가 갔다. 하지만 자신에게 한마디 동의도 구하지 않고 자리를 뜬 것은 너무한 처사였다.

달빛에 비친 레베카의 모습은 너무나 아름다웠다. 그 모습을 계속 지켜보고 있자니 다가가 입술을 훔치고 싶어 견딜 수가 없었다.

하이베크는 입술을 깨물었다. 애써 시선을 돌리며 조금 전 있었던 단리명과의 대결을 머릿속으로 그렸다.

시간이 지나면 레베카를 편한 마음으로 지켜볼 수 있을 것이다. 그때까지는 자신이 마음을 다독이는 수밖에 없었다.

2

채 십여 분도 지나지 않아 단리명과 로데우스가 돌아왔다.

"크흐. 하이베크 청승맞게 뭐 하는 거냐?"

로데우스의 짓궂은 목소리가 하이베크의 상념을 깨트렸다.

하이베크가 천천히 눈을 떴다. 그의 옆으로 피범벅이 된 로데우스가 털썩 주저앉았다.

"피나 닦고 말해라."

하이베크가 슬쩍 미간을 찌푸렸다. 그러자 로데우스가 걱정 없다는 듯이 술잔을 단숨에 들이켰다.

"크윽. 속이 쓰리네."

단 일권(一拳)이긴 했지만 단리명은 봐주지 않았다.

결과는 완벽한 패배.

로데우스는 한참 동안이나 핏물을 게워내야만 했다.

그러나 로데우스의 표정은 예상 외로 밝았다. 이번만큼은 도망치지 않고 최선을 다해 덤벼들었기 때문이다.

"노대수, 엄살 피지 말고 술이나 받아라."

단리명이 피식 웃으며 술잔을 내밀었다.

"엄살이라니… 우린 그대처럼 강골이 아니오."

로데우스가 서운하다는 양 콧등을 실룩거렸다.

둘의 대화는 여전히 삭막했다. 하지만 분위기는 조금 전과 확연히 달랐다.

정확하게 말하자면 로데우스의 마음가짐이 달라졌다. 일권을 주고받으며 패배 의식을 버리고 패배를 받아들였다. 어차피 진 건 마찬가지였지만 결과는 천양지차였다.

"이제 끝난 것이오?"

하이베크가 조심스럽게 물었다. 대답 대신 단리명이 고개를 끄덕였다. 로데우스도 길게 입가를 찢었다.

묵은 감정을 풀었다는 건 여러모로 다행스런 일이었다. 로데우스에게는 생사가 걸린 일이지만 추후 단리명의 행보에도 적잖은 영향을 미칠 게 분명했다.

"속은 괜찮은 거야?"

하이베크가 넌지시 물었다.

"그럭저럭. 그러는 너야말로 대단해. 어떻게 저 괴물을 상대할 생각을 다했지?"

로데우스가 슬쩍 단리명을 훔쳐보며 되물었다.

"괴물이라니… 겁이 없구나. 부를 호칭이 마땅치 않거든 대형이라고 불러라."

단리명이 툭 하고 끼어들었다. 자신을 높게 평가해 주는 건 고마웠지만 괴물로 불리고 싶지는 않았다.

속 시원하게 싸우고 기분 좋게 술을 함께했다. 중원의 방식대로라면 셋은 친구가 된 것이다.

"대형이라."

"왠지 손해 보는 기분인데?"

대형의 의미를 단번에 알아챈 하이베크와 로데우스가 피식 웃었다.

중간계 최강의 생명체라 자부하는 드래곤을 동생으로 삼겠다는 마족이라니. 다른 일족들이 들으면 미쳤다며 방방 뛰었을 것이다.

단리명이 강하긴 하지만 마계의 존재. 다른 차원의 강자들끼리는 친구를 하는 게 일반적인 관례였다.

하지만 단리명에게는 어림도 없는 일이다.

"왜, 싫으냐?"

단리명의 손끝이 수라마도에 닿았다.

후르르릉.

수라마도가 낮게 울음을 흘렸다. 동시에 히죽거리던 로데우스와 하이베크의 표정이 순식간에 딱딱하게 굳어져 버렸다.

"하, 하하, 대형. 갑자기 또 왜 겁을 주고 그러십니까?"

"그러게 말이야. 대형, 자꾸 그러지 마십시오. 주눅 들어서 술이나 마시겠습니까?"

목에 가시 같았던 대형이란 말을 수월하게 뱉어낸 로데우스와 하이베크의 얼굴로 안도감이 스쳐 지났다. 자연스럽게 어투도 공손해졌다. 자존심도 중요하지만 그보다 목숨이 더 중했다.

"진즉 그럴 것이지."

단리명이 피식 웃으며 술잔을 들었다. 괜히 열만 냈던 수라마도가 서운한 양 울어댔다.

만에 하나 단리명이 다시 수라마도를 뽑아 들었다면?

하이베크와 로데우스는 동시에 마른침을 꿀꺽 삼켰다. 그 다음은 별로 생각하고 싶지 않았다.

3

단리명의 술버릇은 무척이나 특이했다.

주먹 반만 한 술잔에 술을 가득 채우고도 단숨에 비우는 법이 없었다.

언제나 세 번씩 나눠서 마셨다. 그것도 속 시원하게 넘기지 않고 한참 동안을 입에 물고 있었다.

로데우스와 하이베크가 종종 의아한 눈으로 바라봤지만 그때마다 능청스럽게 호수에 걸친 달빛을 바라보거나 잠이 든 레베카를 보며 웃는 것으로 상황을 모면했다.

기실 단리명이 좋아하는 건 술자리의 흥겨운 분위기이지 술은 아니었다.

"대형은 술이 약한가 봅니다."

한동안 입술 끝을 꼼지락거리던 로데우스가 기어코 입을 열었다. 하이베크도 슬며시 단리명을 바라봤다. 그러자 단리명이 나직이 웃음을 흘리며 말했다.

"술이 과하면 독이 된다는 말도 모르느냐."

가끔 취기가 오른 흑풍대원들이 술잔을 내밀 때면 단리명은 이같이 둘러대었다.

맞는 말이었다. 실제 주독(酒毒)에 절어 폐인이 된 무인들도 부지기수였다.

하지만 로데우스나 하이베크에게 해 줄 말은 아니었다. 드래곤이 주독에 걸리려면 아마 세상에 있는 술이란 술은 모조리 가져와야 할 터였다.

"그거 농담입니까?"

로데우스가 정색을 하며 눈가를 찌푸렸다. 그러자 옆에 앉아 있던 하이베크가 피식 웃으며 술잔을 내려놓았다.

"아무렴, 설마 대형이 진담으로 말했으려고."

졸지에 실없는 사내가 되어 버린 단리명의 미간이 미미하게 꿈틀거렸다. 하지만 애석하게도 분위기에 취한 로데우스와 하이베크는 그 사실을 조금도 알아채지 못했다.

기실 단리명은 누가 자신의 주량에 대해 왈가왈부하는 걸 무척이나 싫어했다.

정확히 말하자면 자신의 주랑이 별 볼일 없다는 말을 쉬이 넘기지 못했다. 술이 약하다는 걸 사내답지 못하다고 생각하는 무림의 통념 때문이었다.

하지만 실제 단리명의 주랑은 별 볼일 없었다.

술을 마시지 못하는 체질은 아니었다. 다만 술에 취해 감성적으로 변하는 것을 극도로 경계하는 것뿐이었다.

누구에게나 숨기고 싶은 비밀이라는 게 있다.

단리명도 마찬가지. 꼭꼭 숨겨놓았던 그날의 일을 고작 술에 취해 떠벌리고 싶진 않았다. 그건 범부(凡夫)들에게나 어울리는 일이었다.

그런 줄도 모르고 자신을 자꾸 범부로 몰아가는 녀석들을 가만히 내버려 둘 만큼 단리명은 자비로운 성격이 아니었다.

"하백."

"예?"

"조금 전에 보니 검술이 허술하더구나. 내일 아침 내가 손을 봐 줄 테니 그런 줄 알거라."

"그, 그게 정말이십니까?"

단리명의 말에 하이베크의 얼굴에 화색이 돌았다.

드래곤이 오만하긴 하지만 배움에 대한 열의는 그 어떤 피조물들보다 뛰어났다. 하이베크가 봤을 때 단리명의 검법(?)은 감히 자신이 따라갈 수 없는 정도였다. 그가 친히 도움을 준다면 벽에 가로막혔던 검술도 크게 나아질 게 틀림없었다.

"험, 험. 대형. 나만 차별하는 겁니까?"

분위기 파악하지 못하고 로데우스가 볼멘 목소리를 냈다. 단 한 수에 불과했지만 자신의 주먹을 깨트린 단리명의 주먹질을 꼭 배워보고 싶었다.

"하하! 좋다. 노대수 너도 내일 아침에 준비하거라."

단리명의 입가로 음흉한 웃음이 번졌다. 그렇지 않아도 로데우스를 마저 끌어들일 생각이었는데 겁도 없이 직접 나서 줄 줄은 몰랐다.

마음이 울적할 때면 단리명은 흑풍대와 함께 술을 즐겼다. 하지만 이천은 단 한 번도 단리명에게 가르침을 청하지 않았다.

단리명의 가르침은 언제나 대련 위주였다. 그것도 실전에 가까운 대련이었다. 본인은 살살 한다고 하지만 정작 당하는 사람은 사지절단을 각오하고 달려들어야 했다.

내일 아침의 악몽은 생각지도 못한 채 로데우스와 하이베크가 히죽거렸다. 오랜만에 아침 운동을 하게 된 단리명의 입가에도 묘한 미소가 번졌다.

의도와는 다르게 분위기는 제법 화기애애해지고 있었다.

"참, 그런데 대형, 여기까진 왜 온 겁니까?"

단숨에 술잔을 비우며 로데우스가 불쑥 물었다.

"저 역시 그 점이 궁금했습니다."

하이베크도 눈을 반짝이며 달려들었다. 유희를 앞둔 그들에게 단리명의 향후 행보는 무척이나 중요한 일이었다.

마계에서 이곳까지 온 이유는 무엇일까?

중간계에 흩어져 있는 마계의 잔해를 찾는 것일까? 아니면 한바탕 전쟁이라도 치를 생각인가?

온갖 추측들이 둘의 머릿속을 떠다녔다. 하지만 정작 당사자의 입에서 나온 말은 그리 거창한 게 아니었다.

"소원을 이루기 위해서 왔다."

"소원이요?"

"그게 무엇입니까?"

"하하, 그게 그렇게 궁금하더냐? 좋다, 기왕지사 이렇게 된 것 말해 주지."

술잔으로 입술을 적시던 단리명이 다시 레베카의 얼굴을 내려다봤다. 그렇게 한참 동안 로데우스와 하이베크의 애를 태우고서야 그의 입술이 떨어졌다.

"내게는 세 가지 소원이 있다."

잔잔한 목소리였다. 하지만 그 파문은 상당했다.

"세 가지!"

"과, 과연 대단하십니다!"

자신들만의 착각에 단단히 빠져 버린 로데우스와 하이베크의 입에서 경악성이 터졌다.

중간계로 내려온 목적이 하나도 아니도 세 가지나 있다고 한다.

단리명의 능력상 범상치 않은 일들인 게 분명할 터!

어쩌면 중간계 역사에 길이 남을 사건이 벌어질지도 몰랐다.

"자세히 좀 말해 보십시오."

다시 뜸을 들이는 단리명을 재촉하며 로데우스가 마른침을 삼켰다. 잘게 흔들리는 하이베크의 눈동자도 어느새 단리명의 입술만을 담고 있었다.

"내 첫 번째 소원은 완벽한 사내가 되는 것이다."

슬쩍 입가를 비틀던 단리명이 나직이 주절거렸다. 순간 로데우스와 하이베크의 눈이 부릅떠졌다.

완전자(完全者)!

놀랍게도 단리명은 자신들과 같은 꿈을 꾸고 있었던 것이다.

"그 소원을… 이루셨습니까?"

하이베크가 조심스럽게 물었다.

단리명은 대답 대신 피식 웃었다. 무림에서야 구절공자라 불리며 가장 완벽한 사내로 평가받고 있지만 실제 갈 길은 멀고도 험했다. 이제야 겨우 완벽의 끝자락을 쥐고 있을 뿐이었다.

"그 길이 쉽다면 애초 소원하지도 않았을 것이다."

단리명의 입가로 담담한 웃음이 흘렀다. 인간의 몸으로 태어나 완벽을 논한다는 것 자체가 오만한 짓인지도 몰랐다.

하지만 그의 두 눈은 기필코 완벽을 이루겠다는 의지로 가득 불타오르고 있었다.

로데우스와 하이베크는 그 속에서 자신들이 갈 길을 보았다. 이 사내를 좇는다면 자신들 또한 완전자의 비밀을 엿볼 수 있을 것만 같았다.

"두, 두 번째 소원은 무엇입니까?"

말을 더듬는 로데우스의 표정이 한결 조심스러워졌다.

"두 번째는 내게 어울리는 여인을 만나는 것이다."

단리명의 시선이 잠이 든 레베카에게 향했다.

비록 이제 막 성룡이 된 어린 드래곤이긴 하지만 레베카는 태생 자체가 남달랐다.

그녀만큼 신들의 입에 오르내린 일족이 없었다. 그녀만큼 모든 일족의 관심을 받는 아이도 드물었다.

빼어난 아름다움은 둘째치고 그녀는 일족답지 않은 고운 심성을 지녔다.

그녀 앞에선 8천 년을 넘게 산 장로들조차 어린아이가 되고 만다. 감정을 드러내지 않기로 유명한 일족의 사내들조차 구애의 마음을 표출하며 동동거리기 바빴다.

오죽했으면 레베카를 보호하기 위해 신탁까지 동원했겠는가.

어찌됐든 그녀는 신탁이 예비한 사내를 만났다.

사내는 몸서리쳐질 만큼 강했다. 반면 레베카에게는 한없이 자상했다.

하이베크는 묵묵히 고개를 끄덕였다.

단리명과 레베카. 둘은 무척이나 잘 어울렸다.

마치 서로를 만나기 위해 이 세상에 존재하는 것 같았다.

반면 로데우스는 살짝 김이 샌 얼굴이었다. 완전자를 꿈꾸던 사내가 갑자기 여자 타령을 하고 있으니 어색한 것이다.

"흠, 흠. 그럼 마지막 세 번째 소원은 무엇입니까?"

로데우스가 재빨리 말을 붙였다. 그를 바라보는 단리명의 눈가가 살짝 굳어졌지만 조금도 눈치채지 못했다.

"세 번째 소원은 별것 없다. 그저 하 매와 함께 평생을 지낼 만한 왕국을 만드는 것이지."

꿈틀거리는 분기를 참아내며 단리명이 나직이 중얼거렸다. 그러자 로데우스가 바로 그것이라는 양 무릎을 쳤다.

"크하하. 역시 대형이오! 대륙 정복이라니!"

로데우스는 자기 멋대로 단리명의 소원을 확대 해석해 버렸다. 그 의견에 공감하듯 하이베크도 묵묵히 고개를 끄덕거렸다.

마계에서도 절대강자로 군림했을 게 뻔한 단리명이 정말 작은 왕국에 만족할 리는 없었다.

마계에서의 체면과 위치를 생각한다면 왕국의 크기는 적잖게 커질 터. 아마도 그때가 되면 주변국들과의 마찰을 피하기 어려울 것이다.

시기하는 자들이 많아지면 싸움을 피할 수가 없게 될 것이다. 하지만 그 누가 단리명과 자신들이 버티는 왕국을 상대할 수 있겠는가?

"대형, 세상에 나갈 때 날 꼭 데리고 가 주십시오."

한껏 입가를 비틀던 로데우스가 앉은 채로 허리를 굽혔다.

"대형, 저 역시 부탁드립니다."

하이베크도 지체 없이 고개를 숙였다.

이들이 뭔가를 단단히 오해하는 것 같았지만 단리명은 천천히 고개를 끄덕거렸다. 그렇지 않아도 수발을 들 녀석들이 필요하던 차였다.

"날 따르고 싶다면 그렇게 해라. 단, 한 가지 조건이 있다."

단리명이 짐짓 엄한 목소리로 말했다.

조금 전까지 단순한 술친구에 불과했다면 이제는 함께 움직일 동료가 되었다. 끝까지 함께하기 위해서는 지킬 건 지켜야 했다.

"고작 한 가지요? 하하! 무엇이든 말만 하십시오."

"말씀하시는 건 기필코 지키겠습니다."

로데우스와 하이베크가 시원시원하게 대답했다.

단리명과 함께하는데 한 가지 조건쯤은 아무것도 아니었다. 기실 세분화된 백 가지 조건을 듣는다 해도 냉큼 받아들였을 것이다.

하지만 단리명의 조건이란 게 이토록 애매모호할 줄은 생각지도 못했다.

“간단하다. 절대로 날 거스르지 마라. 알겠느냐?”

실로 섬뜩한 목소리가 로데우스와 하이베크의 머릿속을 파고들었다. 순간 둘이 약속이나 한 것처럼 몸을 부르르 떨었다.

‘제, 젠장. 결국 평생 눈치 보며 살란 말이잖아!’

로데우스의 표정이 살짝 일그러졌다. 하이베크도 비슷한 생각을 하는 듯 안색이 어둡게 변했다.

하지만 단리명은 그들을 조금도 신경 쓰지 않았다.

잠시 주절거린 사이, 서서히 동이 터 오고 있었다. 로데우스와 하이베크에게 가르침을 줄 시간이 온 것이다.

“자, 슬슬 일어나 볼까?”

단리명의 입가로 묘한 웃음이 번져 들었다.

# 장모, 절 받으시오!

1

로데우스와 하이베크에게 간단한 가르침(?)을 내린 뒤에 단리명은 습관처럼 가부좌를 틀고 앉았다.

후우우웅.

단전에서 빠져나와 온몸을 휘돌던 천마지존강기가 다시 단전으로 빨려 들어갔다. 단리명은 그 기운을 상단전까지 끌어올렸다. 단숨에 중단전을 치고 올라온 기운이 상단전의 구멍을 조금 더 넓혀 놓았다.

후아앗.

부서진 드라고나의 기운이 상단전에 머물러 있는 천마지존강기 속으로 빨려 들어갔다. 아직도 상단전을 꽉 틀어막고 있는 드라고나의 양에 비한다면 대단한 정도는 아니었지만 운기조식을 통해 얻을 수 있는 것과는 비교도 할 수 없을 만큼 많은 기운이 상단 내력으로 편입되었다.

단리명의 입가로 작은 미소가 번졌다. 그는 하루 두 차례, 운기조식을 통해 막혔던 상단전의 길을 뚫고 있었다.

제대로 운기가 이루어지기 위해서는 길을 더욱 넓혀야 했지만 단리명은 조급해 하지 않았다. 상단전의 천마지존강기를 사용하지 않더라도 그는 충분히 강했다. 게다가 정체 모를 영약의 기운을 온전히 흡수하기 위해서는 그만한 시간이 필요했다.

"후우."

나직이 숨을 내쉬며 단리명이 눈을 떴다. 상단전의 영향 때문일까. 세상이 더욱 또렷하게 보이는 것 같았다.

"가가. 이제 일어나셨어요?"

저만치서 단장을 끝낸 레베카가 조신하게 다가왔다. 산중이라 치장하기 어려웠을 텐데도 그녀는 조금도 흐트러지지 않았다. 오히려 촉촉하게 젖은 머리카락이 더욱 매력적으로 느껴졌다.

"하하. 하 매도 잘 잤소?"

단리명의 입가로 환한 웃음이 번졌다. 그러자 레베카가 부끄러운 듯 고개를 숙였다. 전날 단리명이 보는 앞에서 새근새근 잤던 게 생각 난 것이다.

"그런데 로데우스 님과 하이베크 님은 어디 가셨나요?"

"그들이라면 먼저 떠났소."

"떠나요? 어디로요?"

"먼저 가서 할 일이 있다고 한 거 같은데 나도 자세히는 모르겠소."

단리명에게 뼛속 깊이 가르침을 받은 로데우스와 하이베크는 먼저 드래고니안 산맥으로 떠났다.

드래고니안 산맥에는 수많은 성룡들과 반고룡들이 거주하고 있었다. 만에 하나 레베카의 곁에 단리명이 있다는 사실을 안다면 겁도 없이 달려들 게 뻔했다.

"대형이 이렇게까지 우릴 신경 써 주는 이유는 뭘까?"

"모르겠어? 당연히 궂은일을 도맡아 하라는 뜻이잖아."

"그렇지? 그럼 이쯤에서 먼저 움직여야 하지 않을까?"

"먼저 가서 대형에 대해 알리자고? 그거 좋은 생각인데?"

"그 과정에서 우리의 말을 못 믿는 녀석들에겐 대형의 가르침을 나눠 주고 말야."

"크흐, 아무래도 대형의 방식을 따라야겠지?"

로데우스와 하이베크가 마주 보며 히죽거렸다. 다른 녀석들도 드래곤 하트가 시큰거리는 게 어떤 건지 알아 둘 필요가 있었다.

'자신의 일이 아니면 결코 나서지 않는 두 분이 움직이다니. 가가는 과연 대단해.'

레베카가 그윽한 눈으로 단리명을 바라봤다. 그녀의 눈빛속에서 무럭무럭 자라나는 존경심을 볼 때마다 단리명은 왠지 모르게 마음이 뿌듯해졌다.

'이런 게 지아비의 책임감이란 것이군.'

단리명이 가만히 레베카의 어깨를 감쌌다. 그의 품에 안긴 레베카의 얼굴로 고운 홍조가 졌다.

2

간단하게 아침 식사를 한 후에 단리명과 레베카는 벽왕의 등 위에 올랐다.

[주군. 어디로 갈까?]

벽왕이 커다란 눈을 깜빡거리며 물었다. 단리명이 눈엣가시 같던 드래곤 두 마리를 무참히 짓밟은 걸 똑똑히 지켜본 탓에 녀석의 목소리는 한결 공손해져 있었다.

"가가, 나온 김에 세상 구경을 해 보면 안 될까요?"

"세상 구경?"

"네. 오랫동안 처소에서만 지냈거든요."

레베카가 단리명의 팔을 잡아끌며 곱게 웃었다. 오랜만에 나온 바깥세상이 궁금하기도 했지만 자신들을 대신해 먼저 떠난 로데우스와 하이베크가 일을 잘 마무리할 수 있도록 시간을 벌어줄 필요가 있었다.

"좋소. 하 매가 원하는 대로 유랑을 해 봅시다."

단리명도 선선히 고개를 끄덕였다.

미리 기별을 넣은 것도 아니니 장모는 느긋하게 찾아뵈어도 상관없었다. 그보다는 사랑하는 연인과 함께 서역을 구경하는 게 훨씬 즐거울 것 같았다.

"벽왕. 일단 북쪽으로 가자."

단리명이 벽왕의 정수리를 지그시 밟으며 소리쳤다.

후웅! 후우웅!

커다란 날개를 움직이며 벽왕이 단숨에 하늘로 날아올랐다.

3

단리명과 레베카의 세상 구경은 생각보다 오래 걸렸다. 덕분에 로데우스와 하이베크는 일족의 사내들에게 단리명의 무서움을 단단히 각인시킬 수 있었다.

물론 처음부터 일족의 사내들을 설득하진 못했다.

"뭐? 마혈의 마족? 신탁? 웃기고 있네. 고작 그런 걸로 레베카를 빼앗겼단 말이야? 너 제정신이야?"

"로데우스. 안 본 사이에 겁쟁이가 됐구나. 드래곤의 자존심 운운하던 녀석은 도대체 어디로 갔냐, 어?"

로데우스가 진지하게 단리명에 대한 고백을 늘어놓았을 때 대다수의 사내들은 코웃음을 쳤다. 특히나 로데우스나 이브라엘의 힘에 밀려서 레베카에게 말도 붙여보지 못한 반고룡 사내들은 온갖 저주와 악담을 퍼붓기까지 했다.

"로데우스의 말은 사실이다. 그는, 대형은 정말 강하다. 아마데우스님께서 오신다 할지라도 승부를 장담하기 어려워."

불신하는 일족들에게 하이베크까지 달라붙었지만 결과는 마찬가지였다. 오히려 화이트 일족의 차기 심판자로 거론되는 하이베크마저 변했다며 불쾌한 감정을 드러냈다.

자치 잘못했다간 일족의 자긍심을 버리고 마족에게 붙어먹었다는 누명을 쓰게 될지도 몰랐다. 하지만 로데우스와 하이베크는 조금도 걱정하는 얼굴이 아니었다.

"로데우스, 역시 안 믿는데?"

"너 같으면 믿겠냐? 어쩔 수 없지. 대형에게 배운 걸 써먹는 수밖에."

오히려 확연히 달라진 자신들의 능력으로 단리명의 무서움을 알려주겠다는 듯 작심하고 나섰다.

드래곤은 철저히 힘과 능력이 중요시 되는 사회였다. 특히나 가장 혈기왕성한 반고룡들 사이에서는 강한 자의 의지가 일족의 율법처럼 통용되었다.

로데우스는 반고룡들 중에서도 사라진 이브라엘과 함께 가장 강하다고 알려진 존재였다. 그가 힘으로 윽박지른다면 저들은 자존심을 지키겠다는 명분으로 힘을 합칠 게 분명했다.

단리명을 통해 로데우스의 주먹이 달라졌다곤 하지만 뜻이 다른 반고룡들을 전부 상대할 수는 없는 노릇이었다. 거기다분별력이 떨어지는 성룡들까지 나선다면 상황은 더욱 복잡해질 터. 그런 최악의 상황을 막고자 하이베크가 먼저 나섰다.

로데우스와는 달리 하이베크의 실질적인 능력에 대해서는 반고룡들 사이에서 논란이 많았다. 화이트 일족의 차기 심판자로 거론될 정도면 그 만한 자격을 갖췄다는 의미가 된다. 하지만 마나 활용도나 신체적인 능력이 상대적으로 떨어지는 화이트 일족의 특성상 그 실력을 곧이곧대로 받아들이지 않았다.

일족을 잘 타고나 운 좋게 심판자를 바라보는 존재.

이것이 대다수 반고룡들과 성룡들의 의견이었다.

그런 사실을 하이베크도 잘 알고 있었다. 드래고니안 산맥을 떠나 미친 듯이 검을 휘둘렀던 것도 자신이 그렇게까지 우스운 존재가 아니라는 걸 보여주기 위함이었다.

"내 말을 못 믿겠다면 누구든지 나서라."

하이베크가 싸늘한 목소리로 말했다. 라보라의 검신을 타고 새하얀 마나가 흘러나오기 시작했다.

만일 상대가 로데우스였다면 서로 눈치만 볼 뿐 누구도 나서려 하지 않았을 것이다. 하지만 대수롭지 않게 여기던 하이베크다보니 적잖은 사내들이 도전을 했다.

"하이베크. 로데우스와 어울리더니 겁이 없어졌구나. 설마 로데우스를 믿고 까부는 건 아니겠지?"

"아르카드나. 입으로 나불거리지 말고 덤벼라."

"후후. 그 오만함이 언제까지 이어질지 기대하지."

로데우스에는 못 미치지만 블루 일족의 아르카드나는 반고룡들 중에서도 다섯 손가락 안에 꼽히는 강자였다. 특히나 그가 휘두르는 창은 일족의 장로들조차 쉽게 상대하지 못할 거라는 소문마저 나도는 상황이었다.

만일 예전의 하이베크였다면 아르카드나의 창술에 고전을 면치 못했을 것이다. 물의 정령왕에게 직접 배운 검술 아수르의 위력은 대단했지만 그것을 자신이 만든 틀에 가둬둔 채 바보처럼 싸웠을 테니까.

하지만 단리명을 통해 편견의 벽이 산산이 부서져 버린 하이베크의 검술은 예전과는 확연히 달라졌다.

가히 환골탈태(換骨奪胎)란 말이 어울릴 정도였다.

깡! 까앙! 까가강!

격돌과 동시에 하이베크는 매섭게 아르카드나를 몰아쳤다.

라보라의 검신에 엷게 맺힌 단단한 마나는 아르카드나가 만든 푸른 마나 벽을 너무도 간단하게 잘라 버렸다. 그것으로도 모자라 매섭게 회전하는 창끝을 여유롭게 피한 뒤 경악하는 아르카드나의 가슴에 라보라를 찔러 넣었다.

"커억! 블링크!"

첫 번째 격돌에 아르카드나의 입에서 경악 어린 비명이 터져 나왔다. 가슴을 찌르는 고통도 고통이지만 얕잡아봤던 하이베크에게 단숨에 무너졌다는 사실이 커다란 충격으로 다가

왔다.

“멍청한 녀석. 감히 하이베크를 우습게 보다니. 꼴좋구나.”

비틀거리며 물러나는 아르카드나를 바라보며 로데우스가 한껏 비웃음을 흘렸다.

달라진 하이베크의 기세는 자신조차 만만하게 보지 못할 정도였다. 하물며 겉멋만 잔뜩 든 아르카드나는 상대조차 되지 않았다.

“다음.”

하이베크가 무표정한 얼굴로 라보라를 거둬들였다.

바닥에 쫙 하고 뿌려진 핏물이 지글거리며 타올랐다. 그러자 골드 일족의 레이오트가 인상을 찌푸리며 걸어 나왔다.

“하이베크. 물의 정령왕에게 구걸해 검술을 얻었다더니 정말인 모양이구나.”

아르카드나와 비슷한 수준이라 알려진 레이오트는 하이베크처럼 일족의 차기 심판자로 거론되고 있었다.

본디 심판자들은 일족을 떠나 동등한 존재로 인식되는 게 규칙이다. 자존심이 강한 레이오트는 그 사실이 무척이나 불만스러웠다. 심판자들도 서열 관계가 명확해야 한다고 생각했다.

레이오트는 암암리에 다른 일족의 차기 심판자들을 모조리 꺾어 버렸다. 그들에게 자신을 인정한다는 확약까지 받은 상황이었다.

이제 마지막으로 하이베크만 쓰러트리면 모든 심판자들의 정점에 설 수 있을 터. 그의 황금빛 눈동자가 반짝 빛났다. 아공간에서 소환된 용신검의 검신에도 금빛 오러가 번져 들었다.

'아르카드나가 패한 건 너무 자만했기 때문이다.'

레이오트는 초반부터 최선을 다할 생각이었다. 하이베크를 인정했다기보다는 확연한 힘의 격차를 통해 아르카드나가 맛봤던 망신을 똑같이 되돌려 줄 생각이었다.

하지만 애석하게도 아르카드나 역시 레이오트와 같은 생각을 가지고 있었다. 기실 그의 창은 전력을 다해 하이베크에게 날아들었다. 그것을 가볍게 피한 것은 결코 우연 따위가 아니었다.

까가강!

레이오트가 번개같이 내지른 검이 불꽃을 튀기며 허공에서 멈춰 섰다.

순간 레이오트의 눈가가 찌릿하고 울렸다. 반면 하이베크는 무심한 얼굴로 몸을 회전시키며 반격에 나섰다.

후아아앗!

순식간에 공간을 파고든 라보라의 검끝이 레이오트의 어깨 쪽으로 날아들었다. 레이오트가 다급히 괴성을 지르며 몸을 비틀었지만 지독한 검상을 피하지는 못했다.

파아아앗!

깊은 상처에서 핏물이 분수처럼 뿜어져 나왔다. 뒤이어 레이오트가 비틀거리더니 그 자리에 주저앉아 버렸다.

"레이오트!"

"괜찮아?"

주변에 있던 반고룡들이 다가가 마법으로 레이오트의 상처를 억눌렀다. 다행히 벌어졌던 검상이 점점 아물어갔지만 레이오트의 표정은 밝지 않았다. 응축된 마나에 당한 상처였다. 느낌상 수십 년간은 레어에 틀어박혀 치료에만 열중해야 할 것 같았다.

"하이베크! 이건 좀 너무하지 않은가!"

"맞아! 피를 볼 것까진 없잖아!"

아르카드나에 이어 레이오트까지 일방적으로 패하자 몇몇 반고룡들이 불만을 토해냈다.

단순히 과열 양상을 띠는 대결에 대한 반발이 아니었다. 하이베크의 실력이 자신들의 상상을 뛰어넘는다는 사실에 대한 일종의 위기의식이었다.

비슷한 연배 간의 서열은 나이와 일족을 통해 정해지는 게 일반적이었다. 자존심이 강한 드래곤들도 애초에 정해진 힘의 논리는 어렵지 않게 받아들였다. 하지만 하이베크처럼 그 한계를 뛰어넘는 존재들은 여러모로 껄끄러울 수밖에 없었다.

실제로 이브라엘 역시 한계를 딛고 군림한 경우였다. 그는 자신의 능력을 증명하기 위해 수많은 반고룡들과 사투를 벌였다. 그와 맞붙고도 멀쩡한 드래곤은 거의 없다싶을 정도였다.

이브라엘이 다른 차원으로 떠났을 때 내색하진 않았지만 대다수의 반고룡들은 무척이나 기뻐했다. 이브라엘에게 억눌렸던 반고룡들은 이제 순리대로 서열 관계를 정할 때라고 입을 모을 정도였다.

하지만 하이베크의 등장으로 서열 관계는 다시 꼬여 버렸다. 로데우스와 함께 다섯 손가락에 꼽히던 아르카드나와 레이오트가 무너졌다. 이브라엘은 이미 다른 차원으로 건너간 상황.

로데우스와 하이베크가 서로 싸우지 않는다면 이제 남은 건 브루테오뿐이었다. 그러나 싸움 자체를 좋아하지 않는 실버일족의 특성상 고작 서열 문제로 하이베크와 맞설 것 같지는 않았다. 솔직히 브루테오가 나선다 해도 하이베크를 이길 수 있다고 장담하기 어려웠다.

결국 남은 방법은 반고룡들의 뜻을 모으는 것뿐이다. 하지만 두뇌 회전이 빠른 하이베크가 그걸 두고만 볼 리 없었다.

"불만 있으면 덤벼라. 나와서 날 꺾으란 말이다. 언제부터 위대한 존재라 불리는 자들이 입으로만 나불거렸나?"

하이베크의 도발에 반고룡들의 표정이 일그러졌다. 공개적으로 모욕을 받은 이상 웃어넘길 수만은 없었다.

"광오하구나! 어디 나도 한 번 꺾어 봐라!"

"기다려라, 하이베크! 그 다음은 나다!"

수많은 드래곤들이 하이베크에게 도전장을 던졌다. 그러나 결과는 마찬가지. 그들 모두가 일방적으로 박살이 나 버렸다.

"여어, 하이베크. 이거 너무 무리하는 거 아냐?"

더 이상 나서는 반고룡이 없자 뒷짐 지고 있던 로데우스가 히죽 웃으며 나섰다.

여차하면 자신도 도울 생각이었다. 하지만 하이베크는 생각 이상으로 너무나 잘 싸워줬다.

솔직히 말해서 마냥 즐겁지만은 않았다. 내심 뿌듯했지만 한편으로는 질투도 나고 소름도 돋았다.

단리명을 만날 때까지만 해도 자신의 상대가 되지 않았던 하이베크다. 그가 단숨에 자신의 턱밑까지 치고 올라왔다.

아니, 어쩌면 자신을 능가했을지도 모르는 일.

"하이베크, 아직 싸울 수 있지?"

로데우스가 슬쩍 입가를 말아 올렸다. 그의 생각을 알아챈 하이베크가 대답 대신 라보라를 끌어당겼다.

수많은 일족의 사내들이 지켜보는 가운데 로데우스와 하이베크가 오랜만에 서로를 향해 달려들었다.

팽팽하던 싸움의 결과는 무승부. 하이베크의 체력이 다한 탓에 훗날을 기약하며 끝낼 수밖에 없었다.

하지만 그것만으로도 다른 이들이 받는 충격은 상당했다.

로데우스와 맞먹을 만큼 성장한 하이베크. 그들이 진심으로 경외하는 마혈의 마족.

그날 이후 드래곤들의 마음속에서는 단리명에 대한 두려움이 자리 잡기 시작했다. 그 마음이 점점 깊어질 무렵 단리명은 레베카와 함께 드래고니안 산맥에 도착했다.

4

끼오오!

벽왕의 우렁찬 울음소리가 드래고니안 산맥을 울렸다.

잠시 후 로데우스와 하이베크가 한달음에 달려와 단리명을 맞았다.

"대형! 이제 오십니까?"

"생각보다 많이 늦으셨습니다."

단리명으로부터 뼛속 깊숙이 깨달음을 얻은 이후 로데우스와 하이베크의 태도는 더욱 공손하게 바뀌었다. 그들의 태도에 대해 단리명이 굳이 지적하진 않았지만 생존을 위협받는 본능은 더욱 몸을 낮춰야 한다며 둘에게 끊임없이 재잘거렸다.

덕분에 오는 내내 레베카에게 일족이 무례를 하더라도 참아 달라는 부탁을 받았던 단리명의 표정이 한결 밝아졌다.

하지만 그것도 잠시. 로데우스와 하이베크의 뒤쪽에서 느껴지는 수많은 인기척들을 감지하고는 살짝 미간을 찌푸렸다.

"저것들은 뭐냐?"

단리명의 목소리에 얼핏 짜증이 어렸다. 그런 줄도 모르고 로데우스와 하이베크가 히죽거리며 말했다.

"저 녀석들은 일족의 사내들입니다."

"아마 대형을 보기 위해 따라왔나 봅니다."

호기심 많은 녀석들이 자신들의 뒤를 따라왔다는 건 이미 알고 있었다. 다만 자신들의 능력으로 확실히 꺾어놓았으니 별일은 일어나지 않을 것이라 여겼다. 오히려 이번 기회에 자신들의 태도를 보고 마지막 남은 불신까지 털어내길 바랐다.

그들의 예상처럼 숨어 있는 드래곤들은 적잖게 동요하는 중이었다.

로드에게조차 고개를 굽히지 않을 거라는 로데우스의 머리가 저렇게 가벼울 줄은 생각지 못했다. 오만하게 자신들을 꺾던 하이베크가 히죽거리며 웃는 모습은 더욱 가관이었다.

'저 사내가 그 정도로 강하단 말인가?'

'흐음. 겉보기엔 평범해 보이는데…….'

반고룡들은 고심에 빠졌다. 일족의 보배나 마찬가지인 레베카를 고작 마족 따위에게 넘겨줄 수는 없다는 일념으로 때를 봐 한꺼번에 덤벼들 생각이었지만 왠지 느낌이 좋지 않았다.

[브루테오, 이제 어떻게 하지? 정말 이대로 덤빌 생각인가?]

[아무래도 좀 더 지켜보는 게 낫지 않을까?]

레이오트와 아르카드나의 의지가 브루테오에게 전달되었다. 다른 반고룡들의 시선도 브루테오에게 향했다.

마족에 대한 혐오감이 가장 심한 실버 일족의 성격상 앞뒤 재보지 않고 달려드는 게 일반적이었다. 하지만 브루테오는 쉽게 결정을 내리지 못했다. 로데우스와 하이베크의 태도도 문제였지만 자신들을 파악하고도 아무렇지도 않은 듯한 단리명의 표정이 더 마음에 걸렸다.

그때였다.

"할 말이 있으면 나서서 말해라! 쥐새끼처럼 숨어 있지 말고!"

단리명의 입에서 기어코 노성이 터져 나왔다. 그것이 대기를 왕왕 울리더니 숨어 있던 반고룡들의 귓속을 찔러들었다.

천마지존후(天魔至尊吼)!

끝없이 덤벼들던 개방 거지들의 고막을 모조리 터트린 이후로 사용하지 않았던 절대음공이 이계에서 펼쳐지는 순간이었다.

"커억!"

"크아악!"

드래곤들의 입에서 절로 비명이 터졌다. 본디 전신이 마나로 보호되고 있었지만 틈을 찾아 매섭게 비집고 들어오는 천마지존강기의 힘을 당해낼 수가 없었다.

특히 브루테오가 받은 충격은 엄청났다. 다른 드래곤들과는 달리 천마지존강기에 뒤늦게 대항하려다 마나가 뒤틀린 것이다.

"쿨럭."

필사적으로 참아내던 브루테오가 기어코 핏물을 토해냈다. 그 모습을 지켜보던 반고룡들의 표정이 절망으로 물들어 버렸다.

'고작 피어만으로 브루테오를 저 지경으로 만들다니!'

'저, 정말 마혈의 마족이란 말인가!'

서로 눈빛을 교환하던 드래곤들이 하나둘씩 뒤로 물러서기 시작했다.

단리명의 입가로 비릿한 조소가 번졌다. 아무튼 숫자를 믿고 덤벼드는 것들치고 사내다운 놈들은 보질 못했다.

세상에서 가장 완벽한 사내가 되기로 다짐을 한 순간부터 단리명은 사내답지 못한 놈들을 경멸했다. 만일 레베카의 당부가 없었다면 오랜만에 수라마도가 춤을 췄을 것이다.

"다섯을 세겠다. 그 안에 꺼지지 않는다면 모조리 목을 날려 버리겠다."

단리명이 사나운 목소리로 으르렁거렸다. 그와 동시에 그의 신경을 거슬리던 인기척들이 순식간에 사라져 버렸다.

"하하! 저 꽁지 빠지게 도망치는 꼴 좀 보십시오!"

"대형! 정말 대단하십니다!"

로데우스와 하이베크의 입에서 절로 탄성이 튀어나왔다. 고작 호통 한 번에 일족의 사내들을 굴복시키다니! 과연 자신들이 믿고 따를 대형다웠다.

하지만 마냥 좋아하기는 일렀다.

"변변찮은 건 알았지만 이렇듯 꼬리를 달고 다니다니. 아무래도 수련이 부족한 것 같구나."

단리명의 입가로 음산한 목소리가 흘러나왔다. 순간 히죽거리던 로데우스와 하이베크의 얼굴이 그대로 굳어지고 말았다.

같은 시각, 레베카의 방문을 받은 하이아시스의 표정도 딱딱하게 굳어 있었다.

1만년을 넘게 산 태고룡이자 드래곤 로드로서 웬만한 일에는 눈 하나 꿈쩍하지 않는 그녀가 감정을 드러낼 만큼 레베카의 말은 당황스럽기만 했다.

"그러니까 신탁대로 네 반려자가 나타났단 말이지?"

"네. 지금 하이아시스 님을 뵈려고 이곳에 와 있어요."

레베카는 신이 난 얼굴로 재잘거렸다. 다른 일족들의 반응이 걱정스럽긴 했지만 적어도 하이아시스만큼은 자신의 결정을 존중하고 이해해 줄 것이라 여겼다.

그러나 하이아시스의 표정은 생각만큼 밝지가 않았다. 그저 레베카를 보호하기 위해 억지로 받아냈던 신탁이 진짜 이루어질 줄은 생각지도 못한 것이다.

어리디어린 레베카에게 물어볼 게 많았다. 하고 싶은 말도 많았다. 도대체 어떻게 된 영문인지 모든 걸 들어봐야 속이 시원할 것 같았다.

하지만 시간은 그녀의 편이 아니었다.

[하이아시스 님. 낯선 사내가 안쪽으로 들어오고 있습니다. 일족의 전사들이 막으려 나섰지만 모두 물러난 상황입니다.]

막 입을 떼려는 순간, 수호 드래곤의 목소리가 울렸다.

하이아시스의 미간이 일그러졌다. 길고 긴 통로를 타고 낯선 기운이 밀려들기 시작한 것이다.

[그를 회의장으로 유인하게. 아울러 각 일족의 장로들을 모두 불러들이도록 하게.]

하이아시스가 다급히 명을 내렸다. 레베카가 신탁을 운운한 이상 사실 여부를 확인할 시간이 필요했다.

5

회의장의 분위기는 무거웠다. 일족의 중대사나 중간계에 위기가 닥쳤을 때나 열렸던 장로 회의가 다급하게 소집되었으니 당연한 노릇이었다.

하지만 수많은 장로들의 껄끄러운 시선을 한 몸에 받고 있는 단리명은 무척 기분이 나빴다. 조금 전에는 젊은 것들이 우르르 몰려오더니 이제는 가문의 어른들로 보이는 자들마저 자신에게 똑같은 무례를 저지르고 있었다.

무엇보다 화가 나는 건 장모처럼 대하려 했던 하이아시스의 태도다. 자신이 이 자리에 들어온 지 한 시간 가까이 지났건만 눈과 입을 꾹 다문 채 자신을 철저하게 무시하고 있었다.

물론 레베카는 지금 하이아시스가 천신과 대화를 하고 있다는 사실을 잘 알고 있었다. 그러나 그것을 마혈의 마족인 단리명에게 곧이곧대로 말할 수는 없었다.

"가가. 생각하실 게 조금 많으신가 봐요. 우리 조금만 더 기다려요. 네?"

레베카가 불안한 듯 단리명의 팔을 붙들었다. 둘이 영원히 함께하기 위해서는 하이아시스만큼이나 일족의 장로들에게 인정을 받는 게 중요했다.

하지만 인정이 아닌 확인을 위해 찾아온 단리명의 표정은 쉽게 펴지질 않았다. 그 모습이 장로들의 신경을 건드렸다. 고작 마족 주제에 저리 오만하게 구는 게 마음에 들지 않았다.

"이름이 뭐냐?"

레드 일족의 장로 카리누스가 침묵을 깨트렸다. 다소 적의 어린 목소리가 회의장을 무겁게 울렸다.

"단리명이오."

단리명이 퉁명스럽게 대답했다. 그러자 카리누스의 눈가가 잔뜩 일그러졌다. 일족의 전사들을 물리쳤다곤 하지만 명색이 장로들을 대하는 태도가 너무나 건방져 보였다.

"어디서 왔느냐?"

이번에는 블루 일족의 장로 모르솔라가 입을 열었다. 마나가 실린 그의 음성이 단리명의 가슴을 향해 날아들었다.

"천마신교에서 왔소."

마치 추궁을 당하는 것 같아 불쾌했지만 단리명은 냉정을 잃지 않았다. 어느 정도의 박대는 각오했던 일이다. 중원에서 온 사내가 서역의 왕녀를 데려가는 게 말처럼 쉬울 리 없었다.

"천마신교?"

"마계에 그런 곳이 있었소?"

천마신교라는 말에 회의장이 잠시 술렁였다. 고개를 갸웃거리던 장로들의 시선이 블랙 일족에게 향했다. 마계의 소식통으로 알려진 그들이라면 속 시원한 답을 줄 수 있을 것이라 여겼다.

하지만 정작 블랙 일족의 장로들도 천마신교를 처음 듣기는 마찬가지였다.

"천마신교라고 들어 보셨소?"

"제 기억에는 없는 곳입니다. 하지만 마계의 세력은 언제 어떻게 변할지 모르니 아니라고 단정 짓기도 어렵습니다."

"무엇보다 저자에게서 느껴지는 건 확실히 순수한 마기입니다. 마족이 아니고서야 달리 설명할 수 없습니다. 마혈의 마족이라는 소문도 거짓은 아닌 것 같습니다."

"그렇다면 마족은 확실한 것 같으니 좀 더 물어 보는 게 좋겠습니다."

자신들끼리 의견을 수합한 블랙 일족이 단리명을 바라봤다. 그중 카스니안이 대표로 질문을 이어갔다.

"그대가 섬기는 자가 누구인가?"

다른 일족들과는 달리 블랙 일족은 마계와 교분이 깊었다. 그들이 사용하고 있는 힘의 원천은 마기이다보니 다른 일족들처럼 마냥 매정하게 굴 수는 없었다.

단리명의 표정도 한결 누그러졌다. 하지만 그뿐. 그의 목소리는 여전히 냉랭하고 오만했다.

"섬기는 자라. 신을 말하는 거라면 없소."

"없다? 좀 자세히 말해 보겠나?"

"천마 따위는 내 공경을 받을 수 없소. 난 내 자신만을 믿을 뿐이오."

단리명의 목소리가 회의장을 쩌렁하게 울렸다. 순간 블랙 일족의 표정이 확연히 달라졌다.

누구도 섬기지 않고 오직 자신을 믿겠다는 것. 그건 다시 말해 마신이 되겠다는 말과 다르지 않았다.

마혈의 존재라고 해서 누구나 마신이 될 수 있는 건 아니었다. 그들은 서열 관계가 확실했다. 그만한 능력을 갖춘 자만이 마신의 꿈을 꿀 수가 있었다.

신족들의 천적이라 불리는 드래곤 앞에서 가려는 길을 정확하게 밝힐 수 있다는 건 그만큼 자신이 있다는 의미였다. 훗날 마계의 신이 된 단리명과 재회하게 될지도 모르는 일이었다.

블랙 일족의 장로들이 마른침을 꿀꺽 삼켰다. 단리명의 진정한 정체(?)를 파악한 이상 더는 그를 겁박할 수가 없었다.

대신 이번에는 실버 일족의 장로 노르테스가 입을 열었다. 블랙 일족이 마계 성향이라면 실버 일족은 천계 성향. 마족과는 상극일 수밖에 없었다.

"감히 너 따위가 레베카와 어울린다고 생각하느냐?"

노르테스의 입에서 노성이 터져 나왔다. 마지못해 입을 다문 하이아시스를 대신하듯 그는 매섭게 단리명을 몰아붙였다.

"흥! 난 대리국의 왕자요! 아울러 천마신교의 주인이 될 몸이오! 이런 내가 무엇이 부족하단 말이오!"

단리명도 지지 않고 소리쳤다. 자신의 배경을 늘어놓는 걸 굳이 좋아하진 않았지만 먼저 자격을 들먹인 이상 확실히 설명해 둘 필요가 있었다.

하지만 그 말은 또 다른 오해를 사고 말았다.

"대, 대리국이라니?"

"그거 혹시 다르국을 말하는 게 아닐까요?"

"다르국이면 뇌제 발자크가 다스리는 곳 아닙니까?"

"그곳의 왕자라면 순수 마혈일 터. 그런데 천마신교란 곳에 갔다는 건……?"

"마신이 되기로 작정한 겁니다. 어쩌면 뇌제가 불안한 마음에 내쫓았을지도 모르죠."

중원과는 달리 천마신교에 대해 우습게 알았던 장로들이 대리국 발언에는 크게 흔들렸다. 뇌제라면 마신들 중에서도 세 손가락 안에 드는 절대강자였다. 그의 적통이면서 다른 세력의 주인이 되길 꿈꾼다면 마신이 될 가능성이 상당했다.

단리명을 우습게 알았던 장로들의 표정이 하나둘 달라지기 시작했다. 마계 출신이라는 게 걸리긴 했지만 신탁을 이룬 강자를 무조건 배척하는 것도 쉬운 일은 아니었다.

단ㅋ리명에 대한 압박이 빠르게 줄어들었다. 그러자 노르테스가 다급히 고함을 내질렀다.

"지금 뭣들 하는 겁니까! 다들 제정신입니까?"

단리명의 배경이 대단하다고는 하지만 어쨌든 마족이다. 마족에게 어린 일족의 아이를 넘겨줄 수는 없었다.

무엇보다 레베카는 수천 년 만에 태어난 순혈의 드래곤. 일족의 번영을 위해서라도 일족의 사내와 짝을 맺어줘야 했다.

그것이 하이아시스의 뜻이며 자신의 뜻이었다. 조금 전까지만 해도 모든 장로들의 뜻이기도 했다. 그것을 이제 와 아무렇지도 않게 번복하다니. 이 자리에 모인 게 중간계를 수호하는 일족의 장로들이 맞는지 의심스러울 정도였다.

"흠흠, 하지만 어쩌겠소. 저자는 신탁을 이뤘소. 그걸 부인할 생각이오?"

장로 중 하나가 슬쩍 말을 꺼냈다. 그러자 사방에서 동조의 목소리들이 새어 나왔다.

노르테스는 절로 골이 지끈거렸다. 신탁이라는 건 레베카를 자신의 일족의 아이와 맺어 주겠다고 욕심을 부리는 장로들을 달래기 위해 억지로 받아낸 것이었다. 일종의 보호막이었다.

때가 되어 적당한 짝이 나온다면 다시 한 번 신탁을 빌어 그 보호막을 벗겨낼 생각이었다. 하지만 당혹스럽게도 그보다 한 발 먼저 단리명이 나타났다. 그가 스스로를 신탁의 사자라고 주장하고 있었다.

"신탁이 이루어졌는지 아닌지는 좀 더 지켜봐야 할 문제입니다. 저자가 신탁이 말한 적임자인지 어찌 확신한단 말입니까!"

노르테스는 다시 한 번 장로들을 설득했다. 이번에는 그의 주장이 통한 듯 적지 않은 장로들이 고개를 끄덕거렸다.

'됐다! 이런 식으로 몰아붙인다면 여론을 뒤집을 수 있다!'

노르테스의 얼굴로 얼핏 안도감이 번졌다. 하지만 그렇게 되도록 단리명이 그저 지켜만 볼 리 없었다.

"하 매."

"네?"

"내 어머니는 돌아가셨소. 아버지와 형제들이 있기는 하지만 굳이 만날 필요는 없소. 그분들에게 하 매를 소개시킬 이유도, 마음도 없소."

"……네?"

장로들의 눈치를 살피느라 정신이 없던 레베카가 당황한 듯 황금빛 눈동자를 깜빡거렸다.

어머니가 돌아가셨다거나 아버지와 형제들과는 절연했다는 건 마음의 준비를 하고 들어도 놀랄 만한 이야기였다. 그걸 지금 같은 상황에서 말해 주는 이유를 알지 못했다.

물론 단리명도 나중에 중원으로 돌아가는 길에 자신의 비밀을 알려줄 생각이었다. 하지만 그러기에는 처가 쪽 어른들의 장난이 지나쳤다. 도저히 웃어 넘겨주지 못할 만큼.

"그러니 하 매. 훗날 내 어머니를 만나거든 활짝 웃어 주시오. 다른 가족들에 대해서는 일절 신경 쓸 필요 없소."

"아, 알았어요."

"고맙소. 나 역시 장모께는 사위로서의 도리를 다하리다. 하지만 다른 어른들께는 그럴 수 없을 것 같소. 이런 식으로 공평함을 따져서 미안하지만 내 무례를 용서하시오."

"……!"

그제야 단리명의 말뜻을 이해한 레베카의 얼굴이 하얗게 질려 버렸다.

그녀는 다급히 단리명의 팔을 붙잡았다. 하지만 그보다 한 발 먼저 단리명은 노르테스를 향해 걸음을 내딛기 시작했다.

# 신탁을 이루다

1

쿵!

단리명의 발소리가 무겁게 울렸다. 그 순간,

콰직! 콰지직!

드래곤들에게는 상징과도 같은 회의장의 두터운 대리석 바닥이 사정없이 부서져 내리기 시작했다.

"이, 이놈!"

"지금 여기가 어디라고 건방지게 구는 것이냐!"

성질 급한 드래곤들의 입에서 노성이 터져 나왔다. 몇몇 이들은 당장 마법이라도 구현하려는 듯 잔뜩 마나를 끌어 올렸다.

하지만 이맘때쯤 한마디 거들어야 할 노르테스는 정작 침묵을 지켰다. 옆에 앉아 있는 하이아시스에게 전염이라도 된 것처럼 입을 꾹 다문 채 단리명만을 죽일 듯이 노려보고 있었다.

"뱉으시오. 그게 건강에 좋을 테니."

단리명의 입가로 비릿한 웃음이 번졌다. 그 순간,

"쿠어억!"

노르테스가 비명과 함께 검붉은 핏물을 한 움큼 뱉어냈다.

순간 회의장의 분위기가 싸늘해졌다. 조금 전까지만 해도 당장 단리명에게 달려들 것처럼 굴었던 장로들도 부리부리한 눈을 끔뻑거리며 사태 파악에 나섰다.

하지만 정작 당사자들은 아무런 말이 없었다.

노르테스는 입술을 파르르 떨며 침묵했다. 단리명은 고작 그 정도였냐며 한껏 비웃음을 흘려댔다.

자신들이 모르는 사이에 필시 무슨 일이 벌어진 게 분명했다. 특별한 움직임은 없었던 것으로 보아 아마도 마나 대결을 펼친 모양이었다.

드래곤들은 하나둘 안력을 돋웠다. 형형색색의 눈에 마나를 둘러 단리명과 노르테스의 마나 흐름을 관찰했다.

단리명의 주변으로 노르테스가 뿜어낸 것으로 추정되는 상당량의 천신력이 달라붙어 있었다. 마족과 상극인 게 천신력인 걸 감안한다면 탁월한 선택이었다. 하지만 그것들은 단리명이 둘러낸 단단한 강기에 가로막혀 더 이상 진입하지 못하고 있었다. 전력을 다한 공격이었지만 아무런 피해도 입히지 못한 것이다.

반면 단리명의 것으로 보이는 마기는 엉뚱한 곳에 모여 있었다.

바로 노르테스의 엉덩이 부근. 흥미롭게도 발을 내디디면서 땅 속으로 기운을 밀어 넣은 모양이었다.

문제는 거기에 있었다. 단리명의 공격에 노르테스가 제대로 대응하지 못한 것이다.

단리명의 마기에 맞선 노르테스의 선택은 마나였다. 천신력이 부족했거나 아니면 끌어낼 여유가 없어 마나로 보호막을 두른 것처럼 보였다.

하지만 단리명의 기운은 노르테스의 마나를 가볍게 뚫고 들어갔다. 천마지존강기의 힘은 오히려 잘 정제된 순수한 기운일수록 찢어발기는 성향을 가지고 있었다.

결국 노르테스의 엉덩이를 뚫고 들어간 단리명의 기운이 몸속을 흔들어 놓았다. 그 충격을 견디지 못하고 노르테스는 볼썽사납게 핏물을 게워낸 것이다.

'대, 대단하군.'

'저 노르테스를 단번에 쓰러트리다니.'

진실을 알아낸 장로들의 표정이 다시 기묘하게 변했다. 그저 혈통만 좋은 줄 알았다. 그러나 단리명이 보여준 능력은 자신들을 뛰어넘고 있었다.

마계의 존재들은 중간계에서 본신력의 50%밖에 사용하지 못한다. 천계의 존재들도 마찬가지. 심지어 천신과 마신도 온전히 강림하지 못하는 이상 힘의 제약을 받는다. 중간계 전역에 피조물들을 보호하기 위한 주신의 권능이 스며들어 있기 때문이다.

그 점을 감안했을 때 단리명이 보여준 신위는 엄청난 것이었다. 방심했다곤 하지만 노르테스는 실버 일족 중 하이아시스 다음으로 강한 존재. 전 일족을 따져도 열 손가락 안에 드는 강자였다. 그런 그를 고작 발걸음만으로 제압했다는 건 하이아시스나 아마데우스가 아니고서는 상대할 자가 없다는 의미였다.

[하이아시스 님. 더 이상 방관하셔서는 안 될 것 같습니다.]

[고집 그만 부리시고 이제 눈을 뜨십시오. 천신과의 교감이 진즉에 끝난 거 다 알고 있습니다.]

[그 나이에 그렇게 불편한 자세로 있다간 몸 상한다니까요!]

[회의장이 다 무너지고 나서야 나서실 겁니까?]

장로들이 한 목소리로 하이아시스를 닦달했다.

단리명을 마음대로 시험해 보라며 부추긴 건 다름 아닌 하이아시스였다. 그 말만 믿고 덤볐다가 궁지에 몰리게 생겼으니 이제는 그녀가 나서서 뒷수습을 해야 옳았다.

'빌어먹을 늙은이들 같으니.'

하이아시스의 미간으로 주름이 번졌다. 명색이 장로랍시고 하는 일도 없이 지내면서 고작 마족 하나 어쩌지 못하다니. 일족의 미래가 암담할 정도였다.

물론 그녀 역시 단리명이 께름칙했다. 드래곤들 앞에서도 조금도 위축되지 않는 오만한 태도나 조금 전 보여주었던 힘을 봤을 때 결코 평범한 마족이라고 볼 수는 없었다.

단리명은 진정한 마혈의 마족이었다. 그저 마신의 피가 조금 섞였다고 우쭐대는 마족들이 아니라 혼자의 힘으로 신의 자리에 오를 강자 중의 강자였다.

만일 그를 제압해야 하는 상황이 왔다면 목숨을 내던질 생각이었다.

하지만 지금 장로들의 모습을 보니 그러기는 너무 아까웠다. 저런 자들을 위해 죽으려고 아등바등 살아온 건 아니니까.

만일 신탁 문제가 해결되지 않았다면 드래곤 로드로서 꼴사나운 모습을 보여야 했을지도 몰랐다.

'후우. 빌어먹을 늙은이 같으니.'

하이아시스의 미간에 맺힌 주름이 더욱 깊어졌다. 장로들이 철딱서니 없는 행동도 질렸지만 천신이랍시고 멋대로 신탁을 내리는 크루시얀은 더욱 짜증스러웠다.

2

[음냐…….]

[크루시얀 님, 크루시얀 님!]

[음냥. 음냥. 나 안 잔다. 절대 안 자는 중이다.]

[크루시얀 님! 닥치고 일어나세요! 어서요!]

[허업! 누, 누구냐? 설마 주신이라도 오신 게냐?]

[거 참, 정신 차리세요. 저예요, 하이아시스.]

[하이…… 뭐?]

[빠득, 하이아시스라고요!]

[아하, 그 만 살이나 처먹고도 예쁜 척 군다는 푼수덩어리?]

[크루시얀 님.]

[험험, 그래 오랜만이구나. 그런데 네가 웬일이냐?]

[예전에 레베카란 아이를 위해 내려주셨던 신탁에 문제가 생긴 것 같아요.]

잠의 신이자 예언의 신인 크루시얀의 허무맹랑한 신탁은 천계에서도 유명했다. 천신이다보니 가끔 맞는 경우도 있었지만 근래에 들어서는 헛소리로 치부될 만큼 엉터리 신탁만 주구장창 뿌려대는 상황이었다.

그 엉터리 신탁을 이용하고자 하이아시스는 일부러 크루시얀에게 청했다. 크루시얀은 잠결에 주절거리듯 다음과 같은 말을 내뱉었다.

[흠냥. 어디 보자. 그러니까 차원을 건너온 녀석인데… 어이쿠, 이거 일을 너무 많이 했나? 눈이 침침하네. 아무튼 남자야. 제법 성깔 있어 보이고 강한 것 같으니까 됐네 뭐.]

[지금 이걸 신탁이라고 말씀하신 건 아니죠?]

[음냥. 음냥. 나 안 잔다. 절대 안 자는 중이다.]

[…….]

이 허무맹랑한 신탁을 하이아시스는 드래곤들의 입맛에 맞게 각색했다.

**차원을 건너 일족의 아이를 위해 예비된 사내가 나타나리라.**

지나치게 짧고 간결했지만 훗날 신탁을 무르기 위해서는 이 정도가 딱 좋았다. 일족의 장로들은 물론 결혼 적령기에 접어든 반고룡들도 미심쩍어하면서도 고개를 끄덕거릴 정도였다.

[그런데? 그 신탁은 네가 억지로 짜 맞춘 거잖아. 그걸 이제 와 왜 나한테 묻고 난리야?]

[짜 맞춘 게 아니라 좀 더 그럴듯하게 바꾼 것뿐이에요. 게다가 본 내용은 달라진 게 하나도 없잖아요!]

[쳇! 그렇게 잘났으면 네가 와서 천신하던가. 한 자리 마련해 줘? 와서 내 조수나 할래?]

[이익! 지금 그런 이야길 하려는 게 아니에요! 크루시얀 님께서 말씀하신 신탁이 이루어졌다고요!]

인내심의 한계에 다달은 하이아시스가 빽 하고 악을 써댔다. 그러자 크루시얀이 어이가 없다는 듯 맞받아쳤다.

[너 지금 천신의 신탁이 이루어졌다고 항의하는 거냐?]

천신이 내린 신탁은 당연히 이루어져야 한다. 이루어지지 않는다면 신이네 떠받들 이유가 없었다. 그 사실은 물론 하이아시스도 잘 알고 있었다. 하지만 그녀도 생판 모르는 마족 따위에게 잘 키운 레베카를 빼앗기고 싶지 않았다.

[그래요! 항의하는 거예요! 다른 신탁은 전부 틀렸는데 왜 하필 이 신탁만 이루어지냐고요!]

[허허, 다른 신탁이 이루어지지 않았다고 누가 그러든?]

[…예?]

[후우. 이게 오랜만에 찾아와서는 천신 속 쓰리게 하네.]

[……?]

[너도 머리가 있으면 생각을 해 봐라. 내 신탁이 정말 엉터리라면 주신께서 가만있으시겠냐? 다른 천신들이 천신이라고 인정해 줄까?]

[그, 그거야 그렇지만… 어쩌다 한두 개 맞는 것 때문에 그랬던 것 아닌가요?]

[에효. 너도 만 년이나 살았으면 철 좀 들어라. 그래서 어디 신의 족보에 이름을 올리겠냐?]

[말 돌리지 말고 요점만 말씀하세요. 그러니까 뭐예요. 신탁은 항상 맞았는데 받아들인 자들이 잘못했다는 거예요?]

[호오, 네가 드디어 정신을 차린 게로구나.]

[크루시얀 님!]

[험험, 어쨌든 네 말이 맞다. 예전에는 내가 내린 신탁을 곧이곧대로 받아들이던 녀석들이 언제부턴가 제 입맛에 맞게 해

석하기 시작했거든. 신의 뜻보다 해석이 더 중요해진 거지.]

[하지만 다른 천신들의 신탁은 여전히 인기던데요?]

[그, 그야 그놈들이 천신 자존심도 내팽개치고 인간들의 입맛에 맞는 신탁을 내리기 때문 아니냐? 나야 네가 인정하는 것처럼 말주변이 없으니 눈에 보이는 대로 전할 뿐이고.]

[하아… 그러니까 결론은 신탁이 이루어졌단 말이군요.]

하이아시스는 할 말이 없었다. 레베카를 보호하기 위해 억지로 가져다 붙인 신탁에 발목을 잡힐 줄은 생각지도 못했다.

하지만 단리명의 등장이 마냥 나쁜 것만은 아니었다.

[험험, 어디 보자… 저 녀석이냐?]

[네. 그런데 미래를 통해 본 게 저자가 맞긴 해요?]

[어디 보자. 대충 맞는 것 같구나.]

[천신이 대충 맞는다는 말을 하면 어떻게 해요!]

[어쨌든 그렇게 화만 낼 일은 아닌 것 같다.]

[예?]

[저 녀석, 어쩌면 머잖아 닥칠 재앙을 해결할지도 몰라.]

[재앙이라니요?]

[흘흘. 너희들이 두려워 할 건 하나 뿐이지 않느냐.]

[서, 설마 그들이 깨어나는 건가요?]

[예전에 얼핏 보긴 했는데 아마 그럴 거다. 아직 용신이 아무 말하지 않았지?]

[크윽, 이 빌어먹을 영감탱이! 도대체가 그런 것도 알려주지

않고 뭘 하는 거야! 아무튼 후예들을 위해 하는 일이 없어!]

[험험, 그건 용신을 탓할 게 아니다. 용신이 느낀 건 그들이 깨어날 때가 가까워졌다는 것이고, 내가 본 미래는 다르거든.]

[그건 또 무슨 말이에요?]

[아무튼 저 녀석 꽉 붙잡아라. 저 녀석이 잘만 해 주면 녀석들도 서두를 수밖에 없을 테니까.]

[그들이… 서두른다고요?]

[흠냥. 말을 너무 많이 했나? 이거 슬슬 졸리네.]

[헉! 크루시얀 님! 주무시면 안 돼요!]

[음냥. 음냥. 나 안 잔다. 절대 안 자는 중이다.]

[크루시얀 님!]

[음냥…….]

[크루시얀 니임!]

[음냥…….]

[…….]

3

"후우……."

나직이 한숨을 내쉬며 하이아시스는 천천히 눈을 떴다. 그녀의 은빛 눈동자로 일족들 앞에 우뚝 서 있는 단리명의 모습이 들어왔다.

검은 머리카락, 검은 눈동자, 오만한 표정.

실버 일족들이 혐오하는 마족들의 전형적인 모습이었다.

단순히 보는 것만으로 얼굴이 굳어지고 성력이 끓어오르려 했지만 하이아시스는 힘겹게 참아냈다.

레베카의 짝으로 예비되어 있던 자였다. 수많은 장로들조차 어쩌지 못한 상대다.

무엇보다 일족의 미래를 위해 꼭 필요한 사내였다.

하이아시스는 애써 미소를 그렸다. 신탁을 100% 믿긴 어렵겠지만 적어도 살갑게는 대해 주어야 할 것 같았다.

'그나저나 뭐라고 말을 꺼낸다.'

뭔가 말을 내뱉으려던 하이아시스가 다시 입을 다물었다.

아무리 생각해 봐도 호칭이 마땅치가 않았다. 조금 전까지 배척하려던 마족에게 친근함을 보인다는 것 자체가 어려운 일이었다.

그런 하이아시스의 곤란함을 눈치챈 것일까.

"처음 뵙겠습니다, 장모."

단리명이 먼저 하이아시스에게 허리를 굽혔다. 레베카에게 말한 것처럼 그녀에게만큼은 예를 다할 생각이었다.

그 모습이 어찌나 정중하던지 좌우에 둘러앉은 장로들의 표정이 달라졌다.

몇몇 이들은 눈을 끔뻑거렸다. 조금 전까지 자신들을 몰아붙이던 그 오만한 마족이 맞나 싶을 정도였다.

그것은 하이아시스도 마찬가지. 장모라는 호칭도 그렇지만 갑자기 저자세로 나오는 단리명의 태도를 이해할 수 없었다.

그때였다.

[하이아시스 님, 가가는 하이아시스 님을 제 어머니처럼 여기겠다고 했어요. 그리고 오직 하이아시스 님에게만 예를 갖추겠다고 했고요.]

레베카의 목소리가 그녀의 궁금증을 풀어 주었다.

하이아시스의 입가로 묘한 웃음이 번졌다.

눈앞의 마족도 문제였지만 추후에 쏟아질 장로들의 불만을 감당하는 것도 골치 아픈 일이었다. 하지만 마족의 태도를 잘만 이용한다면 장로들의 불만도 잠재울 수 있을 것 같았다.

"잘 왔네, 사위."

하이아시스의 목소리가 맑게 울렸다. 순간 장로들의 입이 쩍 하고 벌어져 버렸다.

사위라니!

드래곤 로드가 마족을 받아들이다니!

결코 있을 수 없는 일이었다. 있어서도 안 되는 일이었다.

하지만… 그들 중 누구도 감히 불만을 토로하지 못했다.

여성체 드래곤들 중 최초로 로드의 자리에 오른 하이아시스의 흉포함!

조금 전에 보여주었던 단리명의 신위!

본디라면 서로를 향해 송곳니를 드러냈어야 할 그들이 오히려 손을 잡은 상황이었다. 그 와중에 괜히 잘못 나섰다간 아마 편히 레어로 돌아가지는 못할 것이다.

4

불만 가득한 장로들을 버려둔 뒤 하이아시스와 단리명은 자리를 옮겼다.

"그래, 천마신교란 곳에서 왔다고?"

"그렇습니다."

"그곳에 대해 자세히 설명해 줄 수 있겠나?"

"물론입니다."

하이아시스는 단리명에 대해 궁금한 점이 많았다. 드래곤으로서의 호기심이기도 하지만 정말 자신들과 한 길을 갈 수 있는지에 대해 확인할 필요가 있었다.

그 점에 대해 단리명은 불쾌하게 생각하지 않았다.

기실 중원에서도 양가의 혼례가 있기 전에는 집안 내력을 조사하게 마련이다. 더욱이 같은 중원도 아니고 멀리 떨어진 서역이라면 꼬치꼬치 캐묻는 것도 무리는 아니었다.

이야기가 계속되는 동안 하이아시스의 머릿속에선 단리명에 대한 분석이 체계적으로 이루어졌다.

1. 이름 단리명. 나이 20세.(자신들을 비롯해 중간계 사정

을 전혀 알지 못하는 것으로 보아 어린 마족으로 판단됨. 물론 실제 나이는 200세 전후로 추정)

2. 소속 세력은 마계의 천마신교.(천마신교에 대한 정확한 정보는 없지만 1,200년 역사라는 것으로 보아 신흥 세력으로 추측됨. 현재 마계를 암중 장악하고 있음.) 그곳의 소교주(가장 강한 공작으로 평가됨)라고 함.

3. 출신 세력은 다르국. 뇌제의 열세 번째 아들로 파악됨. 지닌 바 능력으로 보아 마혈의 마족임에 분명함.

4. 마계로 간 이브라엘의 농간으로 차원을 넘어온 것으로 추정. 다만 본인 스스로는 그에 대해 전혀 알지 못하고 있음.

5. 이브라엘의 거짓말로 인해 레베카를 서역이라는 곳의 왕녀로 생각하고 있음. 다행히 이 점에 대해 레베카는 아무런 해명도 하지 않은 듯함.

6. 자신의 인생에 대해 세 가지 목표를 세워둔 것 같음. 그 중 첫 번째는 이뤄 가는 중이고 두 번째는 이뤘으며 세 번째 목표를 향해 나아갈 예정임. 그 점을 잘 이용한다면 이 세계에 붙잡아두는 것도 불가능한 일만은 아닐 것임.

7. 성격이나 행동 등으로 보아 거친 건 사실이지만 중간계에 해악을 끼치지는 않을 것이라고 판단됨.(일부 정신 나간 마족들과는 확실히 다르다는 결론을 내림)

단리명의 현 상황을 분석한 하이아이스가 천천히 고개를 끄덕였다.

이제야 눈앞의 사내가 어떤 존재인지 알 것 같았다. 아울러 어떻게 인도해야 하는지도 어느 정도 계산이 섰다.

"그래. 앞으로는 무엇을 할 생각인가?"

하이아시스가 진짜 장모라도 된 것처럼 물었다.

"하 매와 함께 중원으로 돌아갈 생각입니다."

단리명이 단호한 목소리로 대답했다.

레베카에게는 미안한 일이지만 단리명은 중원에서 여생을 보낼 생각이었다.

자신이 이뤄 놓은 모든 것이 그곳에 있었다. 자신을 지켜봐야 할 자들도 그곳에서 살고 있었다.

하지만 하이아시스는 단리명이 당분간 이 세계에 머물기를 바랐다. 크루시안의 말처럼 일족에게 닥칠 재앙을 해결해 주길 바랐다.

"레베카, 그 아이에게는 말을 했는가?"

"아직입니다. 장모를 뵙고 나서 말할 생각이었습니다."

"그렇다면 잠시 내 이야기 좀 들어 보겠나?"

"중원으로 돌아가지 말라는 말씀이라면 듣기 어렵습니다."

"하아. 내가 어찌 자네가 돌아가는 것을 막겠는가? 다만 시일을 좀 늦춰 줬으면 해서 하는 말일세."

하이아시스가 무겁게 한숨을 내쉬었다. 그 모습을 보고 있자니 단리명도 무작정 제 주장만을 내세우기가 어려워졌다.

"일단 들어 보겠습니다."

단리명이 마지못해 한발 물러섰다. 동시에 하이아시스의 입가로 안도의 미소가 번져 들었다.

"자네도 알다시피 레베카는 수많은 이들의 존경과 사랑을 받아 마땅한 왕녀일세. 하지만 그 아이는 갈 곳이 없다네."

"갈 곳이 없다는 말씀은……."

"그 아이가 태어날 무렵 이 세상에 있던 작은 왕국 하나가 사라지는 일이 벌어졌다네."

하이아시스는 18년 전쯤에 사라졌던 대륙 중부의 하르페 왕국에 관한 이야기를 들려주었다.

공교롭게도 자연을 사랑하는 그린 일족이 유희를 떠나 남긴 아이들이 다스리던 곳이었다.

"레베카를 보면 알겠지만 하르페 왕국의 왕들은 선량하고 자애로웠다네. 언제나 백성들을 걱정하고 그들을 배불리 먹이기 위해 노력했고. 게다가 인간들뿐만 아니라 이종족들에게도 나라를 개방하고 이웃처럼 지냈지. 주변의 왕국들이 정체성을 지키라며 압박했지만 그들은 끝내 자신들의 뜻을 굽히지 않았어. 그게 건국왕의 유훈이었거든."

하이아시스의 눈가로 아련함이 번졌다.

단순히 레베카를 왕녀의 자리에 꿰어 맞추기 위한 연기만은 아니었다. 실제 그녀는 하르페 왕국의 최후를 안타깝게 여기고 있었다.

"그런데 어떻게 해서 사라지게 된 겁니까?"

"자네도 잘 알겠지만 나라라는 게 단지 온정만 있다고 해서 유지되는 건 아니라네. 그만한 힘이 필요했지. 하르페 왕국의 4대공작 가문은 대대로 왕실에 충성을 다했다네. 그들이 지닌 힘을 통해 하르페 왕국이 존속되었다 해도 과언이 아니야. 하지만 그들의 충심도 세월 앞에서 퇴색되고 말았다네."

"반역이군요."

"그래, 반역이 일어났지. 그들의 뜻을 기억하는 우리가 나섰을 때는 이미 왕실마저 무너져 내린 뒤였어."

본디 드래곤들은 중간계의 일에 관여하지 않는 게 원칙이었다. 하르페 왕국의 뜻이 사라지는 게 안타깝기는 했지만 인간들의 일은 인간들에게 맡길 수밖에 없었다.

물론 그린 일족은 하르페 왕국의 왕실을 구하고 싶다는 뜻을 밝혔다. 하지만 오랜 회의 끝에 그들의 뜻이 받아들여졌을 때는 이미 모든 게 끝나 버린 뒤였다.

"결국 하 매만 남은 것입니까?"

"그렇다네. 바로 그 아이가 하르페 왕국의 유일한 후예라네."

그린 일족이 폐허가 된 왕성 주변을 뒤져 보았지만 살아남은 후예를 발견해 내지 못했다고 한다.

그러나 오늘 이후로는 사정이 달라질 것이다. 일족을 위해서라도 레베카는 최후 생존자가 되어야만 했다.

"나의 소중한 친구였던 그 아이의 부모는 죽기 전에 내게 부탁을 했다네. 그게 무엇인지 알겠는가?"

하이아시스가 짐짓 처연한 얼굴로 물었다. 단리명은 대답 대신 고개를 끄덕거렸다.

왕조의 부활.

만일 대리국이 망하고 자신이 마지막 생존자가 되었다면 그 역시도 같은 꿈을 꾸었을 것이다.

"더 하실 말씀이 없다면 하 매에게 가 보고 싶습니다."

단리명이 다급히 몸을 일으켰다. 하이아시스에게는 미안했지만 지금이라도 달려가 레베카의 손을 잡아 주고 싶었다.

"그렇게 하게."

하이아시스가 흔쾌히 고개를 끄덕였다.

고지식한 천족과는 달리 마족들은 본디 눈치가 빠른 편이다. 괜히 더 붙잡고 주절거려 봐야 의심을 사게 될 수도 있었다.

"그럼 다음에 또 찾아뵙겠습니다."

단리명이 레어 밖으로 걸어 나갔다. 그가 완전히 사라진 것을 확인한 뒤에야 하이아시스는 안도의 한숨을 내쉬었다.

그때였다.

[하이아시스 님. 굳이 그러실 필요가 있습니까?]

마나를 타고 수호 드래곤의 목소리가 울렸다. 중간계를 지키는 드래곤이 거짓말을 하면서까지 마족을 붙잡는 게 이해가

가질 않는 것이다.

물론 그도 크루시얀의 신탁을 알게 된다면 하이아시스의 결정을 이해할 것이다.

하지만 하이아시스는 당분간 신탁의 내용을 누설할 마음이 없었다. 괜히 와전이라도 됐다간 일족들이 혼란에 빠질 수도 있었다.

[다 생각이 있어서 그런 것이니 당분간은 비밀로 하게. 그보다 아드레아는 어떻게 지내고 있나?]

하이아시스는 단호한 목소리로 불신의 싹을 잘라냈다. 비록 지척에서 자신을 보호하는 수호 드래곤이라고는 하지만 감히 로드의 행사에 왈가왈부할 입장은 아니었다.

[아드레아 님은 아직도 레어에서 벗어나지 않으셨습니다.]

뒤늦게 자신의 처지를 자각한 수호 드래곤이 공손히 답했다.

순간 하이아시스의 입가로 묘한 웃음이 번졌다. 18년이 넘도록 레어에 틀어박혀 나오질 않는다는 것은 하르페 왕국의 일을 잊지 못했다는 뜻이다.

[아드레아를 부르게. 오지 않는다고 하거든 원한을 갚아 주겠다고 전하게.]

하이아시스가 명을 내렸다.

[알겠습니다.]

대답과 함께 수호 드래곤의 기척이 사라졌다.

잠시 후,

"로드. 부르셨습니까?"

그린 일족의 장로 아드레아가 하이아시스의 레어로 들어왔다.

그동안 마음고생이 심했던지 그녀의 얼굴은 무척이나 상해 있었다. 하지만 복수를 갈망하는 진녹색 눈동자만큼은 예전처럼 맑게 빛나고 있었다.

"어서 오시게. 그렇지 않아도 기다리고 있었다네."

하이아시스는 반색하며 아드레아를 맞았다. 그녀에게 단리명과 레베카의 일들을 간단하게 설명했다.

드래곤은 본디 후손에 대한 애착이 강하다. 대부분의 사내들은 그 대상을 헤츨링으로 제한하는 반면 여인들은 유희를 통해 흘린 핏줄들까지도 신경을 쓴다.

그중에서도 아드레아의 집착은 특별할 정도였다. 드래곤을 짝으로 맞지 않고 유희 때 만났던 사내만을 기억하고 있는 그녀에게 후손들의 죽음은 해츨링을 잃은 것만큼이나 가슴 아픈 일이었다.

말을 마친 하이아시스가 조심스럽게 아드레아의 표정을 살폈다.

로드의 입장에서 일족을 위해 내린 결단인 만큼 번복할 생각은 없었다. 다만 아드레아가 너그러운 마음으로 이해해 주길 바랄 뿐이었다.

"알겠습니다. 로드의 뜻을 따르겠습니다."

한참 동안 침묵하던 아드레아가 천천히 고개를 끄덕였다.

하이아시스의 말이 옳았다. 채 백 년도 살지 못하는 인간들을 평생 그리느니 새로운 가족이 된 단리명을 통해 복수를 하는 것도 나쁘지 않은 일이었다.

무엇보다 어렸을 때부터 예뻐했던 레베카의 일이었다. 만일 하르페 왕국이 건재했다면 아마 그녀가 직접 나서서 레베카의 유희를 주선했을지 모른다.

"고맙네."

하이아시스의 입가로 안도의 웃음이 번졌다. 하지만 아드레아는 일말의 표정 변화조차 없었다.

그녀의 굳은 눈동자는 아직 할 말이 남은 것처럼 보였다.

"하고 싶은 말이 있으면 하게."

하이아시스가 고개를 끄덕였다.

"한 가지 부탁을 들어 주십시오."

아드레아가 마음속의 말을 꺼내 놓았다.

"부탁?"

"네. 적어도 제가 신의 품으로 돌아가기 전까지는 그 나라가 망하는 일이 없도록 해 주십시오. 간악한 인간들의 욕심에 휘둘려 허무하게 사라지지 않도록 대륙에 단단히 뿌리내려 주십시오."

한이 섞인 아드레아의 음성이 하이아시스의 마음을 흔들어

놓았다.

"그건 걱정하지 말게. 단 공작은 마혈의 마족. 그가 세운 나라라면 감히 인간들 따위가 넘보지 못할 것이네."

하이아시스가 아드레아의 손을 꼭 쥐며 말했다.

"그럼… 됐습니다."

그것으로 족하다는 듯 아드레아가 천천히 고개를 끄덕였다.

5

"가, 가가. 무슨 일 있으세요?"

갑작스럽게 단리명의 품속으로 빨려 들어간 레베카는 갑자기 불안해졌다.

평소에도 다정다감하긴 했지만 때와 장소를 가려서 애정표현을 해 왔다. 그것도 언제나 눈빛이나 분위기를 통해 자신에게 허락을 얻은 후에 다가왔다. 지금처럼 말도 없이 무작정 끌어안은 적은 없었다.

만일 단리명이란 사내에 대한 믿음이 없었다면 레베카는 크게 실망했을 것이다. 지금까지 자신에게 보여준 게 다 거짓이라고 생각했을 것이다.

그러나 그녀는 단리명을 믿었다. 이러는 이유가 있을 것이라고 생각했다.

"가가, 말씀해 보세요. 하이아시스 님께서 서운한 말씀이라도 하셨나요? 그런 건가요?"

레베카가 슬며시 고개를 들었다. 그러자 단리명은 아무 일도 아니라는 듯 환하게 웃어 보였다. 듣고만 있어도 가슴 아픈 과거다. 그것을 굳이 떠올리며 애달파할 필요는 없었다.

"아니오. 그런 게 아니오. 그저… 하 매가 많이 보고 싶었을 뿐이오."

"…예?"

레베카가 영문을 몰라 눈만 깜빡거렸다. 그녀의 손을 꼭 잡으며 단리명이 듬직한 목소리로 말했다.

"하 매. 앞으로는 나만 믿으시오. 내가 하 매를 평생 지켜주겠소."

검은 눈동자를 타고 단리명의 확고한 의지가 번져들었다.

"가, 가가."

감동한 레베카의 얼굴에도 환한 웃음이 따라 번졌다.

# 잃어버린 왕국을 찾아서

1

하이아시스의 뜻에 따라 레베카는 열흘간 단리명에게 여러 일족들을 소개시켜 주었다.

"당신이 단 공작인가요?"

"레베카, 좋겠다~"

마족이라면 이를 가는 장로들과는 달리 젊은 드래곤들은 단리명을 흥미로운 눈으로 바라보았다. 특히나 레베카에게 소개를 받은 이들이 하나같이 그녀와 친한 여성체 성룡들이다보니 단리명도 좋지 않았던 기억들을 어느 정도 지울 수 있었다.

그 사이 하이아시스는 주요 일족들에게 단리명과 레베카에 대한 일을 알렸다. 아울러 그에 따른 확실한 협조를 요구했다.

[이 시간 이후로 레베카는 하르페 왕국의 유일한 생존자입니다. 이유가 궁금하시겠지만 때가 되면 밝힐 생각이니 당분간은 유희의 일환으로 생각해 주세요.]

하이아시스는 여성체로서 드래곤 역사 사상 처음으로 로드의 자리에 오른 존재다. 그만큼 강하고 일족을 통솔하는 능력도 대단했다.

실제로 그녀의 뜻을 거스를 수 있는 건 같은 태고룡인 아마데우스뿐이다. 그 조차도 레베카라면 껌뻑 죽으니 이번 결정에 의문을 품을지언정 반대하지는 않을 것이다.

단리명이 잠시 머리를 식히는 사이 드래곤들은 한 통속이 되어 그를 속이기로 다짐했다. 본디 그들은 거짓말을 즐겨하지 않는 편이지만 상대가 음흉하고 간악하기로 유명한 마족이다보니 오히려 더욱 철저하게 말을 맞췄다.

덕분에 불과 며칠 만에 레베카는 하르페 왕국의 마지막 왕녀가 되어 있었다. 그 사실을 단리명은 추호도 의심하지 않았다.

열흘간 레베카와 시간을 보내며 생각을 정리한 단리명은 일단 로데우스와 하이베크를 불렀다.

"자네들, 혹시 하르페 왕국이라고 들어 봤나?"

단리명이 넌지시 운을 뗐다. 서로 눈빛을 주고받던 로데우스와 하이베크가 짐짓 딴청을 부렸다.

"하르페 왕국? 글쎄요."

"그런 이름을 들어본 것 같긴 합니다만, 왜 그러십니까?"

세상일에 관심을 끄고 사는 몇몇 일족을 제외하고는 하르페 왕국의 몰락에 대해 모르지 않았다. 만약 유희를 떠난다면 하르페 왕국의 일원으로 사는 게 좋다는 말들이 공공연하게 들릴 만큼 관심이 많은 곳이었다.

지금이라도 건국왕부터 시작해 마지막 왕까지의 일대기를 대라면 줄줄 읊을 수 있었다. 하지만 하이아시스는 단리명에게 섣부른 사견을 말해 주는 걸 허락하지 않았다.

[너희도 잘 알겠지만 그는 우리가 함부로 다룰 수 있는 존재가 아니다. 너희들이 그를 따르겠다면 말리지 않겠지만 철저한 방관자가 되어야 할 것이다. 너희들의 하찮은 뜻이 그의 의지를 거슬러서는 안 될 것이야. 알겠느냐?]

제 아무리 피 끓는 반고룡들이라지만 로드의 은밀한 명까지 거절할 수는 없었다.

로데우스와 하이베크는 단리명의 시선을 피하며 딱 잡아뗐다. 단리명도 그들에게 크게 기대한 건 아닌 듯 대수롭지 않게 고개를 끄덕거렸다.

"장모가 그러는데 18년 전쯤에 사라진 왕국이라고 하더군.

그들의 사정에 대해 잘 알고 있는 자를 혹시 아느냐?"

단리명이 질문의 방향을 바꾸었다. 그러자 하이베크가 조심스럽게 입을 열었다.

"그런 건 역사학자들이 잘 알고 있을 겁니다."

"역사학자?"

"예. 나라가 망할 경우 대부분의 역사학자들은 타국으로 망명하거나 외진 곳에 몸을 숨깁니다. 그들 중에서 박식한 자를 찾아본다면 하르페 왕국에 대해 알 수 있을 겁니다."

"그래? 그럼 하백, 그런 자를 찾을 수 있겠느냐?"

"맡겨만 주신다면 최대한 빨리 찾아보겠습니다."

"좋다. 이 일은 네게 맡기마."

단리명이 믿겠다는 듯 하이베크의 어깨를 두드렸다.

로데우스보다 먼저 중임을 맡은 하이베크의 입가로 웃음이 번졌다. 반면 선수를 빼앗긴 로데우스는 심술 난 어린애처럼 입술을 내밀었다.

"대형, 그럼 전 뭘 하면 됩니까?"

"너? 흐음… 뭐가 좋을까."

지금 단리명에게 필요한 건 하르페 왕국에 대한 정보였다.

레베카로 하여금 하르페 왕국을 계승하도록 하기 위해서는 중립적인 정보들보다는 어느 정도 감정이 치우친 것들이 필요했다.

일단 하이베크가 믿을 만한 학자를 구해 온다면 그 이후에 생각을 정리해 움직일 생각이었다. 하지만 로데우스는 무엇이든 시켜만 달라는 얼굴로 자신을 빤히 바라보고 있었다.

단리명의 입가로 웃음이 번졌다.

흑풍대 내에서도 로데우스처럼 임무를 달라고 졸라대는 녀석들이 적지 않았다. 개중에는 공명심을 탐하는 녀석들도 있었지만 로데우스처럼 승부욕 때문에 욕심을 부리는 녀석들도 적지 않았다.

"그래, 넌 무슨 일을 하고 싶으냐?"

그럴 때면 단리명은 언제나 역으로 질문을 했다. 어차피 시킬 일이 없다면 본인이 원하는 걸 시키는 편이 여러모로 나았다.

물론 그런 상황에서 제대로 대답하는 경우는 거의 없었다. 그저 뒷머리를 벅벅 긁어대고는 헤헤 웃으며 제 자리로 돌아가는 녀석들이 다반사였다.

그러나 다행히도 로데우스는 그 정도까지는 아니었다.

"그, 글쎄요. 딱히 생각한 건 없지만… 저도 하이베크처럼 사람을 찾아보면 안 될까요?"

"사람? 학자를 찾겠다는 말이냐?"

"아니요. 꼭 학자가 아니더라도 왕실에서 일했던 사람이나 멸문 귀족들도 많은 걸 알고 있지 않을까 해서요."

로데우스가 슬쩍 말을 흘렸다. 그러자 단리명이 의외라는 듯 로데우스를 바라봤다. 말보다는 행동이 앞서는 녀석인 줄

로만 알았는데 제법 생각도 깊어 보였다.

"좋은 생각이다. 네가 원하는 대로 해 보거라."

단리명이 흔쾌히 고개를 끄덕였다.

"흐흐… 대형, 기대하십시오."

로데우스의 입가가 길게 찢어졌다.

2

한달 뒤.

단리명은 하르페 왕국과 관련 있는 두 명의 사내를 만날 수 있었다.

"처, 처음 뵙겠습니다."

"대형, 왕실의 아카데미에서 일했던 학자입니다."

하이베크가 데려온 자는 중년의 문사였다. 살짝 굽은 등에 전체적으로 마른 체형으로 보아 전형적인 학자였다.

반면 로데우스가 데려온 자는 고집스러운 영감이었다.

"대형께 예를 갖춰라!"

"흥! 갑자기 여기로 끌고 와 놓고선 낯짝도 두껍구려!"

분위기 파악 못 하고 쓸 데 없이 자존심을 세우는 건 마치 무림맹의 기세만 믿고 까부는 정파인들을 보는 것 같았다.

"적당한 자들을 잘 데려왔군."

단리명이 피식 웃으며 고개를 끄덕였다. 그의 시선이 먼저 학자에게 향했다.

"이름이 뭐지?"

"이즈마엘이라고 합니다. 고, 공작님."

사전에 단리명에 대한 언질을 받은 듯 학자, 이즈마엘의 태도는 한없이 공손했다. 하기야 그처럼 책 속에 파묻혀 사는 걸 인생의 낙으로 여기는 자들에게 가장 무서운 건 권력자들의 변덕일 터. 괜히 밉보여 봐야 좋을 게 없었다.

"좋다. 이즈마엘, 내가 누구인지는 얼추 아는 것 같으니 하르페 왕국에 대해 아는 대로 설명해 봐라."

"하, 하르페 왕국 말입니까?"

"왜? 설마 모르는 것인가?"

"그, 그런 게 아니오라……."

조금 전까지만 해도 물어 보는 건 무엇이든 대답할 것처럼 굴던 이즈마엘이 어쩔 줄을 몰라 했다.

"그럼 뭐지?"

단리명의 표정이 굳어졌다. 덩달아 이즈마엘의 뒤쪽에 서 있던 하이베크의 얼굴마저 잔뜩 일그러졌다.

"저… 그, 그것이……."

갑작스럽게 주변 공기가 변하자 이즈마엘은 더욱 목을 움츠렸다.

그때였다.

"망한 나라의 역사를 들먹였다간 큰 화를 당하오. 당신 같은 높으신 분들에게는 별일 아닐지 몰라도 이자처럼 책만 파고 산 부류는 입을 잘 놀려야 한단 말이오."

옆에서 시큰둥한 얼굴로 서 있던 노인이 무뚝뚝한 목소리를 냈다.

"그, 그렇습니다, 공작님."

하얗게 질려 있던 이즈마엘이 이때다 싶어 고개를 끄덕거렸다. 그를 빤히 바라보던 단리명의 노기가 한풀 꺾였다. 잔뜩 겁을 먹은 눈동자로 봐서는 거짓말을 하는 것 같지 않았다.

"난 하르페 왕국에 대해 알고 싶다. 넌 그것을 얼마나 알고 있느냐?"

단리명이 질문을 바꿨다.

"아, 아이들을 가르칠 정도는 됩니다."

이즈마엘이 떨리는 목소리로 답했다.

자신을 고작 아카데미의 교수쯤으로 소개하고 있지만 실제 그는 하르페 왕국에서도 손꼽히는 대학자였다.

왕국의 정치, 경제, 문화는 물론 역사까지 모르는 게 없었다. 아카데미 교재마저 그가 저술한 책들로 바뀔 정도였다.

왕국이 건재했을 때 아는 게 많다는 건 힘이오, 재산이며 능력이다. 하지만 왕국이 무너져 내린 지금은 아니다. 머릿속에 들어찬 걸 함부로 풀었다간 쥐도 새도 모르게 목이 달아나고 말 것이다.

이즈마엘이 마른침을 꿀꺽 삼켰다. 그 모습이 꼭 궁지에 몰려서도 살 길을 찾아 눈을 굴리는 생쥐 같았다.

"좋다. 이즈마엘, 네게 해가 가지 않는 범위 내에서 말해라."

"예?"

"일반적인 상식선에서 설명해 보란 말이다."

단리명이야 서역에 대해 아는 게 없지만 대륙의 인간들은 하르페 왕국을 기억하고 있을 것이다. 그들이 알고 있는 것 정도라면 이즈마엘이 누설한다 해도 문제될 건 없어 보였다.

"저, 정말 그래도 되는 것입니까?"

이즈마엘이 조심스럽게 되물었다.

"물론이다."

단리명이 당연하다는 듯 고개를 끄덕였다.

순간 이즈마엘의 눈동자로 적잖은 파문이 일었다.

대부분의 귀족들은 제 볼일만 중요할 뿐 학자의 권위나 양심 따위는 전혀 신경 써 주지 않았다. 당연히 제대로 된 보상도 받아본 적이 없었다.

하지만 눈앞의 귀족은 달랐다. 북방의 쥬오르 제국의 황제처럼 새까만 눈을 빛내면서도 자신의 편의를 봐주고 있었다.

"알겠습니다. 말씀드리겠습니다."

이즈마엘은 깊게 숨을 들이켰다. 쿵쾅거리는 심장이 잠잠해졌다. 동시에 하르페 왕국에 대한 일반적인 지식들이 머리 위로 떠오르기 시작했다.

"하르페 왕국은 지금으로부터 1,000년 전쯤에 세워졌습니다."

나직이 숨을 내쉬며 이즈마엘이 설명을 시작했다.

"당시 대륙은 마왕을 숭상하는 흑마법사들로 인해 한바탕 홍역을 겪고 있었습니다. 무고한 사람들을 죽이고 그들의 피와 살로 제단을 쌓아 마왕을 불러내려 했죠."

"흑마법사?"

"어둠의 힘을 매개로 마법을 구현하는 자들을 말합니다."

"어둠의 힘이라. 중원의 사교 놈들과 비슷한가 보군."

"예?"

"아니야. 그나저나 마왕이라니… 정신 나간 녀석들이로군."

"그, 그렇습니다. 당시 주변 왕국들도 공작님과 비슷한 생각을 했습니다. 하지만 사태의 심각성을 깨달았을 때는 이미 마왕을 소환할 준비를 끝낸 상태였죠."

"그래서? 마왕은 소환되었나?"

"간발의 차이로 실패했습니다. 하르페와 네 명의 동료들이 나타나 흑마법사들을 쓰러트리고 차원의 틈을 막아버렸거든요."

"그들이 하르페 왕국을 세운 것이겠군."

"그렇습니다. 그들은 흑마법사들의 제단을 헐고 그곳에 나라를 세웠습니다. 영웅 하르페는 왕이 되었고 그를 도왔던 네 친구는 각기 4대공작이 되어 왕국을 수호했습니다. 하지만 결국 그들의 배신으로 인해 왕국은 몰락하고 말았습니다."

설명을 이어가는 이즈마엘의 표정이 점점 비통하게 변했다. 믿었던 4대공작의 배신이 지금까지도 상처로 남은 것이다.

하지만 그 점에 대해 하이아시스에게 언질을 받은 단리명은 큰 감흥이 없었다. 게다가 이미 마음속으로 배신자는 처단한다는 결정을 내려놓은 뒤였다.

애석하게도 그가 정말 싫어하는 부류 중의 하나가 이익을 좇아 배신을 하는 자들이었다.

"하르페 왕국 대신 다른 왕국이 들어섰나?"

"그게… 설명하기가 어렵습니다. 왕국을 무너뜨린 4대공작가는 다시 왕실의 먼 방계 출신인 하멜 후작을 왕으로 앉혔습니다. 자연스럽게 나라 이름도 하멜 왕국으로 변했고요."

"백성들이 동요하는 걸 막기 위해 왕실의 핏줄을 이용한 것이로군. 왕은 당연히 꼭두각시일 테고."

"바로 그렇습니다. 비록 분위기가 어수선하긴 하지만 하르페 왕국의 백성들은 나라가 망했다는 사실조차 인지하지 못하고 있습니다. 겉보기에는 4대공작의 영향력만 커졌을 뿐 크게 달라진 게 없으니까요. 하지만 안을 들여다보면 다릅니다. 나라의 권력은 이미 4대공작에게 넘어간 상황입니다."

이야기를 털어놓다보니 감정이 격해졌을까. 아니면, 단리명은 믿어도 된다는 확신이라도 든 것일까.

이즈마엘의 이야기가 위험해지기 시작했다. 옆에 있던 노인이 만류하려고 입을 열었지만 그때는 이미 넘지 말아야 할 선을 넘어버린 상황이었다.

"수년 내에 4대공작은 자신들의 입맛에 맞는 나라를 찾아 투항할 가능성이 높습니다. 주변국들도 굴복이 아닌 회유 쪽으로 가닥을 잡은 상황이고요."

"회유라. 그만한 실력들은 있다 이건가."

단리명이 입가를 비틀었다. 그의 기준으로는 자근자근 짓밟아줘야 할 자들이 인정받고 있다는 사실이 그저 우습기만 했다.

"발렌시아 공작은 대륙에 다섯뿐인 마에스트로입니다. 바르카스 공작의 도끼는 가히 적수가 없다고 알려져 있습니다. 티마르 공작은 7레벨의 마법사이며 칼리오스 공작은 대정령까지 부릴 수 있는 특급 정령사입니다. 그들 하나하나가 하르페 왕국의 전력이었다는 말은 과언이 아닙니다. 지금도 마찬가지고요. 솔직히 그리 크지 않은 나라에 그런 강자들이 공작으로 머물러 있었다는 것 자체가 의문스러울 정도입니다."

단리명의 생각 이상으로 4대공작의 입지는 대단했다. 그들의 배신에 치를 떨던 이즈마엘조차 능력에 대해서 만큼은 확실히 인정할 정도였다.

하지만 단리명은 대수롭지 않다는 표정이었다. 오히려 4대 공작이 강하다는 사실에 눈을 반짝거렸다.

"그 정도라면 시시하진 않겠군."

단리명의 입가에 맺혔던 비웃음이 한결 진해졌다. 그러자 옆에 있던 노인이 불쑥 끼어들었다.

"시시하지 않겠다니, 그건 무슨 말이오?"

하멜 왕국의 4대공작을 마치 어린아이처럼 여기는 단리명의 언사는 실로 오만한 것이었다.

4대공작은 강자들이 득실거린다는 북방의 대제국 쥬오르에 가더라도 족히 공작위를 받아낼 수 있다고 알려진 자들이었다. 그런 자들에 대한 평가가 고작 시시하지 않겠다니. 머리가 어떻게 된 게 아닌가 싶을 정도였다.

하지만 단리명은 멀쩡했다. 아무리 봐도 너무나 멀쩡했다.

중원에서도 복수는 미친 자들이나 하는 짓이라고들 한다. 미치지 않고서는 복수를 마치기 어렵다는 뜻이다.

옳은 말이기는 하지만 그것 또한 범인들의 생각일 뿐이다. 기실 진정한 복수는 세상을 아우를 힘이 있는 자들만이 할 수 있는 것이다.

복수를 낳는 복수 따위는 할 필요가 없다. 감히 복수를 꿈꾸지 못할 만큼, 이 정도에서 끝난 게 다행이라 여겨질 만큼 확실히 짓밟지 않고서야 복수라고 말할 것도 없었다.

일단 정황을 살펴본 후에 결정하려고 했지만 단리명의 마음은 어느새 복수 쪽으로 기울고 있었다.

단순한 왕국 재건이 문제가 아니다. 상처가 심해져 구더기가 끓고 악취까지 난다.

제대로 치료하지 않는다면 언제고 다시 곪아 터질 것이다.

그렇다면 다시는 농간을 부리지 못하도록 뿌리까지 뽑겠다!

그것이 무림에 군림해 왔던 단리명의 방식이다.

그런 분위기를 노인도 감지하고 있었다. 하지만 애석하게도 그는 그 이유를 단리명에게 물을 자격이 없었다.

"그걸 왜 묻지?"

노인을 향한 단리명의 음성이 싸늘해졌다.

노인은 입술을 깨물었다. 적어도 눈앞의 학자보다는 나을 것이라 여겼던 자신의 처지가 졸지에 불청객으로 전락해 버렸다.

"무엇이든 한 가지만 물어 보시오."

"그 대가로 네 질문에 답해달란 말인가?"

"그렇소. 무조건 진실만을 답할 테니 결코 손해 보는 거래는 아닐 것이오."

"거래라… 재미있군."

단리명의 입가로 비릿한 웃음이 흘렀다. 거래란 말을 듣고 보니 불현듯 옛일들이 떠올랐다.

곱상한 외모 탓일까, 아니면, 순정공자니 뭐니 떠도는 소문 때문일까.

강호인들은 단리명을 크게 두려워 하지 않았다. 궁지에 몰리면 거래니 뭐니 떠들며 얼렁뚱땅 넘어가려고 했다.

물론 그런 자들은 다시 살아서 내일의 태양을 보지 못했다. 굳이 단리명이 손을 쓸 것도 없었다.

그가 가는 길에는 검은 바람이 분다. 검은 바람이 불면 아무것도 살아남지 못한다.

"흑풍대가 없다는 걸 고맙게 여겨라."

섬뜩한 경고를 끝으로 단리명은 노인에게서 시선을 거뒀다.

로데우스가 데려왔기 때문에 이만큼 상대해 준 것이다. 이곳이 중원이고 손톱만큼이라도 무공을 익혔다면 주제를 모르고 까분 대가로 팔 하나를 놓고 가야 했을 것이다.

하지만 노인은 단리명의 경고를 받아들이지 않았다. 아니, 받아들일 수가 없었다. 자신을 잔뜩 흥분하게 만들어놓고선 이제 와서 모른 척 발을 빼는 건 너무 치사한 행동이었다.

"제발 말씀해 주십시오. 4대공작이 시시하다는 말. 무슨 뜻으로 하신 말씀입니까?"

노인은 다급히 무릎을 꿇었다. 다소 건방지게 들렸던 그의 말투도 고위 귀족을 대하는 것처럼 경외감이 어렸다.

만일 처음부터 이렇게 나왔다면 단리명도 너그럽게 이해했을 것이다. 하지만 그의 변화는 조금 늦은 감이 있었다.

"한 가지 묻겠다. 대답이 만족스럽다면 네가 원하는 답을 주마. 단, 그렇지 못하다면 날 귀찮게 한 대가를 치러야 할 거다."

달싹거리는 입가를 타고 섬뜩함이 흘러나왔다.

노인은 마른침을 꿀꺽 삼켰다. 구차하게 연명해 온 목숨, 이제 와 아깝다는 생각은 들지 않았다. 그저 단리명이 만족스러워 할 만한 대답을 해야겠다는 사명감에 불타올랐다.

"묻겠다. 하르페 왕실의 생존자가 있느냐?"

단리명의 목소리가 무겁게 울렸다. 순간 노인의 눈동자가 크게 흔들렸다. 하필이면 그것을 물어볼 줄은 생각지 못했다.

노인의 떨리는 시선이 단리명에게 향했다. 하지만 단리명은 그 외의 것은 궁금하지 않다는 듯 노인을 뚫어지게 노려봤다.

"대, 대외적으로 하르페 왕실은 대가 끊겼습니다."

노인이 마지못해 목소리를 쥐어 짜냈다.

"대외적이라?"

무심했던 단리명의 검은 눈동자로 이채가 번졌다.

"그렇습니다. 수태하신 왕비님께서 하녀와 함께 도망을 치신 것으로 알고 있습니다."

"허면 왕비께서 살아 있단 말이냐?"

"아닙니다. 왕비님께서는 돌아가셨습니다. 제가 발견했을 때는 이미 싸늘한 시신이 되어 있었습니다. 다만……."

"다만?"

"하혈과 함께 탯줄이 잘린 상태였습니다. 당시 산달이 얼마 남지 않았던 것으로 보아 도중에 아이를 낳으신 게 아닌가 추측하고 있습니다."

"그 아이는?"

"모릅니다. 생사조차 알지 못합니다. 다만 그분이 살아 계시길 간절히 바라고 있을 뿐입니다."

노인이 푸념하듯 주절거렸다. 오랫동안 억눌렀던 진실을 털어놓은 그의 표정은 한결 홀가분하게 보였다.

단리명은 천천히 고개를 끄덕였다. 필시 마지막 순간에 아이를 구한 건 장모인 하이아시스일 것이다.

"4대공작은 이 사실을 알고 있는가?"

"확실히는 모릅니다. 다만 그들도 어느 정도는 짐작하고 있을 것이라 생각합니다."

"하밀 왕국을 존속시킨 이유도 그것 때문이로군?"

"아마도 그럴 것입니다. 만일 하르페 왕실의 후예가 살아 있다면 분명 복수를 하려고 할 터. 오히려 그들이 나타나길 기다리고 있는지도 모릅니다."

"재미있군. 아주 재밌어."

단리평이 한껏 입가를 비틀어 올렸다. 자신을 만나게 되면 지난날을 참회한다며 울며불며 매달릴까봐 걱정했는데 그 정도로 마음 약한 놈들은 아닌 것 같았다. 하지만 그의 대수롭지 않은 읊조림조차 노인에게는 큰 충격이 아닐 수 없었다.

시시하다거나 재미있다는 말은 꼬여 버린 실타래를 풀 수 있는 이해 당사자나 아무 상관없는 방관자만이 할 수 있는 말이다.

이해 당사자나 방관자. 눈앞의 젊은 귀족은 둘 중 하나였다.

"이, 이제 대답해 주십시오. 조금 전의 그 말씀은 무슨 뜻입니까? 아니, 공작님은… 누구입니까?"

노인의 목소리가 다시 잦게 떨렸다. 그를 내려다보던 단리명의 입가로 묘한 웃음이 번졌다.

"질문이 늘어났군. 그럼 나도 한 가지를 더 물어 보겠다."

"말씀하십시오."

"네가 원하는 건 무엇이냐, 무엇을 바라고 아직까지 하르페 왕실에 대한 희망의 끈을 놓지 않은 것이냐?"

단리명이 단도직입적으로 물었다. 머리 굴릴 생각은 말라는 듯 그의 검은 눈이 노인의 숨통을 단단히 움켜쥐었다.

"4대공작들은 폐하를 시해한 것으로도 모자라 왕국을 팔아넘기려 하고 있습니다. 하르페 왕가를 섬기던 자로서 어찌 그들을 용서할 수가 있겠습니까?"

노인은 질끈 입술을 깨물었다. 기왕지사 이렇게 된 거 그동안 마음속에 품어왔던 말들을 시원하게 털어놓고 싶었다.

하지만 그 정도로는 단리명을 만족시킬 수 없었다.

"대답이 부족하다. 결국 네가 원하는 게 무엇이냐?"

"어, 어딘가에 살아 계실 폐하의 혈육을 만나는 것입니다."

"만난다? 그 이후에는?"

"그분의 곁을 지킬 겁니다. 그분이 가는 길을 묵묵히 따라갈 겁니다."

"그렇게라도 해서 스스로 위안을 삼겠다는 말이냐?"

단리명의 눈빛이 매섭게 변했다. 그러자 노인이 소스라치게 놀라며 고개를 흔들었다.

"아닙니다. 그저 마지막까지 충성을 다하고 싶을 뿐입니다."

"그것이 네 의지냐?"

"그렇습니다."

단리명이 사납게 윽박질렀지만 노인은 끝내 흔들리지 않았다. 그 모습이 융통성이라고는 눈을 씻고도 찾아볼 수 없는 협의지사들을 보는 것 같아 못마땅했지만 단리명은 애써 고개를 끄덕였다.

자신을 섬길 자가 아니다. 레베카를 섬길 자다. 이런 자가 하나 있는 것도 나쁘지는 않을 것 같았다.

"만일 그녀의 의지와 네 의지가 다르다면 어떻게 하겠느냐?"

단리명이 마지막으로 물었다. 말속에 레베카의 존재가 자연스럽게 드러났지만 크게 신경 쓰지는 않았다.

이미 그가 뽑아 든 무형의 칼날이 노인의 명줄을 노리는 상황이다. 마지막 시험을 통과하면 살고 그렇지 못하면 죽는 것이다.

다행히도 노인은 망설임 없이 제대로 된 답을 골랐다.

“솔직히 제 의지 따위가 무슨 소용이겠습니까. 그분이 시키는 건 무엇이든 하겠습니다.”

“무엇이든? 그 말을 맹세할 수 있겠느냐?”

“무, 물론입니다.”

“좋다. 날 똑바로 봐라.”

노인이 조심스럽게 눈을 들어 올렸다. 그 순간 단리명의 안광이 번뜩이더니 노인의 눈동자를 뚫고 사라져 버렸다.

천마인(天魔印)! 오직 천마의 후인들만이 펼칠 수 있다는 강력하고도 사악한 금제가 가해진 것이다.

“크아악!”

노인의 입에서 절로 비명이 터져 나왔다. 불로 눈을 지진 것 같은 고통을 도저히 참을 수가 없었다.

하지만 그것도 잠시.

“엄살 피지 마라.”

단리명의 말이 떨어지기가 무섭게 고통이 사라졌다. 조심스럽게 눈을 끔뻑여봤지만 아무런 이상도 느껴지지 않았다.

설마 헛것을 본 것일까. 아무 일도 없었던 것일까.

흔들리는 노인의 시선이 다시 단리명을 향했다. 그러자 단리명이 보란 듯이 오른손을 들어 올렸다.

“명심해라. 만일 주제를 모르고 나섰다간 피를 토하고 죽게 될 것이다."

음산한 경고와 함께 가느다란 다섯 손가락이 허공을 움켜쥐었다. 그와 동시에 노인이 작살 맞은 물고기처럼 팔딱 뛰어올랐다. 뭔가가 심장을 잡아 뜯는 것 같은 느낌을 받은 것이다.

"며, 명심하겠습니다."

뒤늦게 단리명의 능력을 알게 된 노인이 바짝 몸을 낮췄다. 그를 내려다보며 단리명이 싸늘한 목소리를 흘렸다.

"이름이 무엇이냐?"

"코르페즈라 합니다."

"좋다. 고매주. 난 말 많은 놈들을 싫어한다. 특히 옳은 말 한다며 목숨 거는 것들은 더욱 싫어한다. 그러니 내 앞에서는 백 번 생각한 뒤에 말을 해라. 알겠느냐?"

"며, 명심하겠습니다!"

하르페 왕국의 마지막 궁내대신 코르페즈가 더욱 납작 몸을 엎드렸다. 그의 머리 위로 단리명의 비릿한 웃음이 살랑거렸다.

3

"한 가지 여쭙고 싶은 게 있습니다."

"왕실의 후예가 궁금한 것이냐?"

"그렇습니다. 그분께서는 잘 계십니까?"

"하 매는 건강하다. 하지만 과거의 일을 잘 알지 못한다. 그러니 괜히 어쭙잖게 나서서 복수니 뭐니 떠들지 마라. 그녀는 고귀한 존재다. 모든 이에게 사랑받기도 벅찬 여인이다."

"그럼 공작님께서는 4대공작을 두고 보실 생각이십니까?"

"내가 몰랐다면 모르겠지만 왕국의 비사를 안 이상 모든 것을 제자리로 돌려놓을 생각이다. 그 과정에서 피를 봐야 한다면 내가 볼 것이며 오물을 뒤집어쓰더라도 내가 쓸 것이다. 하 매를 전면에 내세울 생각은 추호도 없다. 그러니 넌 내가 묻는 것에 답하고 하 매의 곁을 충실히 지켜라. 다시 말하건대 함부로 하 매를 움직이려 하지 마라. 네 목숨 따위는 언제고 취할 수 있다는 사실을 명심해라."

"아, 알겠습니다."

"하 매와는 조만간 만나게 해 주겠다. 그녀를 본다면 감히 더러운 구정물 속에 끌어들일 생각 따위는 못할 것이다."

"명심하겠습니다. 그러니 제발 의심을 풀어 주십시오."

"의심을 풀라. 우습구나. 난 아직 널 신뢰하지 않는다."

"……!"

"내 신임을 받고 싶거든 합당한 능력을 보여라, 고매주. 넌 무엇을 할 수 있느냐?"

"부족한 제가 무엇을 할 수 있겠습니까. 그저 부려주십시오. 시키시는 일이라면 무엇이든 하겠습니다."

"흥! 말 하나는 교언영색(巧言令色)이구나."

"교언…영색이요? 제겐 너무 낯선 말입니다. 혹여 공작님께서는 다른 대륙에서 오셨는지요?"

"그렇다. 중원에서 왔다."

"중원이요? 미지의 땅이라 불리는 동대륙을 말씀하시는 것입니까?"

"미지의 땅이라… 정말 멋대로군. 하지만 동쪽에서 온 것은 사실이다."

"그러시군요. 후우. 전 공작님께서 쥬오르 제국의 귀족이 아닐까 살짝 걱정했습니다."

"쥬오르 제국?"

"예. 북쪽의 거대한 나라입니다."

"흠. 북방의 제국이라."

"그보다도 공작님. 혹여 통역 아이템을 사용하고 계시는지요?"

"아이템? 법보를 말하는가? 그렇다면 맞다. 무슨 문제라도 있는 것이냐?"

"공작님도 잘 아시겠지만 모든 것을 제자리로 돌려놓기 위해선 왕녀님의 정통성을 내세워야 합니다. 하르페 왕국을 계승할 자격이 있다는 걸 확실히 알려야 합니다."

"그런데?"

"하지만 앞으로도 공작님께서 계속 통역 아이템을 사용하신다면 골치 아픈 일이 벌어질지도 모릅니다. 4대공작과 그들을 따르는 귀족들은 어떻게 해서든 꼬투리를 잡으려 할 겁니다. 그들이 통역 아이템의 존재를 알아챈다면 공작님은 물론 왕녀님까지 의심할 겁니다."

"의심이라… 그래서 하고 싶은 말이 뭐냐?"

"말씀드리기 황송하지만 공작님께서는 우선 이 대륙의 언어와 풍습을 배우실 필요가 있을 것 같습니다."

"……."

# 준비해야 할 것들

1

처음부터 단리명은 서역이라 알고 있는 이 세계에 적응할 마음이 없었다. 레베카의 가족들에게 동의를 구한 후에 바로 중원으로 돌아갈 생각이었다.

중원은 철저히 여필종부(女必從夫)다. 무인들에게는 그 제약이 심하지 않다고는 하지만 단리명은 처가살이 할 마음이 추호도 없었다. 로데우스나 하이베크에게 밝힌 것처럼 자신만의 나라를 세워 레베카와 함께 평생을 살 계획이었다.

그러나 레베카의 사정을 알게 된 이상 계획을 변경할 수밖에 없었다.

당분간은 이 세계에서 지내야 할 터. 코르페즈의 말처럼 이 세계에 적응하는 게 필요했다.

다행히도 단리명의 언어 습득 능력은 뛰어났다. 고작 보름만에 대륙 공용어를 떼어버렸다.

한 달이 지났을 때는 대륙인들처럼 능수능란하게 공용어를 구사하기 시작했다.

"과연 대단하십니다."

이즈마엘은 연신 탄성을 내뱉었다. 그가 지금껏 가르친 학생들 중 단리명만큼 오성이 뛰어난 자는 없었다.

아니, 감히 학생들에게 비교한다는 것 자체가 죄스러울 정도였다.

그에 반해 단리명은 시큰둥했다. 대수롭지 않은 언어 하나 익힌 걸로 호들갑을 떨고 싶지 않았다.

게다가 그가 익힌 건 공용어뿐이다. 상류 계층에서 사용된다는 하르페어를 비롯해 각국 고유 언어들도 익혀야만 했다.

"굳이 그렇게까지 하실 필요가 있을까요?"

하이베크가 고개를 갸웃거렸다. 공용어 하나만으로도 대륙을 살아가는 데 문제는 없었다.

하지만 단리명의 생각은 달랐다.

"모르는 언어로 쥐새끼처럼 속닥거리는 놈들에게 무조건 수라마도를 휘두르고 싶지 않을 뿐이다."

하지 않았다면 모르겠지만 한번 시작한 이상 끝을 봐야 한다는 게 단리명의 지론이다.

학습도 마찬가지. 배울 수 있을 때 다 배워 버리는 편이 번거로움을 줄이는 길이었다.

이즈마엘이 단리명에게 언어를 전했다면 코르페즈는 대륙의 풍습과 함께 하르페 왕가의 법도를 일러주었다.

하루하루가 배움의 연속이었지만 단리명은 불평 한마디 없이 받아들였다. 사랑하는 레베카의 행복을 되찾아 주기 위해서라면 이 정도 귀찮음쯤은 충분히 감내할 수 있었다.

2

채 두 달이 되지 않아 모든 수업이 끝났다. 완벽하게 대륙인이 되었다고 말하긴 어렵지만 적어도 이 세계를 존중하고 이해하려는 마음 자세만큼은 갖추게 됐다.

"이즈마엘, 코르페즈."

"말씀하십시오."

"하르페 왕국을 재건하기 위해 필요한 것들을 말해 봐라."

단리명은 더 이상 다른 사람들의 이름을 중원식으로 부르지 않았다. 레베카나 로데우스, 하이베크는 워낙 입에 붙은 탓에 예외로 두었지만 앞으로 수많은 이들을 상대하기 위해서라도 다소 이기적인 버릇은 버릴 필요가 있었다.

"첫째도 인재, 둘째도 인재, 셋째도 인재이옵니다."

누가 뼛속까지 학자가 아니랄까봐 이즈마엘이 틀에 박힌 대답을 했다.

나라를 세우거나 문파를 여는 데 있어서 인재의 중요성은 말할 필요조차 없을 만큼 당연한 것이었다. 당연히 하르페 왕국의 재건을 위해서도 쓸모 있는 인재들이 많이 필요했다.

하지만 단리명이 원하는 대답은 그런 게 아니었다.

"이즈마엘. 과거 하르페 왕국에는 인재가 없었더냐?"

단리명이 코웃음을 쳤다.

과거나 지금이나 4대공작이 건재한 상황이다. 대륙에서 그들과 자웅을 겨룰 존재들이 손에 꼽힐 정도라면 인재가 부족하다는 표현은 우스운 것이다.

얼굴이 빨개진 이즈마엘이 합죽이가 돼버렸다. 단리명의 시선이 자연스럽게 코르페즈에게 향했다.

"첫째는 왕실의 정통성을 세우는 것이며 둘째는 강력한 왕권을 이루는 것이고 셋째는 귀족들을 솎아내는 것입니다."

크게 숨을 들이켠 코르페즈가 한 호흡도 쉬지 않고 말을 내뱉었다. 어느 정도 대답이 만족스럽던지 단리명이 슬쩍 입가를 비틀었다.

"네 말이 맞다. 겁도 없이 왕실을 무너뜨린 놈들에게 하 매가 살아 있음을 알리는 게 첫째며, 놈들이 다시는 왕실을 넘보지 않도록 단단히 찍어 누르는 게 둘째다. 그 이후에 옥석을 가려야겠지. 그런데 말이다. 귀족들 중에 가릴 놈들이 있다고 보느냐?"

"공작님께서 어떤 기준을 세우셨느냐에 따라 달라질 것입니다. 어쩌면 모두가 죽어 마땅할지도 모릅니다. 하오나 공작님. 하르페 왕국은 72개의 크고 작은 영지들로 구성되어 있습니다. 방대한 직할령에도 수많은 관리들을 보내야 합니다. 그들 모두가 사라져 버린다면 왕국은 큰 혼란에 빠져들 것입니다."

코르페즈가 피를 토하는 심정으로 말했다. 비록 하르페 왕국을 저버린 자들이지만 그들 모두를 죽일 수는 없는 일이었다.

단리명도 묵묵히 고개를 끄덕였다. 불현듯 그의 머릿속으로 마뇌가 했던 말이 떠올랐다.

"소교주 님. 많은 노마(老魔)들이 소교주님께서 교주의 자리에 오르는 걸 두려워 하는 이유를 아시는지요? 수라마도는 너무나 단호하기 때문입니다. 감히 소교주님께 칼을 들이미는 자들까지 용서하라는 게 아닙니다. 저 역시 소교주님께서 쓸만한 자들을 중용하신다는 사실을 알고 있습니다. 다만 반심을 품었다고 모두를 죽이는 게 항상 옳다고 말씀드리기는 어렵습니다. 잠깐 흔들린 것인지 뿌리까지 썩었는지를 판별해 내는 것도 지존의 의무니까요. 어떤 물이든 고이면 썩게 마련입니다. 물이 너무 맑아도 고기는 살 수 없답니다."

단리명은 쉽게 수라마도를 뽑아 들지 않는다. 그러나 한 번

뽑은 수라마도는 쉽게 집어넣는 법이 없었다.

마뇌는 그 점을 염려했다. 단리명이 천마신교의 교주가 아니라 자신만의 세력을 만든다 할지라도 마찬가지라며 조언했다.

단리명도 마뇌의 충언에 어느 정도 공감했다.

이 세상에 완벽한 인간은 없다. 자신조차 완벽을 향해 나아갈 뿐이다. 하물며 욕심과 두려움에 쉽게 흔들리는 범인들은 말할 것도 없었다.

"죽어 마땅한 자는 죽이겠다. 살아도 쓸모 없는 자들 역시 죽이겠다. 하지만 살려서 개과천선할 수 있는 자들이라면 하매의 뜻을 구하겠다. 하 매가 원한다면 그들은 살 것이며 하매가 원치 않으면 그들 또한 죽을 것이다."

죄의 경중을 따지되 레베카에게 충성하지 않는 자들은 살려두지 않겠다는 단리명의 단호한 의지 앞에 코르페즈가 깊숙이 고개를 숙였다.

그 정도면 충분했다. 그 기준이라면 안타깝게 죽어갈 많은 이들의 목숨을 살릴 수 있을 것이다.

"이것을 봐 주십시오."

코르테즈가 품속에서 낡은 책을 하나 꺼냈다. 그 안에는 깨알 같은 하르페어가 잔뜩 적혀 있었다.

"이게 무엇이냐?"

"왕실에 있으면서 폐하의 명으로 작성한 것입니다."

"살생부라도 되느냐?"

"예?"

"네 기준에 따라 충신과 역신을 구별했느냔 말이다."

단리명이 책을 움켜쥐며 말했다. 그러자 가뜩이나 낡은 책이 당장에라도 찢겨나갈 것처럼 부르르 떨기 시작했다.

"그, 그건 국왕 폐하의 의지셨습니다. 아울러 왕실에 등을 돌린 귀족들의 실상을 자세히 적은 것이옵니다."

코르테즈가 다급히 소리쳤다. 만일 책이 저대로 소실된다면 30년이 넘는 노력이 수포로 돌아가고 말 터였다.

"실상이라. 그럼 치부책인가."

단리명의 입가로 비릿한 웃음이 번졌다.

하지만 그것도 잠시.

화라라락!

그의 손에 들린 책은 단숨에 잿더미가 되어버렸다.

코르테즈의 입에서 악, 하는 비명이 터져 나왔지만 바스러지는 치부책을 구해내지는 못했다.

'지금 무슨 짓을 하신 것입니까!'

차마 내뱉지 못한 말이 코르테즈의 입안을 가득 울렸다.

단리명이 독선적인 성격이라는 건 알았지만 이 정도일 줄은 생각지도 못했다. 그와 함께 하르페 왕국의 재건을 이루겠다는 바람이 옳은가 하는 후회마저 치밀어 올랐다.

하지만 그의 불만은 계속되지 못했다. 단리명이 오른손을 움켜쥔 순간 숨이 턱 하고 막혀 버렸다.

"코르페즈. 내 경고를 잊었느냐?"

단리명의 목소리가 싸늘하게 흘렀다.

"무, 무엇을 말입니까."

코르페즈가 억울하다는 듯 목소리를 밀어냈다.

"이딴 하찮은 물건으로 감히 날 움직이려 하다니. 간이 부은 것이냐, 아니면, 목숨이 두 개라도 되는 것이냐!"

단리명이 내지른 호통이 벼락처럼 내리꽂혔다.

살생부니 치부책이니 하는 것들은 간교한 이들의 말장난일 뿐이다. 정정당당하지 못한, 비겁하기 짝이 없는 술수에 불과했다.

그것을 자신에게 들이밀며 마치 충심을 다하는 양 굴다니. 그간의 공이 아니었다면 당장 목을 날려 버렸을 것이다.

"네놈 스스로 귀족들을 솎아내야 한다고 말했다. 헌데 이제 보니 네놈의 입맛에 맞는 귀족들만 남기려 하는구나!"

단리명의 호통이 더욱 신랄해졌다. 그제야 자신의 잘못을 깨달은 코르페즈가 온몸을 부들부들 떨기 시작했다.

그의 말이 맞다. 30년 전에 작성했던 책으로 지금의 귀족들을 고른다는 건 억지나 다름없었다.

시간이 지나면 사람도 변하게 마련이다. 게다가 그 기준이라는 것조차 왕실에 대한 충성심이었다.

왕실이 무너진 지금 그 충성심이 얼마나 남아 있을지는 장담하기 어려웠다.

"과거 왕실의 향수를 좇는 나약한 놈들은 필요 없다. 내가 원하는 건 만 년이 지나도 무너지지 않는 나라다. 그 왕국을 떠받칠 수 있는 자격을 갖춘 자들만이 나와 함께할 것이다!"

벽력같은 노성이 쩌렁하게 울렸다.

코르페즈는 눈이 번쩍 뜨였다. 터져 나오려는 경악성을 가까스로 틀어막았다. 그만큼 단리명의 말은 파격적이었다.

옛 하르페 왕국을 계승하려는 게 아니라 새로운 하르페 왕국을 세우겠다고 한다. 그것도 만 년이 지나도 무너지지 않을 나라로 만들겠다고 한다.

결국 하르페 왕국의 재건은 핑계에 불과했다. 전면으로 나설 명분일 뿐이었다. 실제 전혀 다른 나라를 만들 생각인 것이다.

오랫동안 하르페 왕국의 부활을 꿈꿔왔던 이상 단호하게 고개를 흔들어야 옳았다. 죽기를 각오하고라도 단리명의 생각이 틀렸다며 비판해야 옳았다.

하지만 코르페즈는 끝내 아무 말도 하지 못했다.

오히려 단리명이 꿈꾸는 왕국의 주춧돌이 되고 싶다는 욕심이 강하게 끓어올랐다.

불만으로 가득했던 코르페즈의 눈빛이 변했다. 그 모습을 못마땅하게 노려보던 단리명이 이내 하이베크에게 눈을 돌렸다.

"하백."

"말씀하십시오."

"하르페 왕국의 땅에 살고 있는 귀족들에 대한 모든 것을 알아 와라. 절대로 사견을 섞지 마라. 객관적인 내용들만 추려라."

"알겠습니다."

결코 쉽지 않은 명령이었지만 하이베크는 대수롭지 않다는 듯 고개를 숙였다.

반고룡의 드래곤인 그에게 이 정도 일쯤은 아무것도 아니었다. 오히려 단리명이 자신의 존재를 눈치채지 못하도록 적당히 시간을 끌어야 할 판이었다.

"고, 공작님. 저도 돕게 해 주십시오."

뒤늦게 충격에서 벗어난 코르페즈가 소리쳤다.

오래전부터 자신이 해 왔던 일이다. 하이베크란 자의 능력이 얼마나 대단한지는 모르겠지만 자신이 돕는 편이 여러모로 나을 것이다.

"아직도 하르페 왕국에 미련이 남은 것이냐?"

단리명이 눈가를 찌푸렸다. 그러자 코르페즈가 황급히 고개를 흔들었다.

"아닙니다. 전 그저 도움이 되고 싶을 뿐입니다."

잠깐의 충격에도 사람이 달라지곤 한다. 코르페즈도 꼭 전혀 다른 사람이 된 것 같은 얼굴이었다.

"한번 부려보겠습니다, 대형. 제게 맡기십시오."

고심하는 단리명에게 하이베크가 넌지시 청했다. 자신에게 맡긴 임무를 완벽하게 수행하기 위해서라도 코르페즈의 도움이라는 핑계거리가 필요했다.

"뜻대로 해라. 대신 또다시 간사한 짓을 벌인다면……."

단리명이 슬쩍 말을 흘렸다.

"걱정 마십시오. 제 손으로 죽이겠습니다."

하이베크가 히죽 웃으며 말했다.

단리명의 패도적인 기세에 눌려 살기는 하지만 그는 드래곤이다. 인간을 하찮게 보는 오만한 존재다.

특별한 유희를 시작했기 때문에 성정을 억누르고 있을 뿐 눈에 거슬리는 자를 놔둘 만큼 너그러운 성격이 아니었다.

그가 온순해지는 건 오직 단리명 앞 뿐이다.

3

하이베크와 코르페즈가 귀족 명부를 정리하기 시작할 무렵 하이아시스에게 불려갔던 로데우스가 돌아왔다.

"로드, 아니, 대모께서 건국 자금을 보태시겠다고 합니다."

로데우스가 히죽 웃으며 말했다. 중간계로 나가면 적잖은 재화가 소요될 터. 혹여 자신과 하이베크의 재산을 털어야 하나 걱정하던 차에 하이아시스가 나섰으니 천만 다행한 상황이었다.

"그렇게까지 신경 쓰지 않으셔도 된다고 말씀드려라. 단,

이번만큼은 주신 성의가 있으니 요긴하게 쓰겠다고 하고."

천마신교의 무인들은 단리명을 가리켜 바늘로 찔러도 피 한 방울 안 나올 만큼 냉혹한 성격이라고 말한다. 그러면서도 주색과 재화, 권세를 멀리한다고 하니 그와 함께 하는 걸 무척이나 꺼려했다.

하지만 소문과는 달리 단리명도 적당히 이를 추구할 줄 알았다.

이번에도 마찬가지. 자그마한 문파를 하나 만드는 데만 해도 수만 냥이 든다. 하물며 나라를 일으키려면 족히 수천만 냥은 필요할 터였다.

수중에 있는 건 고작 백여 냥 남짓. 그조차도 통용되지 않는 서역이다보니 돈이 필요한 게 사실이었다.

때마침 장모가 지원을 해 주니 그저 고마울 따름이었다.

"얼마나 도와주시더냐?"

단리명이 대놓고 물었다. 뇌물을 받는 것도 아닌데 부끄러워 할 필요가 없었다.

"호호호. 놀라지 마십시오. 시세를 잘 맞춘다면 5천만 골드 정도는 될 것 같습니다."

로데우스가 음침하게 웃어댔다. 그 모습이 어찌나 꼴사납던지 단리명이 쯧쯧 혀를 찼다.

"노대수. 넌 돈을 관리할 체질은 아닌 것 같구나."

돈을 굴리는 자들은 경박해서는 안 된다. 작은 일에 일희일

비(一喜一悲)해서도 안 되며 침착하고 꼼꼼해야만 했다.

거기에 시류를 보는 눈까지 가지고 있다면 금상첨화였다. 하지만 전 중원에서도 그런 자는 손에 꼽을 정도였다.

굳이 그 정도까지 바라는 건 아니지만 일단 로데우스는 자격 미달이었다.

"쳇! 저도 돈 관리는 싫습니다."

로데우스가 입술을 삐죽거렸다. 기실 드래곤들은 반짝거리는 것이라면 사족을 못 썼지만 쇳내 나는 돈은 달랐다. 돈으로 보석을 산다면 모르겠지만 보석을 팔아 돈을 만져야 한다면 그가 먼저 사양하고 싶었다.

"어쨌거나 큰돈을 맡았으니 잘 굴려야 할 터. 마땅한 곳을 알아보아라."

"마땅한 곳이라면 혹여 상단을 말씀하시는 것입니까?"

"그래. 올해까지는 이곳에 머무를 생각이다. 그때까지 조금이라도 돈을 불려야 할 게 아니냐?"

5천만 냥을 전장에 맡기면 이윤만 해도 어마어마하다. 그것을 이런 산속에 처박아 둘 이유가 없었다.

"알겠습니다. 그건 제가 알아서 하겠습니다. 그런데 올해까지 이곳에 있어야 할 이유가 뭡니까?"

로데우스가 영문을 모르겠다는 듯 물었다. 그러자 단리명이 피식 웃으며 말했다.

"기실 큰일을 행할 때는 세 가지를 따져야 한다. 넌 그것을 알고 있느냐?"

"세 가지요? 그, 글쎄요."

"천시와 지리. 그리고 인화다."

"…예?"

단리명은 전혀 알아듣지 못하겠다는 양 눈만 끔뻑거리는 로데우스에게 천시지리인화(天時地利人和)를 설명했다.

단리명의 설명이 이어질 때마다 로데우스는 탄성을 흘려댔다. 그렇다고 진심으로 놀라거나 하지는 않았다.

그는 드래곤. 단리명이 말하고자 하는 게 무엇인지 충분히 이해하고 있었다.

'나 참. 그러니까 결국 신의 뜻을 살피고 대륙의 정세를 살핀 다음에 사람들을 잘 부리자는 말 아냐. 이 쉬운 걸 대형은 왜 저렇게 어렵게 이야기하는 거야.'

로데우스는 차마 내뱉지 못한 말을 되삼켰다. 자존심 강한 단리명의 귀에 들어갔다간 아마 며칠간 대련을 빙자한 구타가 이어질 수도 있었다.

"그러니까 대형은 지금 하늘의 뜻을 살피는 중이라 이거죠?"

로데우스가 괜히 아는 체를 하며 나섰다. 그러자 단리명이 슬쩍 입가를 잡아당겼다.

"천시를 기다린다라. 재밌는 생각이구나. 노대수, 넌 하늘이 우리 편이라고 보느냐?"

"예? 그, 그야… 저도 잘 모르죠."

로데우스가 멋쩍은 듯 뒷머리를 벅벅 긁었다.

그는 태어나서 지금껏 신탁이라는 걸 접해본 적이 없었다. 당연히 신들의 뜻이 어디에 있는지 알지 못한다.

그것은 단리명도 마찬가지다. 하늘이 누구 편인지도 모르는 와중에 주구장창 시간만 보내는 건 어리석은 짓이었다.

"천시불여지리(天時不如地利)요, 지리불여인화(地利不如人和)라고 했다."

"…또 그 멘사인지 뭔지 하는 자의 말입니까?"

"맹자(孟子)다. 천시는 지리만 못하고, 지리는 인화만 못하다는 말이다."

"……?"

한참 동안 눈알을 굴려대던 로데우스가 뭔가를 알았다는 듯 제 무릎을 때렸다.

하늘의 뜻이 땅의 이점만 못하고 그것들은 사람의 화합만 못하다는 말. 결국 사람들이 힘을 합치면 지리나 인화가 없다 할지라도 일을 할 수 있다는 뜻이다.

나아가 인화로 지리를 이루고 결국 천시까지 끌어들일 수도 있다는 말이다.

"판을 만드실 생각이십니까?"

로데우스가 반짝 눈을 빛냈다.

"생각만큼 아둔하진 않구나."

단리명이 웃으며 고개를 끄덕거렸다.

"쳇! 저더러 멍청하다고 하는 건 아마 대형뿐일 겁니다."

로데우스가 못마땅한 듯 입술을 삐죽거렸다. 그러나 붉은 눈동자는 뭔가 재밌는 일을 기다리는 어린애처럼 반짝거렸다.

4

서역의 계절은 중원처럼 뚜렷하지 않았다. 조금 선선해졌다 싶더니 어느새 싸늘함이 밀려왔다. 눈만 내리지 않았을 뿐 확연한 겨울이었다.

드래고니안 산맥에 머물며 단리명은 대륙으로 나갈 준비를 했다.

이즈마엘을 통해 각국의 정세나 역사 등을 익혔다. 각국의 고유 언어를 입에 달고 살았으며 완벽한 서역인(?)으로 거듭나도록 노력했다.

물론 레베카와 시간을 보내는 것도 잊지 않았다. 틈틈이 천마지존강기를 운용하며 상단전의 길도 넓혀 나갔다.

몸이 열 개라도 부족할 만큼 분주한 나날이 계속됐지만 단리명은 투정 한번 부리지 않았다. 오히려 부족함을 채울 수 있다는 사실에 더욱 열정을 보였다.

그런 단리명을 보며 하이베크와 로데우스는 혀를 내둘렀다.

"가끔 대형을 보면 말이야, 아마데우스 님이 생각나."

"너도 그러냐? 나도 마찬가지다."

드래곤들 중 완전자인 신에 가장 근접하다고 알려진 존재, 태고룡 아마데우스. 그의 미친 듯한 열정은 일족들조차 질려 버릴 정도였다.

로드로서 그 어떤 드래곤들보다 우월해야 한다고 생각하는 하이아시스조차 아마데우스를 뛰어넘겠다는 욕심을 버릴 정도였다.

철없던 시절, 하이베크와 로데우스도 아마데우스처럼 강해지겠다는 생각을 품은 적이 있다. 겁도 없이 아마데우스의 레어에 찾아가 가르침을 청한 적도 있었다.

"나처럼 강해지고 싶다고? 그럼 좋다. 어디 나처럼 해 봐라."

괴팍하다는 소문과는 달리 아마데우스는 둘을 외면하지 않았다.

하지만 그뿐이다. 답답하고 숨이 막힐 것 같은 생활을 통해 둘을 완전히 떼어내 버렸다.

"으윽. 그때만 생각하면 온몸이 오싹거린다."

"나도 마찬가지야. 하지만 대형의 일상은 뭐랄까… 그 정도까지 답답하게 느껴지진 않아."

단리명의 하루하루는 언제나 똑같았다. 소소한 내용들이 달라지긴 했지만 전체적인 틀만은 한결같았다.

하지만 그 모습이 아마데우스처럼 꽉 막혀 보이진 않았다.

조금의 융통성도 없는 아마데우스와는 달리 단리명은 최소한의 여유를 가지고 있었다.

분명 완전자를 향해 나아가는 둘은 닮았다. 부족함을 채워 나가려는 욕심이나 강하고 고집스러운 성격도 똑같았다. 그러나 어딘지 모르게 둘은 달라 보였다.

"마족이라 그런가?"

"굳이 이유를 들자면 그것뿐이겠지."

단리명에 대해 알고 싶다는 욕심이 무섭게 치고 올랐지만 둘은 그것을 종족의 차이로 결론을 짓고 애써 털어냈다.

아마데우스 이상으로 단리명은 위험한 존재였다. 괜히 잘못 건드렸다간 유희는커녕 목숨을 위협받을 수도 있었다.

"그런데 로데우스, 그 이야기 들었어?"

"무슨 이야기 말이야?"

"아마데우스 님께서 이번에 유희를 시작하신 모양이야."

"뭐? 그 영감이?"

로데우스의 눈이 크게 떠졌다. 그러자 하이베크가 의외라는 듯 입가를 들어 올렸다.

"아마데우스 님의 일이라면 네가 더 잘 알 줄 알았는데."

"흥! 그런 꽉 막힌 영감, 내가 알 게 뭐야. 게다가 난 목표를 바꿨다고."

"대형? 설마 대형을 뛰어넘겠다는 말이야?"

"흐흐, 당연하지. 내 생각에는 아마데우스 님보다 대형이 먼저 신이 될 것 같거든. 그러니 목표를 재설정하는 수밖에."

강함의 매력에 빠져드는 반고룡들 중 로데우스만큼 아마데우스에게 집착하는 드래곤은 없었다.

집착의 이유도 간단했다. 언제고 아마데우스를 뛰어넘기 위해 관심을 두겠다는 것이다.

그 고집이 지금까지도 이어질 줄 알았다. 하지만 로데우스는 일찌감치 아마데우스에 대한 미련을 접은 뒤였다.

"어쨌든 이 일을 대형에게 말하는 게 좋지 않을까?"

하이베크가 의견을 구했다.

"글쎄. 그 영감이 뭣 때문에 나왔는지도 모르는데 꼭 말할 필요가 있을까? 게다가 그건 규칙에 위배되잖아"

로데우스는 그저 어깨를 으쓱거렸다. 그의 말처럼 유희를 떠난 일족끼리는 서로 모르는 척하는 게 일반적이었다.

"나 역시 그 정도는 기억하고 있어. 다만 조심하라는 로드의 조언을 무시할 수는 없잖아. 안 그래?"

"로드의 조언? 설마 그 사실을 알려준 게 로드야?"

로데우스가 놀란 눈으로 물었다. 잠시 망설이던 하이베크가 슬쩍 고개를 끄덕였다.

기실 유희를 떠나는 드래곤은 일족의 대장로와 로드에게 목적과 행선지를 보고해야만 한다. 하지만 아마데우스에게는 해당 사항이 없었다.

그는 태고룡이기 이전에 전대 로드. 감히 그의 유희에 대해 보고받을 수 있는 드래곤은 아무도 없었다.

"로드께서도 우연히 알게 되셨다고 해."

"우연은 무슨. 보나마나 주변에 드래곤들을 심어 두셨겠지. 어쨌든 아마데우스 님이 유희를 떠난 게 대형과 관련이 있다는 말이야?"

"그럴지도 모른다는 게 로드의 생각이야. 아마데우스 님은 오래전부터 레베카를 아꼈으니까."

"더불어 마족이라면 자다가도 벌떡 일어나시곤 했지."

아마데우스의 흉포함을 감당할 수 있는 드래곤은 없었다. 어둠 너머에 사는 그들조차 아마데우스를 상대하기 위해선 고전을 면치 못할 거란 의견이 대세였다.

"아마데우스 님은 그들을 견제해야 하는 사명을 지니고 계신 분이야. 함부로 유희를 떠나시지 말았어야 했어."

"이제 와서 투덜거려 봐야 무슨 소용이야? 게다가 영감을 누가 말려? 로드가 말릴까? 아님, 전 장로들이 달려들어야 해?"

"어쨌든 이 일을 대형께 말할 생각이야. 네 생각은 어때?"

하이베크가 다시 물었다. 하지만 이번에도 로데우스는 어깨를 으쓱거릴 뿐이다.

"대형에게 말해서 뭐 하려고? 일족의 미친 영감이 있으니 조심하라고 말하려고? 아서라. 아직도 대형의 성격을 모르냐?"

"만약의 상황을 미리 방지하자는 뜻이야."

"괜히 말을 잘못 꺼냈다가 일을 어렵게 만들지 말고 잠자코 있어. 로드도 우리더러 챙기라는 뜻에서 일러준 걸 거야. 대형이 영감에 대해 알아서 좋을 게 뭐가 있어, 안 그래?"

"흐음."

한참을 고심하던 하이베크가 이내 고개를 끄덕였다.

로데우스의 말이 맞았다. 아마데우스의 유희 사실을 말하기 위해서는 꽤나 번거로운 이야기들까지 하게 될지도 모른다.

게다가 어쩌면 아마데우스의 목적이 단리명이 아닐 수도 있었다.

"당분간은 지켜보도록 하지."

하이베크가 답을 내렸다.

"잘 생각했어, 친구."

로데우스가 묘한 웃음을 흘렸다.

# 대륙을 향한 첫걸음

1

이른 아침.

"후우……."

운기조식을 마친 단리명이 천천히 눈을 떴다. 소기의 성과를 이룬 듯 그의 입가로 작은 웃음이 번졌다.

상단전을 채웠던 기운을 일 할 가까이 취하면서 천마지존강기가 한결 묵직해진 기분이 들었다. 이런 식으로 수련을 이어간다면 막막하기만 했던 탈마의 경지도 바라볼 수 있을 것 같았다.

탈마경(脫魔境)은 10단계로 구분하는 마공의 경지 중 마지막 단계다. 말 많은 정파인들이 무공의 끝이라 말하는 신화경(神化境)에 버금가는 꿈의 경지였다.

천마신교의 무공 분류에 따르면 탈마경에 발을 디디는 순간 반선(半仙)이 된다고 한다. 천마의 일대기를 담은 천마비록에는 천마가 탈마경에 들어서 우화등선했다는 기록이 남아 있다.

천마를 따라 탈마경을 좇았던 절대자들은 상당히 많았다. 그중에서도 천마와 함께 정파인들에게 사마(四魔)로 꼽히는 혈마와 비마, 환마가 탈마경에 근접했다고 알려져 있다.

하지만 그들이 우화등선했다는 기록은 남아 있지 않았다. 오히려 마를 벗어나지 못하고 육신이 찢기고 영혼만 남은 채 구천을 떠돌고 있다는 전설만이 남은 상황이었다.

사마를 제외하고 지금껏 탈마경을 바라본 자는 아무도 없었다. 단리명이 등장하기 이전까지 천하제일이라 불렸던 구양승조차 한 단계 아래인 천마경(天魔境)을 뛰어넘기 위해 전전긍긍할 정도였다.

무림쌍존이라 불리는 교주 구양극은 천마경은 커녕 극마경(極魔境)조차 완성시키지 못하는 처지였다.

"입문이 늦어서 진마경이나 이룰지 모르겠습니다."

12살의 나이에 천마신교에 입교한 단리명을 보며 입마전주(入魔殿主) 암천은 고개를 흔들었다. 근골이나 재능은 나쁘지 않아 보였지만 무공을 익힐 때를 놓쳤다고 판단한 것이다.

진마경(眞魔境)은 마공의 여섯 번째 단계이긴 했지만 강호에서도 통할 만한 초절정의 경지였다. 결코 만만하게 볼 게 아니었다. 하지만 단리명은 보다 높은 곳을 올려다보고 있었다.

"고작 진마경이 한계라면 난 그만두겠어."

"이, 이런 건방진 놈! 왕족이라 해서 봐줬더니 오만방자하구나! 너같이 주제도 모르는 놈은 필요 없다! 당장 꺼져라!"

"그건 내가 할 소리. 가르칠 상대의 재능조차 똑바로 보지 못하는 자에게 무공을 배우고 싶은 마음은 없어."

입마전주 암천은 단리명이 결코 진마경에 도달하지 못할 것이라 여겼다. 혹여 그럴 가능성이 있다 해도 자신이 나서서 싹을 잘라 버릴 생각이었다.

하지만 그가 생각하는 것 이상으로 단리명의 재능은 뛰어났다.

"허허, 고얀 놈."

"에잇! 내 밑천까지 털어가는구나!"

교주의 명으로 단리명을 가르치기 시작했던 은마전의 장로들이 순식간에 떨어져 나갔다. 뒤이어 덤벼든 부교주 혁련무와 교주 구양극도 마찬가지였다.

단리명이 무공을 배우는 속도는 가히 경악스러울 정도였다. 솜이 물을 빨아들이는 것 정도로는 감히 비할 수가 없었다.

"호오. 재밌는 아이구나. 내게 배워보겠느냐?"

때마침 십 년 폐관을 마치고 나온 구양승을 만나지 않았다면 단리명과 천마신교의 인연은 끝나 버렸을지도 모른다.

구양승은 성심껏 단리명을 지도했다. 그를 고작 삼 년 만에 존마경으로 끌어 올려 장로들을 놀라게 하더니 다시 이 년이 지났을 때는 극마경의 괴물로 탈바꿈시켜 놓았다.

"뭘 그런 걸 가지고 그래? 놀라야 하는 건 지금부터인데."

구양승의 호언장담처럼 이후 무림은 단리명으로 인해 충격에 휩쓸렸다.

단신으로 소마쟁투를 치러 소천마패를 얻은 것은 물론 무림출두를 통해 천마신교의 이름을 무림맹 윗자리에 올려놓았다. 그를 막기 위해 수많은 무인들이 덤벼들었지만 승리는 커녕 목숨을 부지한 자도 손에 꼽을 정도였다.

시간이 지날수록 단리명의 위상도 달라졌다.

후기지수 수준인 마교제일신룡에서 출발한 별호는 끝없이 상승해 정마십패의 일인에 포함됐다. 일차 무림행의 마지막을 장식한 소림성승과의 일전을 통해 무림삼존이 되더니 천마신교로 돌아간 지 일 년 만에 구양극을 꺾으면서 명실공히 천하제일인이 됐다.

"사부! 아니, 숙부님! 도대체 무슨 짓을 하신 겁니까!"

청출어람의 표본이 되어버린 구양극이 펄펄 뛰며 구양승에게 따졌다. 하지만 구양승은 자신의 공이 아닌 양 고개를 저었다.

"어리석은 놈! 명이 덕분에 천마신교의 위상이 사해를 진동하거늘 꼴사납게 투기라니. 그런 속내를 절대 명이 앞에서 보이지 말거라. 녀석은 이미 천마경에 발을 디뎠다. 어쩌면 나보다 먼저 천마경의 완성을 이루고 탈마의 꿈을 이룰지도 모른다."

그날 이후 구양극은 단리명을 단단히 손봐 주겠다는 계획을 철회했다.

극마경과 천마경은 하늘과 땅 차이. 게다가 거대한 벽이라 여겼던 구양승마저 자신 없어 하는 단리명을 적으로 둘 만큼 구양극은 어리석지 않았다.

"어린 녀석이 천마경을 이루면 호승심이 끓겠지. 분명 무리하며 탈마경에 들 터. 주화입마나 걸리지 않으면 다행이렷다."

만일 단리명이 사마처럼 종마(從魔)의 길을 갔다면 구양극의 바람처럼 됐을지도 모른다.

하지만 단리명은 종마 대신 참마(斬魔)의 길을 택했다. 그 누구도 선택하지 않았던 전인미답의 길이었지만 어둠을 헤치며 한 발 한 발 나아갔다.

"탈마를 이루기 위해 천마는 스스로를 내던졌다. 마에 잠식당하면서까지 진정한 마가 되려고 했다. 그를 따라 다른 삼마도 종마의 길을 선택했지만 성공하지 못했다. 한 시대의 패자라 불리던 삼마조차 실패한 만큼 종마의 길은 위험하다. 그것을 굳이 네가 걸을 필요는 없다."

"그럼 탈마를 포기하란 말입니까?"

"포기라니, 당치 않다. 네가 이루지 않으면 감히 누가 이룰 수 있을까? 명아, 넌 특별한 존재다. 가끔은 네가 천마의 환생이 아닌가 하는 생각마저 든단다."

"태사부."

"만일 그렇다면, 네가 진짜 천마의 환생이라면 넌 종마를 따라선 안 된다. 종마를 통해 완벽한 탈마를 이뤘다면 천마가 다시 세상에 내려올 이유가 없지 않겠느냐?"

"하아… 그래서 저더러 어쩌라고요."

"마를 끊어라."

"예?"

"그리고 너만의 마를 이뤄라."

"…말은 참 쉽네요."

단리명은 구양승의 조언을 받아들였다. 탈마가 되기 위해 아등바등거리기보다는 자신만의 길을 찾기 위해 노력했다.

그 결과 천마경의 끝자락이 보이기 시작했다. 서역의 영약을 통해 천마지존강기마저 정순해진 이상 탈마경도 꿈은 아니었다.

마음 같아선 삼 년 정도 폐관을 하고 싶었다. 그 정도면 영약의 기운을 완벽하게 취해 탈마경으로 가는 디딤돌로 삼을 수도 있을 것 같았다.

하지만 단리명은 이내 고개를 흔들었다.

"천마처럼 갑자기 우화등선이라도 한다면 큰일이지."

그는 아직 해야 할 일이 많았다. 반쪽짜리 신선이 되어 다시 환생하지 않도록 완벽함을 갖춰야 했다. 자신만의 왕부를 세우고 번창시켜 그들에게 보여줘야만 했다.

무엇보다 지금은 레베카를 돕는 게 우선이었다.

단리명이 가볍게 오른손을 들어 올렸다. 책상 위에 놓여 있던 두꺼운 책자가 순식간에 그의 손아귀로 날아들었다.

하밀 왕국 귀족 명부

하르페어로 쓰인 제목이 단리명의 시선을 잡아끌었다.

단리명은 빠르게 책의 내용을 훑어갔다. 4대공작을 필두로 정귀족들이 순서대로 들어왔다.

재밌게도 하이베크는 하밀 국왕을 다시 후작의 자리에 올려놓았다. 단리명이 손을 쓰기로 한 이상 원래의 자리로 돌아가야 한다는 생각에서였다.

"역시 하이베크는 확실하군."

단리명의 입가로 얼핏 웃음이 번졌다. 객관적이면서도 꼼꼼한 내용을 읽고 있자니 하밀 왕국의 사정이 눈에 선하게 그려졌다.

"이 정도라면 굳이 머리를 쓸 것도 없겠어."

단리명이 생각했던 것 이상으로 하밀 왕국의 사정은 심각했다.

정귀족들 중 왕국의 미래를 걱정하는 수는 손에 꼽을 정도였다. 준귀족들과 관리들이 전전긍긍하고 있지만 왕국의 주요 권력이 정귀족들에게 있는 이상 망국을 피하긴 어려워 보였다.

어느 곳을 건드리더라도 원하는 대로 일을 진행시킬 수 있을 것 같았다. 그중에서도 단리명은 첫 번째 목표로 삼을 귀족 다섯 명을 추렸다.

백작이 하나, 자작이 둘, 남작이 둘.

일의 효율을 따지자면 남작 쪽을 건드리는 게 좋았다. 하지만 단리명의 성격상 잔챙이는 눈에 들어오질 않았다. 그렇다고 중간에 낀 자작을 치자니 모양새가 우스웠다.

"꼭 내가 선택하야 할 이유는 없겠지."

잠시 고심하던 단리명의 입가로 짓궂은 웃음이 번졌다.

누구든 자신 있다면 하르페 왕실의 마지막 핏줄인 레베카에게 선택권을 넘기는 것도 재밌을 것 같았다.

단리명은 곧장 레베카를 찾아갔다. 코르페즈에게 하르페 왕국의 예법을 배우고 있던 레베카가 웃으며 단리명을 맞았다.

"가가, 무슨 일이세요?"

"하 매가 해 줬으면 하는 일이 있어서 왔소."

"그게 뭔데요?"

"이들 다섯 중 아무나 고르시오."

단리명이 다섯 귀족의 이름이 적힌 쪽지를 내밀었다. 그것을 힐끔 훔쳐본 코르페즈의 눈이 좌우로 움직이기 시작했다.

귀족들의 이름이 적혀 있는 것으로 보아 단리명이 뜻을 정한 게 분명해 보였다.

문제는 목표로 정한 상대들. 가장 윗줄에 적힌 백작은 무척이나 까다로운 자였다. 게다가 남작 중 하나는 과거 하르페 왕실에 충성을 다했던 자였다.

코르페즈로서는 그 둘을 피해가길 바랐다. 하지만 애석하게도 그에게는 선택권 자체가 없었다.

'왕녀님. 부디 제게 의견을 물어 주십시오.'

코르페즈의 간절한 눈빛이 레베카를 향했다. 그러나 레베카는 그의 시선을 애써 모른 체했다.

'안 돼요. 가가께서 직접 청하셨다면 그만한 이유가 있을 터. 그대의 도움을 받고 싶지 않아요.'

어쩌면 매정하게 보였을지도 모르지만 레베카의 선택은 옳았다. 만에 하나 코르페즈를 나서게 했다면 그는 필시 단리명의 눈 밖에 났을 것이다.

"전부 이름뿐이네요. 정말 아무나 골라도 되는 거예요?"

"물론이오. 누굴 골라도 결과는 달라지지 않을 것이오. 그러니 부담 갖지 마시고 한 사람만 고르시오."

"음……. 그렇다면 메르시오 백작으로 할게요."

"메르시오 백작이라, 훌륭한 선택이오."

코르페즈의 눈빛이 격하게 흔들렸지만 단리명과 레베카는 조금도 신경 쓰지 않았다.

레베카는 단리명을 믿었다. 단리명도 레베카의 선택을 존중했다.

"하 매, 때가 되면 벽왕을 보내겠소. 그때까지는 이곳에 머무르시오."

단리명이 나직이 말했다. 그러자 레베카가 발딱 일어나 단리명의 팔을 붙잡았다.

"싫어요. 저도 가가를 따라가면 안 될까요?"

레베카가 간절한 얼굴로 말했다. 그 모습이 어찌나 사랑스러워 보이던지 단리명이 선뜻 고개를 끄덕거렸다.

"내 어찌 하 매를 말릴 수 있겠소? 대신 내 곁에서 절대 떨어져서는 안 되오, 알았소?"

"그거야 당연하죠~"

레베카는 어린아이처럼 좋아했다. 아직 유희를 떠나기는 어린 나이에 단리명을 만나 세상 구경을 하게 생겼으니 즐거운 것도 무리는 아니었다.

그렇다고 마냥 들떠 있을 수만은 없었다. 그녀의 어깨에 지워진 짐은 생각보다 무거운 것이었다.

"레베카. 사랑하는 내 아이야. 이번 유희는 특별하고도 중요하단다. 단 공작이 어떤 선택을 하느냐에 따라 일족의 미래가 달라질 수도 있단다. 넌 오늘부터 하르페 왕국의 왕녀다. 단 공작에게도 그리 일러두었으니 이 점을 명심하고 신중하게 행동하기 바란다."

'걱정 마세요. 잘할게요.'

하이아시스의 당부를 떠올리며 레베카는 단단히 고개를 끄덕였다.

그녀의 의지가 황금색 눈동자를 타고 반짝 빛났다. 단리명의 입가로 흐뭇한 웃음이 번졌다.

2

"노대수."

"예, 대형."

"호르무스 상단을 아느냐?"

"물론입니다. 하밀 왕국에서는 손에 꼽히는 대형 상단입니다. 아울러 대형께서 맡기신 돈의 20%를 투자한 곳이기도 합니다."

"잘됐구나. 가서 메르시오 백작의 차용증을 찾아와라."

"얼마나 됩니까?"

"하백의 보고에 따르면 삼백만 골드."

"크흐흐. 제가 확실하게 처리하겠습니다."

"노대수. 앞으로 우리의 돈을 잘 굴려줄 자들이다. 쓸 데 없이 힘으로 해결하지 말고 정당한 대가를 치러라."

"아, 알겠습니다."

3

간단한 채비를 끝낸 뒤 단리명과 레베카는 벽왕을 타고 남쪽으로 움직였다. 하이베크와 코르페즈, 이즈마엘, 켈라도 준마가 이끄는 마차를 타고 뒤쫓아 왔다.

드래고니안 산맥에서 하멜 왕국 남쪽의 메르시오 백작령까지는 두 달 거리였다. 벽왕을 이용하면 한 달 안에 도착할 수도 있었지만 단리명은 서두르지 않았다. 로데우스가 호르무스 상단에 갔다가 합류할 시간까지 계산해 느긋하게 움직였다.

"흠. 서역도 제법 광활하군."

끝없이 펼쳐진 대지를 내려다보며 단리명이 눈을 반짝였다. 세상의 중심을 중원이라고 알고 살아온 그에게 서역의 모습은 제법 신선한 충격을 안겨 주고 있었다.

"하 매, 서역이 얼마나 넓은지 아시오?"

"글쎄요. 처소에만 머물러 있어서 잘 모르겠어요."

"하하! 부끄러워 할 필요 없소. 그렇다면 나와 함께 천천히 구경해 봅시다. 이 세상이 얼마나 넓은지 말이오."

단리명의 입가로 즐거운 웃음이 번졌다.

중원만큼이나 넓어 보이는 세상을 종횡할 수 있다는 건 극소수만이 누릴 수 있는 특권이다. 그것을 사랑하는 이와 함께 누리는 것이 단리명의 오랜 소원 중 하나였다.

레베카의 얼굴에도 홍조가 번졌다. 신탁이 이루어질 때까지는 레어를 벗어날 수 없을 거라며 체념했는데 세상 구경이라니. 상상만으로도 가슴이 콩닥거렸다.

"가가, 어지러워요."

레베카가 단리명의 품에 안기며 물었다.

"하하! 하 매, 이리 오시오."

단리명의 오른손이 레베카의 가느다란 어깨를 꼭 끌어안았다.

그 모습이 못마땅했던지 벽왕이 몸을 틀며 심통을 부렸다.

하지만 그것도 잠시 뿐. 단리명의 발끝이 정수리 쪽으로 움직이자 벽왕은 언제 그랬냐는 듯 매끄러운 비행을 선보였다.

"가가. 그런데 메르시오 백작은 누구인가요?"

"직접 만나보질 않았으니 나도 잘 모르겠소."

"피이— 그런 게 어디 있어요. 하이베크 님이 귀족들에 대한 책을 만들어 드렸잖아요."

"코르페즈에게 들은 모양이구려. 맞소. 하지만 그것은 단지 단편적인 사실만이 기록되어 있을 뿐이라오. 그를 직접 만나보기 전까지는 단언하기가 어렵다오."

"그럼 메르시오 백작은 어떻게 하실 생각이세요?"

"흐음, 글쎄, 그것 또한 만나 봐야 알 것 같소."

중원에 퍼진 단리명의 소문만 해도 백여 개에 달한다. 하지만 그것들 중 진실인 것은 많아야 서너 개뿐이다. 대부분이 과장되거나 왜곡을 거쳐 헛소리로 변질된다. 어떤 것들은 그저 악의적인 모함인 경우도 있었다.

때문에 단리명은 세상의 소문을 잘 믿지 않았다. 그보다는 자신이 직접 보고 듣고 느낀 것을 더 신뢰했다.

물론 그가 신뢰하는 자의 평가는 어느 정도 참고로 삼았다. 하이베크가 만든 책자도 참고용일 뿐이다. 고작 그 내용만으로 메르시오 백작에 대한 처우를 결정지을 수는 없었다.

4

단리명과 레베카가 대륙을 살피며 남하하는 사이, 로데우스는 호르무스 상단에 도착해 있었다.

"여어, 상단주. 네놈이 메르시오 백작의 차용증을 가지고 있다며?"

로데우스가 히죽 웃으며 말했다. 반면 그의 앞에 주저앉은 호르무스 상단주 레오닉은 죽을 맛이었다.

"그건 어찌 아셨습니까?"

"허허, 이놈 봐라? 좋게 말로 하려고 했더니……."

"후우. 사실입니다. 제가 가지고 있습니다."

선친의 뒤를 이어 호르무스 상단을 하멜 왕국 제일의 상단으로 만들기 위해 불철주야 노력하는 레오닉은 상계에서도 알아 주는 거물 중 하나였다. 항간에서는 하멜 왕국에서 벗어나 대륙 상인으로 성장할 거라는 소문까지 나도는 중이었다.

하지만 그런 레오닉조차도 눈앞의 상대만큼은 어쩔 수가 없었다.

오랫동안 상단에서 일하던 용병들은 물론 전속 마법사들까지 눈 깜짝할 사이에 날려 버린 존재였다. 마음만 먹으면 사람 목숨 하나 정도 쥐고 비트는 건 일도 아닐 것이다.

"상단주 님. 이런 말씀 드리기 송구하지만 어쩌면 그자, 아니, 그분은 위대한 존재일지도 모르겠습니다. 이놈, 상주님을 위해서라면 설사 4대공작 앞에서도 마법을 사용할 수 있습니다. 하지만 그분만큼은 예외입니다. 그분 앞에서는 도저히… 마나를 끌어 올릴 수가 없었습니다."

노엘은 어렵게 구한 6레벨의 마법사다. 비록 6레벨의 초입 단계에 머물러 있지만 상단의 도움으로 값비싼 마력구를 착용한 덕분에 6레벨 마스터급의 마법을 구현할 수 있었다.

7레벨의 마법사라 알려진 티마르 공작을 보고서도 별 감흥이 없던 노엘이다. 그가 로데우스 앞에서는 하얗게 질린 얼굴로 바들거렸던 걸 레오닉은 똑똑히 기억하고 있었다.

'노엘의 말처럼 위대한 존재가 유희를 떠나 온 것일 수도 있다. 그게 아니라면 최소한 8레벨 이상의 마법사이거나.'

인간이 익힐 수 있는 최후의 경지라 알려진 8레벨을 이룬 마법사는 손에 꼽을 정도였다. 대외적으로 알려진 수는 고작 다섯뿐이지만 8레벨의 경지에 오를 거라 예상되는 마법사들의 수는 열이 넘었다. 그들 중 몇은 8레벨의 마법사가 됐을지도 모를 일이었다.

8레벨의 마법사가 지닌 힘이란 엄청난 것이다. 마음만 먹으면 호르무스 상단 하나쯤은 순식간에 박살 낼 수도 있었다.

굳이 마법을 부릴 필요도 없었다. 제국이나 왕국에 들어가면서 호르무스 상단에 대한 악감정을 말한다면 끝나는 일이었다.

레오닉은 크게 숨을 들이켰다. 로데우스가 부담스러운 상대인 건 틀림없지만 그렇다고 약한 모습만을 보일 수는 없었다.

본디 상인이란 황제 앞에서도 이윤을 챙기는 법이니까.

"메르시오 백작님의 차용증만 필요하신 것입니까?"

레오닉이 한결 차분해진 목소리로 말했다.

"이제야 말이 좀 통하는군. 그래, 지금 필요한 게 그거야."

로데우스가 검지로 책상을 톡톡 두드렸다.

"후우, 알겠습니다. 그렇게 하겠습니다."

레오닉은 더 생각할 것도 없다는 듯 몸을 일으켰다. 그러자 로데우스의 입가로 짓궂은 웃음이 번졌다.

"차용증을 가지러 가는 거라면 됐어. 이미 챙겼으니까."

로데우스가 손가락을 딱 하고 튕겼다. 순간 레오닉의 앞으로 낯익은 인장이 박힌 차용증 한 장이 떨어져 내렸다.

"메르시오 백작님의 차용증이… 맞군요."

차용증을 확인한 레오닉이 고개를 주억거렸다. 의심할 여지가 없는 진짜였다. 놀랍게도 상대는 손 하나 까딱하지 않고 자신의 비밀 금고에서 차용증을 빼낸 것이다.

등줄기를 타고 식은땀이 주룩 흘러내렸다. 하지만 레오닉은 조금도 내색하지 않았다. 오히려 충분히 예상했다는 듯 태연하게 말을 이어 나갔다.

"보셨다면 아시겠지만 메르시오 백작님께서 저희 상단에 빌리신 돈은 총 300만 골드입니다. 이자를 포함해 매년 45만 골드씩 10년간 갚겠다고 약속하셨지만 재작년부터 원금은커녕 이자조차 받지 못한 실정입니다. 덕분에 상단이 입은 피해도 이만저만이 아닙니다."

레오닉의 눈가로 얼핏 불쾌함이 번졌다. 자신에게 한마디 상의도 없이 계약을 이행하지 않은 메르시오 백작의 행태를 도저히 납득할 수 없다는 투였다.

하지만 로데우스는 원금을 거의 회수해 놓고서도 인상을 써대는 레오닉을 더 이해할 수가 없었다. 메르시오 백작가와의 계약은 올해가 마지막이었다. 삼 년간 돈을 받지 못한다고 해도 지금까지 이자를 포함해 회수한 돈만 315만 골드에 달했다. 원금을 제외하더라도 15만 골드나 이윤을 남긴 것이다.

다른 때 같았으면 차용증만 챙기고 사라졌을 것이다. 하지만 단리명이 정당한 대가를 치르라고 말한 이상 차용증에 대한 보상을 해 줘야만 했다.

"그래서 하고 싶은 말이 뭐냐?"

로데우스가 살짝 눈가를 찌푸렸다. 그러자 레오닉이 빙긋 웃으며 말했다.

"저와 저희 상단을 대신해 메르시오 백작에게 계약의 중요성을 일깨워 주십사 부탁드리는 것입니다. 그 외에는 바랄 게 없습니다."

깨끗하게 마무리 짓지 못한 메르시오 백작과의 거래는 호르무스 상단에게는 독약 같은 것이었다. 상계의 원칙대로 피해 금액에 대한 보상을 요구하자니 백작이란 작위가 부담스럽고 이대로 무시하자니 다른 계약자들마저 꼼수를 부릴까 두려웠다.

상계의 이목이 집중되는 상황이었다. 어떻게든 차용 관계를 처리해야만 했다. 그 와중에 자신으로서는 감당할 수 없는 존재가 나타났으니 차라리 잘된 일이다 싶었다. 그가 상단을 대신해 메르시오 백작에게 확실한 응징을 가해 준다면 그것만으로도 충분할 것 같았다.

하지만 로데우스는 그 정도에서 마무리 지을 수가 없었다.

"큼. 실없는 소리 그만하고 원하는 걸 말해라."

로드인 하이아시스조차 염두에 두지 않던 그가 단리명의 눈치를 본다는 사실이 알려지면 아마 수많은 일족들이 비웃어 댈 것이다. 그러나 로데우스의 입장에서는 그깟 조롱이 단리명의 미움을 사는 것보다 백 번 나았다. 비웃어대던 녀석들이야 나중에 짓밟아버리면 그만이지만 단리명의 심기를 잘못 건드렸다간 심장과 함께 드래곤 하트까지 뽑혀 나가고 말 것이다.

"저는 정말 바라는 게 없습니다."

"어허, 나중에 딴 소리 하지 말고 말하래도."

"정말입니다. 어찌 로데우스 님께……."

"쓰읍. 거 참, 말 많네."

로데우스가 미간을 찌푸렸다. 그러자 레오닉의 표정도 미묘하게 달라졌다.

상계의 관례에 따라 세 번 사양했지만 상대는 한사코 보답을 하겠다고 말했다. 처음에는 의례 하는 말이려니 했는데 진심인 모양이었다.

문제는 그 보상이라는 게 구체적이지 않다는 것이다. 원하는 걸 들어 주겠다고는 했지만 나름의 한계와 차용증에 대한 가치가 정해져 있을 터. 그 선을 넘지 않아야만 했다.

레오닉은 마른침을 꿀꺽 삼켰다. 더 이상 사양하기는 어려워 보였다. 그렇다고 아무것이나 바랄 수도 없었다.

그렇게 한참을 고민하던 레오닉의 눈이 이내 번쩍 떠졌다. 왠지 안절부절못한다 싶던 로데우스 너머에 있는 단리명이란 존재를 어렴풋이 눈치챈 것이다.

'그래. 필시 로데우스 님보다 높은 분께서 상단과의 거래를 원하시는 거야. 황제일까? 아니면 드래곤 로드? 모르지. 유희를 시작한 드래곤이 새로 나라를 세우려 하는지도.'

어느 정도 생각을 굳힌 레오닉이 나직이 숨을 토해냈다.

"그래. 뭘 말할지 결정은 했느냐?"

로데우스의 짜증스런 시선이 레오닉의 입술로 향했다. 잠시 망설이던 레오닉이 조심스럽게 입술을 떼어냈다.

"제 짐작이 맞는다면 로데우스 님께서는 저희 말고 다른 상단과도 거래를 하실 것이라 생각됩니다."

"허, 그래서?"

"여러 상단과 거래하시는 게 안전할지는 모르지만 수익성 측면에서 봤을 때는 큰 도움이 되지 않습니다. 그러니 저와 호르무스 상단을 믿고 모두 맡겨 주십시오. 확실하게 불려드리겠습니다."

순간 로데우스의 눈동자에 기묘한 빛이 떠올랐다. 그만큼 레오닉의 요청은 당돌하기 그지없었다.

"그러니까 호르무스 상단에 더 많은 투자를 하란 말이지?"

"그렇습니다."

"흠. 좀 더 구체적으로 설명해 봐."

"알겠습니다."

잠시 숨을 고르며 레오닉은 쿵쾅거리는 심장을 억눌렀다. 다행히도 상대는 자신의 제안에 관심을 보이고 있었다.

이 기회를 잘 살린다면 확실한 투자처를 확보하게 될 터.

레오닉의 두 눈이 반짝 빛났다. 덩달아 그의 표정도 하밀 왕국을 좌지우지하는 대형 상단의 주인으로 돌아갔다.

"투자 금액이 많을수록 더 많은 이득을 남기게 된다는 건 로데우스 님께서도 잘 아실 것이라 생각합니다. 최근 5년간 저희 호르무스 상단은 투자 대비 30% 이상의 높은 이윤을 내 왔습니다. 참고로 하멜 왕국의 대형 상단들 중에서는 두 번째로 높은 수익률이라 보시면 됩니다."

"그래서? 결국 수익률이 높으니까 투자하라 이 말이냐?"

"그럴 리가요. 그저 호르무스 상단이 적지 않은 수익을 내고 있다는 말씀을 드리는 것입니다."

"좋아. 계속 해 봐."

"높은 수익률과는 달리 안정보다는 성장 중심으로 상단을 꾸린 탓에 부채 비율이 조금 높은 편입니다. 물론 상단 운영에 지장을 줄 정도는 아닙니다. 다만 시장 고착화에 따른 수익률 상승에 한계가 있다 보니 새로운 시장 개척이 필수적인 상황입니다. 그 점에 대해 다각도로 검토한 끝에 최근 새로운 품목을 정했습니다. 조만간 관련 상단을 창설하여 새로운 시장을 뚫어 볼 생각입니다. 그에 따른 지출이 적잖을 터. 만일 로데우스 님께서 확실히 투자해 주신다면 시장 개척은 물론 호르무스 상단의 성장에 큰 도움이 될 것입니다. 물론 그에 따른 이익은 제 이름을 걸고 확실하게 보전해 드리도록 하겠습니다."

레오닉의 상단 운영은 훌륭했다. 오늘에 만족하지 않고 내일을 위해 노력한다는 점도 눈여겨볼 만했다. 무엇보다 재정 상태나 수익률에 대해 숨기지 않았다는 점도 마음에 들었다.

"흠, 나쁘지 않군."

비록 단리명에게는 핀잔을 들었지만 로데우스의 금전 감각도 나쁜 편이 아니었다.

최근 5년간 고착화된 시장에서 30%의 수익을 냈다는 건 새로운 시장이 개척되면 그 이상의 이윤을 낼 수 있다는 의미다. 레오닉의 성격상 확실한 품목을 골랐을 터. 투자금을 회수하지 못할 가능성은 희박했다.

만에 하나 투자가 실패한다고 해도 로데우스는 투자금액을 충분히 돌려받을 자신이 있었다.

일단 레오닉의 재산을 털 것이다. 이후 상단을 정리하고 부족한 금액은 레오닉과 상단 일꾼들을 노예상에 팔아서라도 충당할 생각이었다. 그 편이 단리명에게 혼나는 것보다 나을 테니까.

'아니지. 망하지 않게 내가 도와주면 되는 거잖아?'

꼬리를 물고 이어지던 생각들이 긍정적인 방향으로 흘렀다.

그는 드래곤. 일족의 제약 탓에 모든 힘을 발휘하긴 어렵겠지만 호르무스 상단이 잘되도록 도와줄 수는 있었다.

'그렇지. 내가 이 녀석을 돕는다면 상단이 클 테고, 그럼 대형의 돈도 확실히 불어나겠지. 가만, 그러고 보니 이 녀석, 그것까지 염두에 둔 건가?'

혼자만의 생각에 빠져 입가를 빙글거리던 로데우스의 시선이 레오닉에게 향했다. 그러자 레오닉이 흠칫 놀라더니 애써 입가를 들어 올렸다.

"내가 얼마나 투자할 거라고 생각하지?"

"최소 3천만 골드에서 최대 5천만 골드 정도로 예상하고 있습니다."

"그 이유는?"

"호르무스 상단의 규모는 하밀 왕국에서도 손꼽힐 정도입니다. 그러나 아직 대륙 상단으로 불리진 못하는 실정입니다. 대륙 상단이 아닌 지역 상단이 관리할 수 있는 재화에는 한계가 있는 법. 그것을 감안하시고 천만 골드를 맡기셨다고 생각합니다."

"재미있군. 하지만 그 정도로는 설명이 안 될 텐데?"

"물론입니다. 그 정도는 누구나 할 수 있는 생각에 불과합니다. 중요한 건 로데우스 님께서 처음 찾아오셨을 때 하셨던 말속에 있습니다. 그때 분명 제게 적당히 불려 놓으라고 말씀하셨습니다. 보통 그렇게 말씀하시는 투자자들은 백이면 백 여러 곳에 분산 투자하는 성향을 보입니다. 게다가 공작쯤 되어야 운용할 수 있는 천만 골드를 미련 없이 내려놓으신 것으로 보아 다른 투자처에도 비슷한 금액을 투자하셨을 터. 하밀 왕국에 호르무스 상단과 비슷한 수준의 상단이 네 개뿐인 걸 감안해 최대 5천만 골드로 추산한 것입니다."

"3천만 골드는 세 곳에 투자했다고 셈한 것이고?"

"최소한 세 곳은 투자하셔야 천만 골드의 무거움을 떨쳐내실 수 있을 테니까요."

고작 주먹만(?) 한 상단의 주인이라는 게 믿기지 않을 만큼 레오닉의 대답은 명쾌했다.

"네 말이 맞다. 내가 가지고 있는 금화는 5천만 골드다."

로데우스가 슬쩍 입가를 비틀었다.

"운이 좋았을 뿐입니다."

레오닉이 그답지 않게 겸양을 떨었다.

"그 정도 안목이면 투자하는 것도 나쁘지 않겠지. 여기 투자 증서가 있으니 가서 찾아오도록 해라."

로데우스가 품속에서 네 장의 증서를 꺼내놓았다. 그것을 받아들며 레오닉이 깊숙이 고개를 숙였다.

"실망시켜 드리지 않겠습니다."

레오닉의 입가에는 비로소 안도감이 번져 들었다. 하지만 안심하긴 일렀다. 로데우스의 질문은 아직 끝난 게 아니었다.

"그전에 한 가지 더 물어 보겠다. 날 끌어들인 게 단순히 돈 때문이냐, 아니면 다른 꿍꿍이가 있는 것이냐?"

로데우스의 붉은 눈동자가 묘하게 번들거렸다.

레오닉은 마른침을 꿀꺽 삼켰다. 이번 대답 여부에 따라 자신은 물론 상단의 미래가 달라질 수 있었다.

"건방지게도 로데우스 님께서 상단을 도와주실 수 있을 거라고 생각했습니다."

레오닉이 솔직히 말했다. 어느 정도 예상한 듯 로데우스는 대수롭지 않게 고개를 끄덕였다.

"당돌하구나. 하기야 대륙 상단을 꿈꾸려면 그 정도 포부는 있어야겠지."

"과찬이십니다."

"감당할 수 없는 위기가 온다면 날 찾아라. 내가 나서서 도와주마. 그렇다고 날 이용할 생각일랑 마라. 상단의 존폐가 걸린 일도 내게 먼저 상의해라. 5천만 골드라는 거금을 투자했으니 그 정도쯤은 관여해도 괜찮겠지. 안 그러냐?"

로데우스의 입가가 길게 찢어졌다. 그의 모습이 꼭 5천만 골드를 빌미로 상단을 꿀꺽하려는 악당을 보는 것만 같았다.

레오닉의 범상치 않은 모습이 제법 마음에 들긴 했지만 그래 봐야 인간일 뿐이었다. 인간을 대하는 드래곤들의 태도는 오래전부터 거만하고 제멋대로였다.

"물론입니다. 뿐만 아니라 주기적으로 상단 운영 보고를 올리도록 하겠으니 부디 많이 가르쳐 주십시오."

다행히도 레오닉은 상황 파악이 빠른 편이었다. 상대의 눈치를 살피고 비위를 맞추는 건 타고난 상인다웠다.

"흐흐. 제법 약은 놈이로구나. 어쨌든 대형의 돈을 받은 이상 확실히 불리도록 해라. 내가 없다고 허튼 수작을 부렸다간 너뿐만 아니라 상단 전체를 짓밟아 버릴 테니 명심하도록."

언제나처럼 잔뜩 거드름을 피며 로데우스가 몸을 일으켰다.

"실망시켜 드리지 않겠습니다."

레오닉이 따라 일어나 깊숙이 허리를 굽혔다. 자연스럽게 그의 머릿속에는 대형이란 존재가 선명히 각인되고 있었다.

4

호르무스 상단을 떠난 로데우스는 한달음에 메르시오 백작령으로 향했다. 하지만 정작 단리명 일행은 두 달이 지나서야 모습을 드러냈다.

"대형! 왜 이렇게 늦으셨습니까?"

로데우스가 불만스럽게 투덜거렸다.

하지만 그것도 잠시. 단리명의 미간이 꿈틀거리자 로데우스는 언제 그랬냐는 듯 웃음진 얼굴로 차용증을 꺼내 들었다.

"대형, 여기 차용증을 가져왔습니다."

"수고했다."

차용증을 확인한 단리명이 고개를 끄덕거렸다. 이 정도로 꼼꼼하게 작성된 차용증이라면 메르시오 백작도 모른다며 발뺌하지는 못할 것 같았다.

"이제 어떻게 하실 생각이십니까?"

하이베크가 다가와 물었다. 단리명의 성격상 강행돌파를 해도 이상할 게 없지만 차용증까지 준비한 게 뭔가 다른 계획이 있는 것처럼 보였다.

"하백, 이걸 가지고 메르시오 백작을 만나라. 가서 빚을 청산하라고 일러라."

단리명이 나직이 말했다. 그러자 잠자코 듣고 있던 로데우스가 냉큼 끼어들었다.

"대형. 그건 힘들 것 같습니다. 3년 전부터 원금은커녕 이자조차 내지 못한 녀석들이 무슨 수로 돈을 갚겠습니까? 영지를 판다면 모를까 아마 돈을 받지는 못할 겁니다."

로데우스의 말처럼 메르시오 백작가의 재정 사정은 무척이나 좋지 않았다. 당연히 빚을 갚을 여력도 없었다.

하지만 단리명의 시선은 여전히 하이베크를 향해 있었다.

"만일 빚을 못 갚겠다고 하면 뭐라고 해야 합니까?"

차용증을 받아들며 하이베크가 물었다.

순서대로라면 백작의 재산을 몰수하고 영지의 일부를 처분

해야만 했다. 하지만 단리명이 고작 그런 걸 원할 것 같지는 않았다.

아니나 다를까.

"빚에 상응하는 걸 받아가겠다고 해라."

단리명이 슬쩍 입가를 비틀었다. 메르시오 백작령을 품은 그의 검은 눈동자가 반짝 빛나기 시작했다.

# 메르시오 백작의 고뇌

## 1

"자금 사정은 어떤가?"

"솔직히 말씀드려 최악입니다. 겨울에 조세를 거둬들여 겨우 파산을 막긴 했습니다만 운영 자금이 턱없이 부족합니다."

"…그 정도인가?"

"현재 운용 가능한 자금은 20만 골드에 불과합니다. 솔직히 말씀드려 올해를 버티기 어려운 실정입니다."

총관 스탈란 남작의 목소리는 어두웠다. 그만큼 메르시오 백작령의 사정은 좋지 않았다.

20만 골드면 변방의 남작령의 한 해 세입 수준이다. 결코 적지 않은 돈이었지만 후작가에 버금갈 만큼 넓은 영지를 다스리고 있는 메르시오 백작령을 감당하기에는 턱없이 부족했다.

"흐음."

메르시오 백작의 입가로 무거운 한숨이 새 나왔다.

태생이 기사인 그에게 돈 문제는 언제나 골치 아픈 일이었다. 하지만 이건 너무 심했다. 재정 관리에는 소질이 없는 그가 대충 훑어 봐도 세입보다 세출이 두 배나 많은 상황이었다.

"백작님. 더 이상은 버티기가 어렵습니다. 겨울이 오기 전까지 거둬들일 수 있는 세금은 40만 골드가 전부입니다. 반면 잿빛 기사단에게는 매월 10만 골드를 지출해야 합니다. 영지 운영비를 감안한다면 채 두 달을 버티기가 어렵습니다."

총관 스탈란 남작의 앓는 소리가 더욱 심해졌다.

메르시오 백작은 검지로 관자놀이를 꾹꾹 눌렀다. 스탈란 남작의 잔소리와 함께 시작된 두통은 좀처럼 사라질 생각을 하지 않고 있었다.

그만큼 잿빛 기사단의 존재는 백작령의 재정은 물론 메르시오 백작에게도 골칫거리였다. 철없는 아들 녀석만 아니었다면 스탈란 남작이 간하기 전에 먼저 그들을 내쳤을 것이다.

"후우. 서부에 있는 별장을 팔도록 하지."

메르시오 백작이 어렵게 입을 열었다. 그러자 스탈란 남작이 단번에 고개를 저었다.

"그것으로는 부족합니다. 서부 별장의 시세는 8만 골드 정도입니다. 급하게 판다면 채 5만 골드도 건지기 어렵습니다."

"그렇다면 수도에 있는 저택도 팔아버리게. 어차피 수도에 갈 일도 없으니 상관없겠지."

"수도의 저택이라면 최대 10만 골드 가까이 받을 수 있겠지만 역시나 부족합니다. 올 겨울까지 필요한 운영자금은 최소 100만 골드입니다. 잿빛 기사단을 끝내 먹여 살리실 생각이시라면 추가로 120만 골드가 더 필요한 실정입니다. 반면 올해 세입은 특별세와 조세를 모두 더해 봐야 150만 골드뿐입니다."

"흐음."

"부족한 70만 골드를 어렵게 마련해도 내년이 문제입니다, 백작님. 영지의 빚은 계속 늘어만 갈 겁니다. 확실한 대책이 없는 이상 잿빛 기사단을 붙잡고 있는 건 욕심입니다."

평소 같았으면 무겁게 한숨을 내쉬며 물러났을 스탈란 남작이지만 오늘만큼은 달랐다. 마치 결판을 내겠다는 듯 시종일관 메르시오 백작을 붙잡고 늘어졌다.

"그래서 나더러 어쩌란 말인가. 이제 와서 그들을 버리라고? 그 녀석을 포기하라고? 그게 말이 된다고 생각하나?"

메르시오 백작의 입에서도 기어코 분통이 터져 나왔다.

잿빛 기사단에게 쏟은 정성이 얼마인데 이제 와서 포기하라니. 그럴 수는 없었다. 그들은 둘째치고라도 백작가를 이을 유일한 자식을 이대로 내버릴 수는 없었다.

하지만 스탈란 남작에게는 백작가의 대공자보다 영지의 안

녕이 우선이었다.

"백작님, 제발 진정하십시오. 그리고 신중히 판단해 주십시오. 공자님이 좇는 꿈도 중요하지만 백작님만을 바라보는 수많은 영지민들 또한 생각하셔야 합니다."

"후우……."

"영지의 곤란함을 알게 된 주변 영주들이 호시탐탐 기회를 노리고 있습니다. 지금 같은 상황이 계속된다면 영지를 지키지 못하게 될 수도 있습니다. 적어도 간악한 자들에게 영지를 내주는 것만큼은 막아야 하지 않겠습니까?"

스탈란 남작이 메르시오 백작을 더욱 구석으로 몰아넣었다. 동정의 여지를 잔인하게 잘라내 버렸다.

지금의 영지로도 그들을 먹여 살리지 못한다. 이 와중에 영지의 규모가 줄어든다면 진정 파산을 모면하기 어려울 것이다.

"하아… 그래서 내게 원하는 게 뭔가?"

복잡한 표정으로 천장을 바라보던 메르시오 백작이 어렵게 입을 열었다.

"아르넬 공자님을 그만 놓아 주십시오. 그분이 원하는 대로 하르페 왕국의 마지막 후손을 찾도록 두십시오."

스탈란 남작의 입술이 무심하게 달싹거렸다.

"지금 자네가 한 말이 무엇을 뜻하는지 알고 있는가?"

메르시오 백작의 시선이 스탈란 남작에게 향했다.

"4대공작이 이 사실을 알게 된다면 가만있지 않겠지요. 아마 반역으로 규정하고 처단하려 할 겁니다. 하오나 백작님. 아르넬 공자님을 억지로 붙들고 있다고 해서 달라질 건 아무것도 없습니다."

"그게 무슨 말인가?"

"솔직히 전 4대공작이 백작령의 사정을 모른다고 생각하지 않습니다. 알고 있지만 그저 모르는 척할 뿐이라고 여기고 있습니다. 그것이 무엇을 의미하는지를 부디 헤아려 주십시오."

스탈란 남작의 목소리가 잦게 흔들렸다. 영지와 검술밖에 모르는 바보 같은 백작에게 이런 추한 상황까지 말해야 한다는 현실이 야속했지만 지금으로서는 어쩔 방도가 없었다.

"허, 그랬군. 그랬던 거였어."

한참 동안 말이 없던 메르시오 백작이 헛웃음을 흘렸다. 이제야 다소 미심쩍었던 4대공작가를 이해할 수 있을 것 같았다.

하르페 왕실의 차기 왕실 기사단장으로 내정되었던 아들 아르넬이 영지로 돌아왔다는 사실을 알면서도 4대공작은 아무런 말을 하지 않았다. 하르페 왕실과 연관된 모든 것들을 잔혹하게 짓밟으면서도 유독 아르넬만은 모르는 척 놔뒀다.

메르시오 백작은 아르넬이 어렸기 때문이라고 여겼다. 후작들과 어깨를 나란히 하는 자신이 부담스러운 것이라고 생각했다.

하지만 그런 게 아니었다. 저들은 철저히 중립을 지켰던 자신을 노리고 있었다. 비옥한 메르시오 백작령을 욕심내고 있었다. 더럽고 추잡한 올가미를 뒤집어씌우기 위해 아르넬과 그를 따라온 기사들을 눈감아 준 것이다.

메르시오 백작의 표정이 더욱 어두워졌다. 애달픈 부정(父情)도 더 이상은 사치일 뿐이었다. 이제는 가문과 영지를 존속시키기 위해 그들을 버려야 하는 상황에 내몰리고 말았다.

"아르넬을 내보내면… 4대공작들이 영지를 내버려 둘 것 같은가?"

메르시오 백작이 떨리는 목소리로 물었다.

"장담하기 어렵습니다. 다만 저들의 꿍꿍이대로 놀아나는 건 어느 정도 피할 수 있을지도 모릅니다."

스탈란 남작이 힘없이 고개를 떨어뜨렸다.

기실 하르페 왕국의 멸망 과정에서 철저히 중립을 지켰던 메르시오 백작은 4대공작들에겐 눈엣가시 같은 존재였다. 그것은 억지로 하멜 왕국을 내세운 지금도 크게 달라지지 않았다.

메르시오 백작은 마스터 급의 검술 실력과 후작에 버금가는 명성으로 중립 귀족들의 지지를 한 몸에 받고 있었다. 게다가 4대공작령과 제법 떨어져 있다는 지리적 이점까지 톡톡히 누리고 있었다. 만에 하나 그가 자신들의 일을 방해하려 든다면 여러모로 골치 아파질 게 분명했다.

"이대로 메르시오 백작을 놔둘 수는 없소."

4대공작은 오래전부터 메르시오 백작을 제거할 생각이었다.

솔직히 메르시오 백작의 개인적인 역량은 크게 두려워 할 만한 게 아니었다. 그러나 그가 끼고 있는 메르시오 백작령의 중요성은 결코 간과할 수가 없었다.

메르시오 백작령은 남서부의 비옥한 곡창지대를 보호하는 방패였다. 아울러 대륙 남부와 소통하는 주요 통로이기도 했다.

혹시 모를 변수를 없애고 주변국들과의 교섭에서 자신들의 가치를 높이기 위해서라도 4대공작들은 메르시오 백작령을 차지해야만 하는 상황이었다.

그런 분위기는 메르시오 백작도 어느 정도 눈치채고 있었다. 당연히 그에 따른 방비를 서둘렀다. 쉽게 당하지 않겠다는 걸 보여주기 위해 주변의 중립 귀족들을 포섭하고 대륙 남부와의 교역을 통해 영지를 살찌웠다. 군량미를 축적하고 주변 영지와 공동 방어 전선을 구축해 4대공작가의 견제에 맞서 왔다.

곡창지대의 영지들과 중립 귀족을 모조리 더해도 4대공작 하나를 감당하기조차 버거웠지만 약자들은 메르시오 백작을 중심으로 똘똘 뭉쳤다. 소위 남부 연합의 결성. 그 덕분에 4대공작들도 함부로 왕국 남서부를 건드릴 수가 없었다.

하지만 그것도 10년 전까지의 일이다. 지금은 상황이 판이하게 달라져 있었다.

왕조 교체를 통한 내분을 수습한 4대공작 진영은 예전의 탄탄함을 되찾았다. 반면 남부 연합의 수장인 메르시오 백작은 철부지 아들 때문에 오랫동안 속병만 앓아 왔다. 당연히 중립 귀족들과 남서부 영지의 연결고리도 해이해진 상황이었다.

남부 연합이 예전의 단합을 되찾는다 할지라도 4대공작가와의 정면 승부는 불가능했다. 하물며 지독한 내홍을 겪고 있는 마당에 저들과 싸우는 건 기름을 뒤집어쓰고 불구덩이에 뛰어드는 것이나 마찬가지였다.

어떻게든 싸움을 피해야만 했다. 만에 하나 4대공작 중 한 곳이라도 덤벼든다면 남부 연합은 물론이거니와 메르시오 영지도 채 한 달을 버티지 못하고 무너져 내릴 것이다.

"어쩌다… 일이 이렇게 됐단 말인가."

메르시오 백작의 입가로 참담함이 새 나왔다. 사랑하는 아들을 버려봐야 고작 잠깐의 시간밖에 벌 수 없다는 사실이 너무나 가혹하게 느껴졌다.

만일 메르시오 백작이 조금만 더 계산적인 사람이었다면 이대로 영지를 포기했을 것이다. 영지를 내어 주는 대신 합당한 보상을 받고 여생을 편히 살았을 것이다. 하지만 그는 자신이 나고 자란 이 땅을 도저히 포기할 수가 없었다. 자신의 영달과 안녕을 바라고자 영지민들을 위선자들의 손에 넘길 수가 없었다.

번민에 휩싸인 메르시오 백작의 눈가로 잔주름이 번져 나갔다. 세월도 비껴간다는 마스터의 경지를 비웃기라도 하듯 그의 얼굴로 시간의 흔적들이 새겨지기 시작했다.

"배, 백작님!"

급격히 늙어버린 듯한 메르시오 백작의 모습을 바라보며 스탈란 남작이 탄식을 내뱉었다. 정말 할 수만 있다면 메르시오 백작의 짐을 대신 짊어지고 싶을 정도였다.

'후우. 기적이라도 일어나면 좋으련만…….'

철저한 현실주의자인 스탈란 남작의 머릿속으로 우스운 생각마저 떠올랐다. 다른 때 같았으면 피식 웃고 말았을 상념이었지만 이번만큼은 쉽게 떨쳐 내지 못했다.

만일 지금이라도 아르넬 공자가 그토록 기다리던 하르페 왕실의 후계자가 나타난다면 좋으련만. 4대공작의 신경이 온통 그에게 쏠린다면 좋으련만.

그저 막연한 바람들이 꼬리에 꼬리를 물고 이어졌다. 그럴수록 스탈란 남작의 표정은 점점 굳어져만 갔다.

그때였다.

"백작님! 크, 큰일 났습니다."

갑작스럽게 문을 열고 수련 기사 하나가 호들갑스럽게 뛰어들어 왔다. 인기척조차 내지 않고 문을 연 것으로 보아 심각한 일이 생긴 게 틀림없어 보였다.

"무슨 일이냐!"

스탈란 남작이 다급히 상념에서 깨어났다. 수련 기사를 향해 움직이는 그의 시선이 불안함으로 번들거렸다.

하지만 다행히도 그가 생각하는 최악의 상황이 벌어진 건 아니었다. 제 아무리 4대공작이라 할지라도 아무런 기척도 없이 메르시오 백작령까지 진군할 수는 없었다.

오히려 생각하기에 따라서는 별것 아닌 문제가 생겼다.

"그, 그게 호르무스 상단에서 사람이 왔습니다."

수련 기사의 말이 끝나기도 전에 스탈란 남작은 미간을 찌푸렸다.

호르무스 상단에게 돈을 빌린 적이 있었다. 원금에 준하는 금액을 돌려주었지만 채무 관계가 아직 끝나지 않은 상태였다.

'한 번쯤 올 거라고 생각은 했지만 하필 이런 때라니…….'

호르무스 상단에서 호의를 가지고 찾아온 것이라면 스탈란 남작도 반색하며 맞았을 것이다. 하지만 저들의 방문 목적을 뻔히 아는 이상 굳이 만나 줄 이유가 없었다.

"외부의 저택 하나를 내주고 잘 대접해라. 백작님께서는 용무가 바쁘시다고 이르고."

굳이 메르시오 백작까지 갈 필요 없이 스탈란 남작이 제 선에서 일을 매듭지었다. 차용증이 있는 이상 야박하게 대할 수는 없었다. 지금으로서는 시간을 끄는 게 유일한 방법이었다.

메르시오 백작도 무심한 얼굴로 고개를 끄덕거렸다. 하지만 수련 기사는 쉽게 몸을 돌리지 않았다. 마치 하지 못한 말이라도 남은 듯 어쩔 줄을 몰라 했다.

"나가지 않고 뭐 하는 것이냐!"

스탈란 남작의 눈매가 날카롭게 변했다. 그러자 어물거리던 수련 기사가 조심스럽게 입을 열었다.

"저, 그게 백작님께서 직접 나와 보셔야 할 것 같습니다."

수련 기사의 시선이 스탈란 남작을 지나 메르시오 백작에게 향했다. 순간 스탈란 남작의 입에서 헛웃음이 터져 나왔다.

고작 수련 기사 주제에 감히 자신의 명을 거스르다니! 이건 메르시오 백작 앞에서 자신을 무시하는 것과 다름없었다.

"네 이놈! 네놈이 감히……!"

스탈란 남작이 노성을 터트렸다. 하지만 그의 말은 끝까지 이어지질 못했다.

2

콰당!

요란한 굉음과 함께 문이 통째로 떨어져 나갔다.

순간 호통을 치려던 스탈란 남작이 사레들린 것처럼 켁켁거렸다. 수련 기사는 화들짝 놀라며 머리를 감싸 쥐기 바빴다.

오로지 메르시오 백작만이 검을 움켜쥔 채 만약의 사태에 대비했다.

"메르시오 백작가는 손님 접대를 이런 식으로 하나보군."

싸늘한 음성과 함께 키가 큰 사내가 모습을 드러냈다. 목소리만큼이나 차가운 시선이 메르시오 백작을 향해 날아들었다.

"누구냐!"

메르시오 백작이 다급히 자세를 낮추며 소리쳤다. 어느새 뽑아 든 검이 웅웅거리며 요란스럽게 울기 시작했다.

마스터의 경지에 든 이후로 메르시오 백작은 최대한 선수를 양보하려고 애썼다. 상대의 검을 두세 번 받아준 뒤에 본격적으로 움직이려고 노력했다. 그것이 마스터로서의 자세라고 여겼다.

하지만 지금은 달랐다. 여차 하면 달려들겠다는 듯 은백색의 검끝에서 오러가 넘실거리고 있었다.

마스터로서 평정심을 유지해 온 그가 이토록 흥분할 만큼 갑작스럽게 등장한 사내의 기운은 강렬했다. 마치 발렌시아 공작이 검을 뽑아 들고 서 있는 듯한 착각이 들 정도였다.

"스탈란 남작, 뒤로 물러서게! 어서!"

메르시오 백작이 다급히 소리쳤다. 괜한 싸움에 휘말렸다간 스탈란 남작의 목숨을 장담할 수가 없었다.

미처 정신을 차리지 못한 스탈란 남작을 수련 기사가 벽 쪽으로 끌고 갔다. 그 사이 메르시오 백작은 사내의 시선을 잡아끌며 옆으로 걸어 나왔다.

"누구냐! 정체를 밝혀라!"

메르시오 백작이 재차 소리쳤다. 하지만 사내는 여전히 묵묵부답. 그저 싸늘한 눈으로 자신을 노려보고 있었다.

'결국 검으로 말하잔 말인가.'

메르시오 백작의 눈가로 얼핏 불안함이 번졌다. 상대의 기세로 보아 쉽지 않은 싸움이 될 터. 자칫 방심했다간 자신이 먼저 당하게 될 수도 있었다.

메르시오 백작은 한 발 더 옆으로 움직였다. 장애물들을 피해 나름의 동선을 확보했다.

그때까지도 사내는 꿈쩍을 하지 않았다. 자신의 사각 쪽으로 움직이는 데도 시선조차 주지 않았다.

용기가 있다면 덤벼 봐라. 마치 사내는 그렇게 말하는 것 같았다.

메르시오 백작은 질끈 입술을 깨물었다. 만일 마스터의 경지에 오르지 못했다면 상대의 도발에 진즉 넘어갔을 것이다.

'기회는 한 번뿐이다. 놓치면… 끝이다!'

메르시오 백작이 슬쩍 검을 들어 올렸다. 가느다란 실처럼 뿜어져 나오던 마나들이 한데 뭉쳐 검을 뿌옇게 휘감았다.

마스터의 상징이라 불리는 오러 블레이드. 이 정도면 도발에 대한 확실한 답을 해 준 것이나 마찬가지였다.

그러나 상대는 너무나 무심했다. 눈처럼 새하얀 검은 미동조차 없었다. 어렵게 용기를 낸 메르시오 백작을 철저히 무시하고 있는 것이다.

'감히! 네 오만함을 후회하게 만들어 주겠다!'

빠득 이를 깨물며 메르시오 백작이 오른 다리에 힘을 주었다.

세 걸음. 이대로 바닥을 박차고 나가 사내의 옆구리를 벤다. 머릿속에서 내려진 명령이 신경세포를 타고 빠르게 퍼져 나갔다. 뒤이어 근육세포들이 유기적으로 움직일 채비를 마쳤다.

하지만 결과적으로 메르시오 백작은 사내에게 달려들지 못했다. 달려들기 직전 사내가 뿜어댄 무형의 기운이 그의 동작을 방해한 것이다.

"마나 쇼크! 그, 그렇다면……!"

비틀거리는 메르시오 백작의 입에서 경악성이 터져 나왔다. 마스터의 검을 단순히 기세만으로 막는 마나 쇼크는 아무나 펼칠 수 있는 기술이 아니었다.

최소한 마에스트로. 어쩌면 그 이상.

메르시오 백작의 눈가가 파르르 떨려왔다. 자신보다 강한 마스터쯤이라 여겼던 추측이 완전하게 빗나가 버렸다.

"계속 해 볼 생각인가?"

절망에 빠진 메르시오 백작을 향해 사내가 싸늘한 음성을 날렸다. 더 이상의 대립은 무의미함을 알리는 것이었다. 하지만 메르시오 백작의 귀에는 전혀 다르게 들려왔다.

원한다면 상대해 주마. 그러나 그땐 목숨을 걸어야 할 거다.

섬뜩한 경고였다. 유일한 라이벌이라 생각했던 발렌시아 공작에게도 듣지 못했던 잔혹한 엄포였다.

다시 말해 자신을 검술 상대로 보지 않는다는 의미.

"그만…하겠소."

메르시오 백작이 어깨를 늘어뜨렸다. 축 처진 그의 검이 바닥을 바라보며 서글피 울어댔다.

# 어쭙잖은 술수는 집어치워라!

## 1

마스터의 검이 꺾였다. 제대로 덤비지도 못하고 낯선 사내에게 패배하고 말았다. 그 과정을 똑똑히 지켜본 스탈란 남작은 머릿속이 복잡해졌다.

메르시오 백작이 간발의 차이로 패배했다면 다른 수를 썼을 것이다. 하지만 이토록 일방적이고 굴욕적인 패배라면 더 이상은 승산이 없었다.

"다, 당신은 누구입니까?"

스탈란 남작이 떨리는 목소리로 물었다. 그 와중에도 그의 머릿속은 사내의 정체를 파악하고자 분주하게 움직이고 있었다.

과연 저자는 누구일까. 누가 보낸 것이란 말인가. 이곳에

온 목적은 무엇이란 말인가. 왜 메르시오 백작을 살려둔 것일까.

모든 게 의문투성이었다. 하지만 사내는 진작부터 자신의 정체를 밝힌 뒤였다.

"너."

사내의 시선이 구석에서 바들거리는 수련 기사를 향해 움직였다. 그러자 수련 기사가 발작하며 손사래를 치기 시작했다.

"저, 저는 시키는 대로 말했습니다! 정말입니다!"

수련 기사의 황당한 외침이 방 안을 울렸다. 그제야 사내의 정체를 알아챈 스탈란 남작이 다급히 입을 열었다.

"그, 그럼 호르무스 상단에서 왔다는 분이……."

"그래. 바로 나다."

사내, 하이베크가 시큰둥한 목소리로 말했다. 그와 동시에 방 안에 가득했던 긴장감이 휘청 하고 흔들렸다.

"호르무스 상단에서 오셨군요. 저희 백작님께서 잠시 오해를 하셨던 모양입니다. 백작님을 대신해 제가 사과드리겠습니다."

빠르게 평정심을 되찾은 스탈란 남작이 하이베크를 향해 고개를 숙였다. 옆에 있던 수련 기사가 어이가 없다는 눈으로 바라봤지만 지금은 그를 신경 쓸 겨를이 없었다.

"오해라… 그렇다면 이번 한 번만 넘어가겠다."

살짝 미간을 찌푸리던 하이베크가 검을 집어넣었다. 라보라를 통해 빠져나왔던 냉기가 순식간에 사라졌다. 조금 전까지만 해도 일촉즉발의 긴장감을 유지하던 방 안이 한결 평온해졌다.

하지만 그것도 잠시. 뒤이어 찾아온 어색함이 다시 방 안을 짓누르기 시작했다.

"자, 일단 자리에 앉으십시오. 백작님, 뭘 하십니까? 호르무스 상단의 귀한 손님께서 오셨습니다."

결국 스탈란 남작이 나서서 어색함을 깨트렸다.

하이베크가 천천히 소파에 앉았다. 메르시오 백작도 검을 거두고 하이베크의 맞은편에 자리했다. 잠시 멀뚱거리던 수련기사마저 스탈란 남작의 눈짓을 받고는 서둘러 밖으로 나갔다.

비로소 방 안의 분위기가 정리되자 스탈란 남작이 나직이 한숨을 내쉬었다. 이제는 호르무스 상단에서 온 하이베크란 자를 잘 어르고 달래는 일만 남았다.

하지만 그것은 생각처럼 쉽지 않았다. 더 이상의 대화는 불필요하다는 듯 하이베크가 차용증부터 들이민 것이다.

"이게 무엇입니까?"

하루에도 몇 번씩 보던 차용증임에도 스탈란 남작이 처음 본다는 듯이 고개를 갸웃거렸다. 실로 농익은 연기였다. 하지만 상대가 하이베크라면 이야기가 달라진다.

"정녕 몰라서 묻는 것이라면 네놈의 목을 베고 백작에게 다시 묻겠다."

하이베크가 가소롭다는 듯이 코웃음을 흘렸다. 순간 차디찬 기운이 일어나더니 단숨에 스탈란 남작의 목줄을 움켜잡았다.

되지도 않는 말장난을 하겠다면 상대를 잘못 짚었다!

하이베크의 잿빛 눈동자가 그렇게 속삭였다.

"아, 아닙니다. 알고 있습니다."

하얗게 질려 버린 스탈란 남작이 자신도 모르게 고개를 주억거렸다.

메르시오 백작은 아예 눈을 감아버렸다. 이 흉포한 자를 상대로는 그 어떤 꼼수도 통하지 않을 것 같았다.

"메르시오 백작."

"말하시오."

"어쩔 셈이냐? 대형께서는 네 말을 들어 보라고 하셨다."

하이베크가 이번에는 메르시오 백작을 압박했다. 스탈란 남작이 총관이라 할지라도 모든 결정권은 영주인 백작에게 있는 법. 스탈란 남작과 농담 따먹기를 하려고 여기까지 온 게 아니었다.

고심하던 메르시오 백작이 슬쩍 스탈란 남작을 바라봤다. 하지만 스탈란 남작은 아직 정신을 차리지 못하고 있었다.

"말하라. 너 따위에게 줄 여유는 없다."

하이베크의 목소리가 더욱 싸늘해졌다. 살짝 미간을 찌푸리던 메르시오 백작이 마지못해 고개를 끄덕거렸다.

"백작가의 인장이 박힌 이상 책임을 질 것이오."

메르시오 백작으로서는 선택의 여지가 없었다. 채무 의무를 거부했다간 당장 목이 날아갈 판이었다.

"잘 생각했다. 대형께서도 흡족해 하실 거다."

하이베크가 슬쩍 입가를 비틀었다. 하지만 그뿐. 아직 할 말이 남은 듯 자리에서 일어나지 않았다.

메르시오 백작의 얼굴이 초조하게 변했다. 스탈란 남작은 아직까지도 충격을 떨쳐 내지 못하고 있었다.

어떻게든 시간을 끌어야 했다. 자신보다는 스탈란 남작이 나서서 협상을 진행하는 게 여러 모로 나았다.

"한 가지만 물었으면 하오."

메르시오 백작이 조심스럽게 말을 뱉어냈다.

승낙하듯 하이베크가 살짝 고개를 끄덕였다. 크게 숨을 들이켠 뒤 메르시오 백작은 조금 더 용기를 냈다.

"조금 전부터 언급하던 그 대형이란 분은 혹시 호르무스 상단의 주인을 말하는 것이오?"

순간 호르무스의 입에서 싸늘한 호통이 터져 나왔다.

"호르무스의 주인이 나의 대형이 될 수 있다고 보느냐?"

감히 단리명과 상단주 따위를 비교하다니. 이 자리에 로데우스가 있었다면 더 들어볼 것도 없이 주먹부터 날렸을 것이다.

하지만 정작 메르시오 백작은 이해할 수 없다는 눈으로 하이베크를 빤히 쳐다봤다.

"그, 그대는 호르무스 상단에서 왔다고 하지 않았소!"

"난 호르무스 상단의 차용증을 가지고 있다고 했을 뿐이다. 호르무스 상단 같은 곳에서 어찌 나를 부릴 수 있단 말이냐!"

"그게 도대체… 무슨 말이오?"

메르시오 백작은 눈만 끔뻑거렸다. 이렇다 할 부연 설명 없이 자신이 하고 싶은 말만 하는 드래곤 특유의 화법에 전혀 적응하지 못하고 있었다.

"그 정도 규모의 상단에서 감히 기사님 같은 분을 모시기란 어려운 일일 것입니다. 다만 가끔 정리 때문에 상단 일을 돕는 기사 분들이 적지 않다보니 백작님께서 실례되는 질문을 하신 것 같습니다. 이 점, 너그럽게 용서해 주셨으면 좋겠습니다."

때마침 정신을 차린 스탈란 남작이 나서서 상황을 수습했다.

당장에라도 폭발할 것처럼 눈썹을 꿈틀거리던 하이베크가 마지못해 고개를 끄덕였다. 일단 침착할 필요는 있었다. 단리명의 생각을 정확하게 알지 못하는 이상 메르시오 백작에게 함부로 손을 쓸 수는 없었다.

하지만 그걸 자신의 언변 덕분이라 여긴 스탈란 남작은 예의 침착함을 되찾고는 다시 입술을 들썩거렸다.

“두 분께서 워낙 과묵하시니 제가 상황을 정리해 볼까 합니다. 일단 백작님께서 호르무스 상단에 돈을 빌린 게 사실입니다. 그에 따른 차용증을 작성했으며 그것을 기사님께서…….”

“하이베크다.”

“감사합니다. 하이베크 님께서 가지고 오셨습니다.”

잠시 숨을 고르던 스탈란 남작이 동의를 구하듯 하이베크를 바라봤다. 하이베크는 가볍게 고개를 끄덕거렸다. 나직이 한숨을 내쉬며 스탈란 남작이 다시 말을 이어갔다.

“확인 결과 위조 사실은 없습니다. 대륙에 통용되는 상법에 의거, 차용증을 소지하신 하이베크 님께 메르시오 백작가에서 채무를 갚을 의무가 있습니다. 다만 그전에 몇 가지 확인해야 할 게 있음을 이해해 주셨으면 좋겠습니다.”

스탈란 남작이 슬쩍 하이베크의 눈치를 살폈다. 그 정도는 충분히 용납하겠다는 듯 하이베크가 다시 한 번 고개를 끄덕였다.

“감사합니다. 그러면 몇 가지 여쭙겠습니다. 일단 하이베크 님의 대형이란 분의 신분을 대략적으로나마 알았으면 합니다. 아울러 그분이 원하시는 게 정확하게 무엇인지도 말씀해 주셨으면 좋겠습니다. 빚을 졌으니 갚는 게 당연하다고 생각하시겠지만 의례 있어 왔던 절차인 만큼 양해해 주시기 바랍니다."

스탈란 남작은 조심스럽게 운을 뗐다.

기실 제3자가 차용증을 지녔을 때는 그의 권리 행사에 대해 어느 정도 알아보는 게 순서였다. 만에 하나 있을 위조나 도난과 관련한 사고를 막기 위해서였다. 그 이면에는 제3자를 함부로 믿어서는 안 된다는 인식이 짙게 깔려 있었다.

그렇다고 그런 사실을 곧이곧대로 하이베크에게 설명할 수는 없었다. '난 당신을 못 믿겠으니 누가 일을 꾸몄는지 알아야겠소.' 라고 말했다간 상대의 검에 목이 잘려나가고 말 터였다.

마른침을 꿀꺽 삼키며 스탈란 남작이 하이베크를 바라봤다. 하지만 하이베크는 살짝 미간을 찌푸릴 뿐 입을 굳게 다물었다.

기실 스탈란 남작의 질문은 쉽게 대답해 줄 수 있는 게 아니었다. 인간들에게 어찌 마계의 공작 이야기를 하겠는가. 자신도 모르는 단리명의 속내를 어떻게 설명하겠는가.

"그것이 궁금하다면 호르무스의 주인에게 직접 물어봐라. 그전에 빚부터 청산해야 할 것이다!"

잠시 고심하던 하이베크는 아예 말을 돌려 버렸다. 그가 스탈란 남작의 말에 일일이 답해줄 의무는 없었다. 게다가 단리명의 지시는 채무 변상 의지와 방법을 확인하라는 것이었다.

"채무는 반드시 변상할 것입니다. 걱정하지 마십시오. 다만 저희 사정도 헤아려 주시기 바랍니다."

하이베크가 강경하게 나오자 스탈란 남작이 한발 물러서며 고개를 숙였다. 동시에 머릿속에서는 대형이란 자에 대한 분석이 시작되었다.

처음에는 4대공작이 보낸 자일지도 모른다고 생각했지만 그런 의심은 깨끗이 사라진 지 오래였다.

메르시오 백작은 분명 하이베크를 가리켜 마에스트로라고 했다. 대륙에 마에스트로가 다섯뿐이라고는 하지만 새로운 강자가 출현하지 말라는 법은 없으니 거짓은 아닐 터. 눈앞의 상대는 마에스트로가 아니더라도 최소한 마스터의 끝에 머무르는 사내임에 틀림없었다.

마에스트로라면 삼대 제국에서도 최소한 후작위를 받을 수 있었다. 그런 강자를 끌어들이기 위해서는 확실한 힘이 필요했다. 권력, 혹은 무력. 어느 한 쪽이라도 확실하게 가지고 있어야 했다.

애석하게도 4대공작들은 양쪽 모두에 해당사항이 없었다. 권력은 각국의 주인이나 후계자에 미치지 못했다. 무력도 마찬가지. 가장 강하다는 발렌시아 공작의 경지가 마에스트로다. 마에스트로가 그에 근접하는 기사를 수족처럼 부리긴 어려웠다.

'설마 몇몇 공왕들처럼 쥬오르 제국의 방계 황족인 것일까?'

고심하던 스탈란 남작이 제법 그럴듯한 추론을 시작했다.

북방의 지배자이자 대륙의 절대 패자인 쥬오르에서는 황제가 바뀔 때마다 치열한 황위 다툼이 벌어졌다. 그 과정에서 황위쟁탈전에서 패배한 황족들은 자신의 세력과 함께 남부 대륙으로 도망치려 했다.

쥬오르 제국의 기사들은 전통적으로 강하다고 알려져 있었다. 특히나 황족들을 호위하는 기사들은 더욱 강할 터. 그들이 쥬오르 제국의 추격을 피해 무사히 남부 대륙으로 넘어오면 여러 나라에서 영입 의사를 피력했다. 특히나 약소국들은 국력 향상을 위해 넓은 영지와 왕족과의 결혼까지 제안했다.

도망친 황족들도 각국의 제안을 마다하지 않았다. 다시는 쥬오르로 돌아갈 수 없는 처지인 만큼 가장 마음에 드는 조건을 내놓은 왕국에 가담해 힘을 보탰다. 그 과정에서 여러 개의 공국들이 만들어졌으며 그들의 등장이 대륙의 역학 관계에 크고 작은 영향을 미치는 상황이었다.

'아직 쥬오르의 황제가 승하했다는 말은 들어 보지 못했지만 황족일 가능성도 배제할 수 없다. 아니, 마에스트로까지 대동한 것으로 보아 지금으로서는 그럴 가능성이 가장 높아.'

쥬오르 제국의 입장에서 봤을 때 남부에 정착한 황족들은 하나같이 국가에 해를 끼친 반역자들이었다. 그들이 별 볼일 없는 세력으로 떵떵거리며 살 만큼 남부 대륙의 힘은 북부 대륙에 비해 강하지 않았다.

스탈란 남작은 오래전부터 쥬오르 제국이 직접적으로 남부 대륙에 손을 뻗칠 것이라 예상했다. 신임하는 황족을 내보내 정착하게 한다면 남부 대륙을 쥬오르 제국의 뜻에 따라 흔드는 것도 불가능한 일만은 아니었다.

어쩌면 하이베크의 대형이란 자가 그 임무를 부여받았을지도 모르는 일.

'위험하더라도 대형이란 자를 만나야 한다. 그가 무슨 생각을 하고 있는지 알아내야만 해.'

결심을 굳힌 스탈란 남작이 하이베크를 바라봤다. 그의 표정을 읽어 내린 하이베크의 얼굴로 한가득 짜증이 번져 들었다.

'인간이란 족속들이 의심이 많고 번거로움을 즐기는 줄은 알았지만 이 정도일 줄은 몰랐군.'

하이베크는 애써 분을 억눌렀다. 별로 내키지는 않았지만 어쩔 수 없이 스탈란 남작의 청을 들어줘야 할 것 같았다.

"기어이 대형을 뵈어야겠다는 것이냐?"

하이베크의 눈매가 매섭게 꿈틀거렸다.

"죄송하지만 저희로서도 어쩔 도리가 없습니다."

스탈란 남작이 슬며시 고개를 숙였다.

"후우, 알겠다. 내가 직접 대형께 여쭤보도록 하겠다."

하이베크가 마지못해 몸을 일으켰다. 채무에 대한 메르시오 백작가의 변상 의지를 확인한 이상 단리명에게 보고를 하는 것도 나쁠 것 같지 않았다.

그때였다.

"하백. 그럴 필요 없다."

뻥 뚫린 문을 타고 낮익은 목소리가 들려왔다.

2

"대형!"

하이베크가 흠칫 놀라며 고개를 돌렸다. 어느새 방 안으로 들어선 단리명의 입가로 비릿한 웃음이 번졌다.

"말이 안 통하는 놈을 상대하느라 고생 많았다. 이제부터는 내가 알아서 할 테니 뒤로 물러나 있어라."

단리명의 말이 떨어지기가 무섭게 하이베크가 뒤쪽으로 물러났다. 대신 단리명이 메르시오 백작의 맞은편에 앉았다.

"겁도 없이 귀찮게 하는군."

초장에 기선을 제압하려는 듯 단리명은 수라마도를 책상 위로 내던졌다.

쿠우웅!

묵직한 울림을 타고 강렬한 기세가 퍼져 나갔다. 그것이 불쾌한 듯 얼굴을 붉히는 메르시오 백작을 피해 쉴 새 없이 재잘거리는 스탈란 남작의 입을 후려쳤다.

순간 갑작스런 호흡곤란에 빠진 스탈란 남작의 얼굴이 하얗게 질려 버렸다. 마치 학질이라도 걸린 것처럼 호들갑스럽게 몸을 들썩거렸다.

단리명이 손속에 사정을 둔 덕분에 다행히 숨이 돌아오긴 했지만 죽다 살아난 그의 표정에서는 더 이상의 태연함을 찾아보기 어려웠다.

단리명의 입가로 짓궂은 웃음이 번졌다. 누차 말했듯 그는 말 많은 족속들을 병적으로 싫어했다.

"그래, 나한테 할 말이 있다고?"

무심하게 메르시오 백작을 훑은 단리명이 스탈란 남작을 바라봤다. 소원대로 왔으니 어디 더 주절대 봐라. 새까만 그의 눈동자가 단숨에 스탈란 남작을 집어삼켜 버렸다.

어렵게 호흡을 가다듬은 스탈란 남작이 다시 흠칫 놀라며 몸을 움츠렸다. 곱상하게 생긴 외모와는 달리 상대가 뿜어대는 기운은 감히 마주하기조차 어려울 정도로 무서웠다. 차라리 메르시오 백작을 단숨에 꺾어버린 하이베크와 다시 협상을 진행하는 게 낫다 싶을 정도였다.

반면 메르시오 백작은 단리명이 얼마나 위험한 사내인지를 전혀 인지하지 못하고 있었다. 생긴 건 둘째치고 별다른 기운이 느껴지지 않으니 대수롭지 않게 여겼다.

'요상한 검을 가지고 다니는 걸 보아하니 철없는 왕족쯤이나 되는 것 같은데 호위 기사만 믿고 너무 오만하게 구는구나.'

메르시오 백작이 눈가를 찌푸렸다. 자신은 애써 외면한 채 문관인 스탈란 남작 앞에서 거드름을 피우는 꼴이 꼭 호가호위(狐假虎威)처럼 느껴진 것이다.

'저놈이 감히!'

그런 메르시오 백작의 속내를 꿰뚫은 하이베크의 눈가로 한가득 분노가 피어올랐다.

감히 어쭙잖은 눈으로 단리명을 판단하다니. 맘 같아서는 당장 라보라를 뽑아 들고 싶었다.

하지만 하이베크는 끝내 나설 수가 없었다. 당사자인 단리명이 가만히 있는 데다가 사전에 언질을 받은 것도 없었다. 무엇보다 돌아가는 상황을 놓고 봤을 때 단리명이 메르시오 백작을 자극하고 있는 것 같다는 느낌도 들었다.

그의 예상처럼 단리명은 메르시오 백작 쪽은 바라보지도 않았다. 오히려 보란 듯이 스탈란 남작만 들들 볶기 시작했다.

"조금 전까지만 해도 잘만 나불대더니 왜 갑자기 꿀 먹은 벙어리가 된 것이냐!"

"그, 그게 아니라… 컥!"

"말을 똑바로 해라! 날 보자고 한 건 네가 아니더냐!"

"그러니까… 커억!"
"지금 나와 장난을 하자는 것이냐!"
"그, 그게… 커컥!"

스탈란 남작이 뭐라고 말을 하려 할 때마다 단리명은 은밀히 기운을 끌어내 그의 목줄을 움켜쥐었다. 당연히 제대로 된 대답이 나올 리가 없었다. 하지만 메르시오 백작의 눈에는 스탈란 남작이 단리명에게 억압받아 고통스러워하는 것처럼 보였다.

"공자, 너무하는구려. 내 공자의 정확한 신분은 알지 못하지만 그렇다 할지라도 이건 예의가 아니지 않소!"

꾹 참고 있던 메르시오 백작이 기어코 입을 열었다. 그의 분기 어린 목소리가 단리명의 귓가를 찔러 들었다.

그러자 단리명이 기다렸다는 듯이 메르시오 백작에게 고개를 돌렸다.

"너무해? 뭐가 너무하다는 것이냐? 차용증을 받고서도 이리저리 말을 돌리는 네놈들이 너무한 것이냐? 아니면 계약을 이행하라고 말하는 내가 너무한 것이냐!"

단리명이 꾸짖듯 소리쳤다. 기실 옳고 그름만 따르자면 메르시오 백작가의 행태는 비난받아 마땅한 것이었다.

하지만 이상하게도 그의 음성에는 힘이 없었다. 꼭 가문의 배경만 믿고 까부는 자들의 비아냥거림처럼 들렸다. 그것이 상처 입은 메르시오 백작의 자존심을 살살 건드렸다. 더 이상

참으면 기사도 아니라는 듯 그를 부추기기 시작했다.

"지금 메르시오 백작가를 모욕하는 것이오!"

메르시오 백작이 자리에서 벌떡 일어났다. 그의 왼손에 들린 검이 덩달아 사나운 울음을 터트렸다.

"모욕이라. 웃기는 군, 그래. 그렇다면 어쩔 테냐?"

단리명이 어이가 없다는 듯 코웃음을 쳤다.

적반하장도 유분수지 제 잘못은 생각지도 않고 남의 무례를 탓하다니. 마치 언제나 자신들만 옳다고 떠드는 무림맹을 보는 것만 같았다.

가소롭지도 않은 메르시오 백작의 객기가 천마지존강기를 건드렸다. 단전에서 벗어난 강맹한 기운이 굳게 닫힌 문을 매섭게 두드렸다. 몸 밖으로 빠져나가기 위해 아우성을 쳤다.

하지만 단리명은 천마지존강기의 외침을 외면했다. 아직은 때가 아니었다. 조금 더 메르시오 백작을 자극할 필요가 있었다.

기운을 갈무리한 단리명은 조금도 위협적으로 느껴지지 않았다. 오히려 시건방지게 느껴졌다. 얼마나 대단한 가문을 등에 지고 있는지는 모르겠지만 마스터의 경지에 이른 자신에게 이렇듯 무례하게 굴 수는 없는 일이었다.

하이베크라면 모르겠지만 눈앞의 철없는 사내와는 더 이상 이야기를 나누고 싶지 않았다. 그의 시선이 스탈란 남작을 향해 움직였다. 그도 비슷한 생각인 듯 별다른 눈짓이 없었다.

'최악의 경우 저 녀석을 미끼로 삼는다.'

메르시오 백작이 입술을 질끈 깨물었다. 강경하게 나가기로 마음먹은 이상 판을 유리하게 돌려놓아야만 했다.

"공자! 말이 지나치오! 여기가 어딘 줄 알고 소란을 피우는 것이오!"

짐짓 분을 터트리면서도 메르시오 백작은 하이베크를 살폈다. 다행히도 자신의 속내를 눈치채지 못한 듯 별다른 반응을 보이지 않고 있었다. 어쩌면 어떤 상황에서도 자신의 대형을 구할 수 있다는 만용을 부리는 것인지도 몰랐다.

현재 눈앞의 사내는 무방비 상태였다. 자신이 검을 뽑아 들면 충분히 제압할 자신이 있었다.

"오늘은 이만 물러가시오! 내 호르무스 상단에 사정을 알아본 연후에 다시 연락을 주겠소."

메르시오 백작이 타협의 여지를 남겨두듯 권했다.

하지만 그 호의(?)를 단리명은 단단히 짓밟아 버렸다. 그것으로도 모자라 덤벼보라는 듯이 도발을 서슴지 않았다.

"헛소리 집어 치워라! 돈을 빌리고도 갚지 않은 도둑놈 주제에 어디서 큰 소리냐!"

단리명의 목소리가 메르시오 백작의 귓불을 후려쳤다.

"이놈!"

이성을 잃은 메르시오 백작이 단리명을 향해 검을 내질렀다.

'아, 안 됩니다, 백작님! 참으셔야 합니다!'

뒤늦게 단리명의 속셈을 알아챈 스탈란 남작이 비명을 질렀지만 소용없었다. 애석하게도 그의 목소리는 입안을 벗어나지 못했다.

'이놈이!'

하이베크의 눈에서도 불똥이 튀었다.

감히 인간 주제에 대형에게 덤벼들다니! 자신이 나서서 단단히 버릇을 고칠 필요가 있었다.

하지만 하이베크는 이내 분을 삼켜야 했다.

단리명의 오른 손바닥이 어느새 검게 물들었다. 이 순간만을 기다렸다는 듯 그의 입가도 한껏 삐쳐 올라 있었다.

〈『마도군주』 제2권에서 계속〉

작가 블로그 : blog.daum.net/semin2007
소속 카페 : cafe.daum.net/withTeaJea

# 설정집

- 인물편 -

**단리명** — 20세. 천마신교의 소교주. 별호가 구절공자인 만큼 못하는 게 없고 무공은 하늘에 닿아 있다. 천하제일녀를 찾아 차원을 넘는다.

**이브라엘** — 6,266세. 반고룡. 블랙 드래곤. 마계를 지나 중원으로 넘어왔으나 단리명이라는 강적을 만나 뜻을 이루지 못한다. 레베카를 팔아 단리명을 이계로 보낸다.

**레베카** — 3,004세(18세). 성룡. 골드 드래곤. 순혈을 타고났으며 모든 일족의 사랑을 받는다. 단리명을 만나 신탁의 족쇄를 푼다.

**로데우스** — 5,977세(25세). 반고룡. 레드 드래곤. 레베카에게 청혼을 했다가 단리명에게 호되게 당한다. 이후 단리명의 아우가 된다.

**하이베크** — 6,012세(25세). 반고룡. 화이트 드래곤. 로데우스를 대신해 단리명에게 도전했다가 검술의 벽을 넘어섰다. 이후 로데우스와 함께 단리명의 아우가 된다.

**하이아시스** — 10,725세. 태고룡. 실버 드래곤. 드래곤 로드로서 레베카를 친딸처럼 예뻐한다. 단리명이 일족에게 도움이 될 것이란 신탁을 듣고 그를 이용하려 한다.

**이즈마엘** — 68세. 전 하르페 왕국의 대학자. 역사학 전공이며 박학다식하다. 단리명에게 이 세계의 언어를 전해주었다.

**코르페즈** — 59세. 전 하르페 왕국의 마지막 궁내 대신. 하르페 왕국의 혈통을 찾아 헤매다 단리명을 만난다. 단리명에게 이 세계의 풍습을 일러준다.

**레오닉** — 27세. 호르무스 상단의 주인.

**벽왕** — 2,757세. 그리폰. 바람 일족의 전사. 단리명을 사냥하려 했다가 거꾸로 붙잡혀 애완조가 되고 만다.

**메르시오 백작** — 58세. 메르시오 백작가의 가주. 소드 마스터 중급의 실력자. 반공작파 연합인 남부 연합의 실질적인 총수.

**스탈란 남작** — 34세. 메르시오 백작가의 가신. 총관으로서 백작가 안팎의 일들을 관장한다.

- 용어편 -

**그리폰** — 주신의 애완조. 주신을 대신해 중간계의 이모저모를 살피는 신수. 힘이 제한된 상태에서의 외형은 거대한 매의 모습을 닮았다. 치유 마법과 풍계 마법을 구현할 줄 알며 항마력이 무척이나 뛰어나다.

**대리국** — 대리국(大理國, 937년—1254년)은 937년에 현재의 중국 윈난성(운남) 지방을 주된 영역으로서 통치하고 있던 왕조.

**드라고나** — 드래곤이 탈피 과정을 거치면서 만들어 낸 배변물의 일종. 흡수 시 상당량의 마나와 함께 마법적인 효과를 얻을 수 있다.

**드래곤 로드** — 드래곤 사회의 지도자.

**드래곤 하트** — 드래곤의 가슴에 박혀 있는 마나 저장고. 제2의 심장, 혹은 마나 심장이라고 불린다.

**룬어** — 고대 신들의 언어. 마법 언어라고도 불린다.

**마가층층권(魔家層層拳)** — 단리명이 익힌 권법. 권이 이어질수록 위력이 강해지는 게 특징이다.

**반고룡** — 5천년이 지나 두 번째 탈피를 이뤄 낸 드래곤들을 지칭하는 표현.

**블링크(Blink)** — 6레벨의 제한적 순간 이동 마법.

**상마(上魔)** — 천마신교를 포함한 마인들 사이에서 서열이나 배분이 높은 어른을 지칭하는 표현.

**생사투(生死鬪)** — 생사를 걸고 벌이는 실전 대련.

**서역(西域)** — 중국에서 한대(漢代) 이후로 위먼관[玉門關]과 양관[陽關] 서쪽의 여러 나라들을 일컫던 역사적 용어. 좁은 의미에서는 파미르 고원 동쪽 지역만을 가리키지만, 넓은 뜻으로는 이 지역 외에도 아시아 중 서부와 인도반도, 유럽 동부와 아프리카 북부에 이르는 광대한 지역까지 포괄한다.

**소마옥(小魔獄)** — 소마전 지하에 마련된 감옥.

**소마전(小魔殿)** — 천마신교의 소교주가 머무는 곳.

**쉴드(Shield)** — 3레벨의 방어 마법.

**신족** — 천족과 마족을 일컫는 말.

**심판자** — 드래곤의 각 일족을 대표하는 전사를 지칭하는 말. 주로 검술에 소질이 있는 자들이 선택된다.

**쌍존, 삼선, 사왕, 오기, 십패** — 강호서열록의 상위 무인들을 지칭하는 말들이다. 정확한 표현은 무림쌍존(武林雙尊), 세외삼선(世外三仙), 천하사왕(天下四王), 신주오기(新州五奇), 정마십패(正魔十覇).

**아수라파천도식(阿修羅破天刀式)** — 단리명이 익힌 극강의 도법.

**에수르** — 하이베크의 검술. 물의 정령왕 에르바스의 3대 검법으로 알려져 있다.

**앱솔루트 쉴드(Absolute Shield)** — 5레벨의 방어 마법. 쉴드의 강화형이다.

**앱솔루트 베리어(Absolute Barrier)** — 6레벨의 방어 마법. 베리어 마법의 강화형이다.

**용신검** — 성룡이 된 드래곤들에게 주어지는 신검. 중간계 수호의 의무를 잊지 말라는 의미가 있다. 일족에 따라 용신검의 특성이 다르다. 경우에 따라 검이 아닌 다른 무기로 대체

되기도 한다.

**용언(龍言)** — 반고룡 급 이상의 드래곤들이 사용하는 언령 마법.

**이십년지약(二十年之約)** — 20년간 서로의 세력을 침범하지 말자는 천마신교와 무림맹 간의 약속.

**일루젼** — 6레벨의 환영 마법.

**입마전(入魔殿)** — 천마신교에 입교한 어린 아이들을 보살피는 곳. 기본적인 율법과 예법은 물론 학문과 무예까지 두루 가르쳤다.

**잠마전(潛魔殿)** — 전대 교주가 머무는 곳.

**천마인(天魔印)** — 단리명이 익힌 절대제령공. 오직 천마의 전인들만 익힐 수 있다고 알려져 있다. 시술자의 능력에 따라 제령력이 결정된다.

**천마전(天魔殿)** — 천마신교의 교주가 머무는 곳.

**천마지존공(天魔至尊功)** — 단리명이 익힌 내공심법. 천마가 반선이 되기 직전에 창안한 것이라 알려져 있다.

**천마지존후(天魔至尊吼)** — 단리명이 익힌 절대음공 중 하나. 천마후보다 위력이 강하다.

**천마후(天魔吼)** — 단리명이 익힌 절대음공 중 하나.

**패력시(覇力矢)** — 단리명이 익힌 궁법. 정마십패의 일인인 패왕신궁의 독문무공으로 알려져 있다.

**포이즌 클라우드** — 7레벨의 독 마법.

**하이 블레이드** — 고밀도 응축 강기. 하이 오러 블레이드라고도 한다. 마에스트로의 경지에 들어서야만 구현해 낼 수 있다고 알려져 있다.

**한명귀(寒溟龜)** — 북방을 수호하는 사신수. 한기를 뿜어대는 거북의 형상을 띤다.

**헬 블레이즈(Hell Blaze)** — 로데우스가 창안한 홍염 마법. 그 위력이 9레벨에 버금간다고 한다.

**흑옥수(黑玉手)** — 단리명이 익힌 장법.

**흑풍대(黑風隊)** — 소교주의 친위 부대.

# 마도군주

1판 1쇄 찍음 2009년 9월 22일
1판 1쇄 펴냄 2009년 9월 26일

지은이 | 진천(振天)
펴낸이 | 정 필
펴낸곳 | 도서출판 **뿔미디어**

기획, 편집 | 김대식, 허경란, 장상수, 권지영, 심재영, 소성순, 장보라
관리, 영업 | 김미영
출력 | 예컴
본문, 표지 인쇄 | 광문인쇄소
제본 | 성보제책사

출판등록 | 2002년 9월 11일 (제1081-1-132호)
주소 | 부천시 원미구 중3동 1058-2 중동프라자 402호 (우)420-023
전화 | 032)651-6513 / 팩스 032)651-6094
E-mail | BBULMEDIA@paran.com

**값 8,000원**

ISBN 978-89-6359-195-7 04810
ISBN 978-89-6359-194-0 04810 (세트)

※파본은 본사나 구입하신 서점에서 교환하여 드립니다.